向井豊昭の闘争

異種混交性（ハイブリディティ）の世界文学　岡和田晃

未來社

向井豊昭。10 代後半〜 20 代中頃と思われる。

シベチャリのチャシ跡のある真歌公園に建つ「英傑シャクシャイン像」をバックに、1980 年代前半〜中盤の向井豊昭。公園に隣接する「シャクシャイン記念館」には、現在、妻・向井恵子の油絵が架蔵されている。

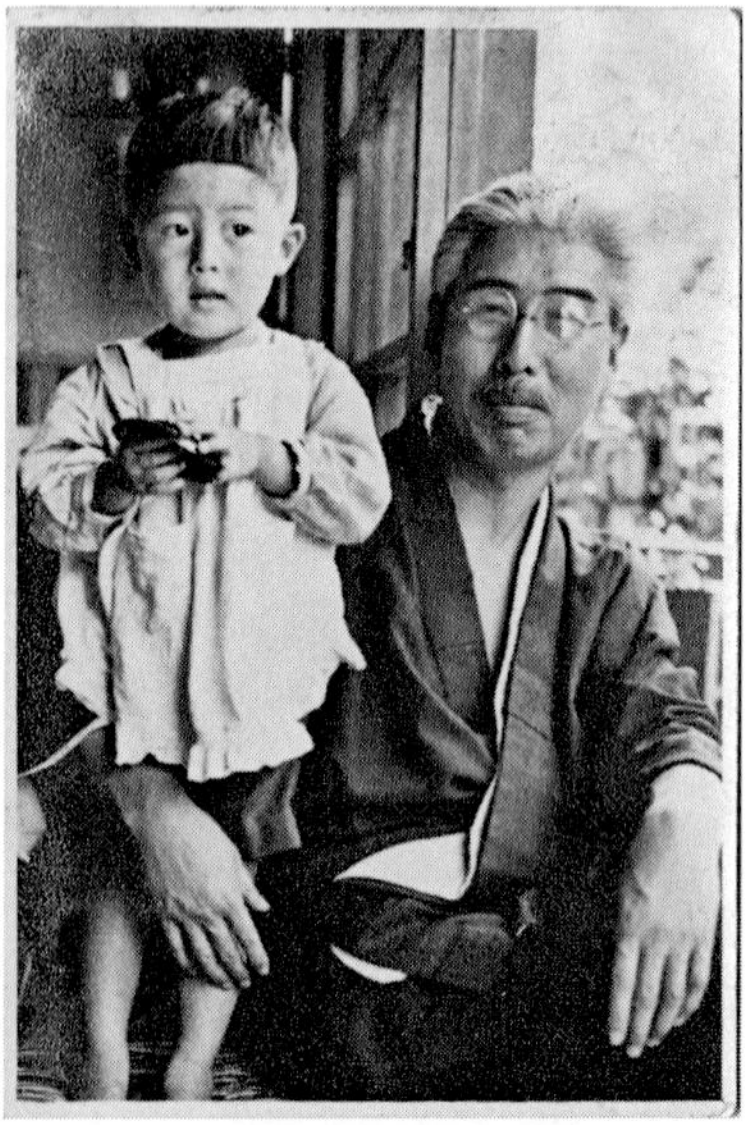

1936 ～ 37 年頃。3 ～ 4 歳の向井豊昭（左）と、祖父・向井夷希微（本名・永太郎、右）。写真裏面には「滝王子の市橋さん宅」との記述あり。

向井夷希微の第二詩集『胡馬の嘶き――北海道風物詩』（1917）。向井豊昭曰く「北海道の開拓の現実――日本の近代化を批判する重たい詩の数々が詰まっている」。第一詩集『よみがへり』（1917）は北海道出身者による初の詩集とも言われるが、内容面では『胡馬の嘶き』の方が「比べようもなく高い」という。

上京前に刊行された著作群（一部）。
上段左より、現存する最古の作品「愛は」が収められた『詩集　果樹園』（1959）。初の小説集『鳩笛』（1974）、表紙には祖父の書簡があしらわれている。次いで『アイヌ神謡集』のエスペラント語版（1975）。表紙に家族の写真がコラージュされた第二小説集『ここにも』（1976）。向井夷希微と妻・恵子との共著『詩集　北海道』（1982）、表紙絵も恵子。
下段左は、『パナンペとペナンペ』のエスペラント語版（1974）。受け持ちの児童による挿画が楽しい。ガリ版刷りの対訳も同梱されていた (下段右)。

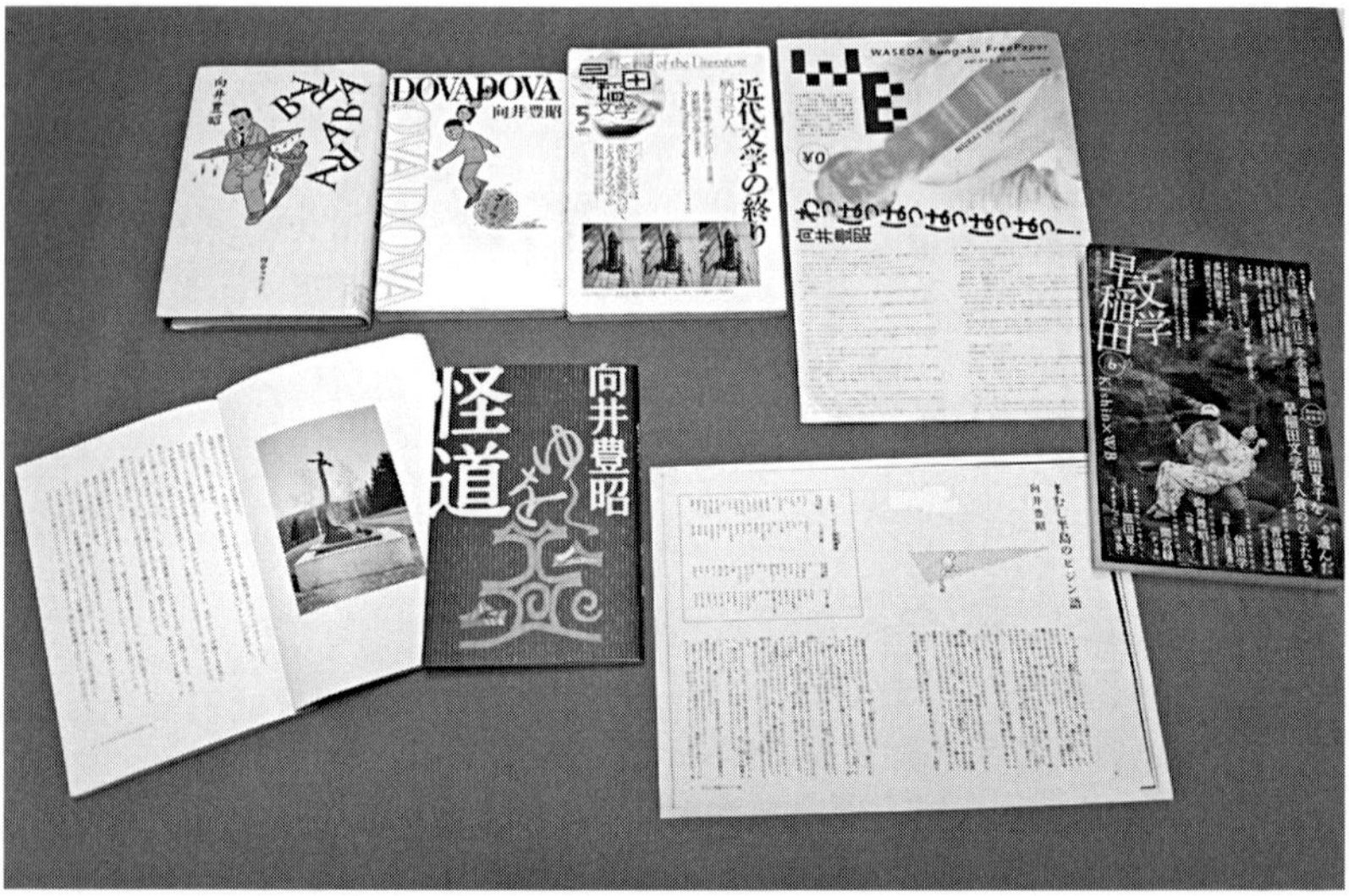

早稲田文学新人賞受賞後に刊行された著作群（一部）。
上段左より、蛭子能収の表紙絵が印象的な『BARABARA』（1999）、『DOVADOVA』（2001）。「早稲田文学」2004年5月号（柄谷行人「近代文学の終り」、向井豊昭「ト！」、「ブンガクシャは派兵と改憲についてどう考えるのか」アンケート回答が掲載）。向井豊昭が表紙を飾ったフリーペーパー「WB」Vo.13_2008_summer。いちばん右の「早稲田文学6」（2013）には、「向井豊昭アーカイブ」より「用意、ドン！」（2004）が再録されている。
下段左より、フルカラー写真が挿入された麻田圭子との共著『みづはなけれどふねはしる』（2006）。亡くなる2ヶ月前に太田出版から発売された3番目の商業出版の単著『怪道をゆく』（2008）。その右横は「まむし半島のピジン語」（1997）の紙面、「シモキタ・ピジン語」と「ニッポン語」の語物識帳《おんべさま》（対訳表）が冒頭に配置されている。

向井豊昭の闘争——異種混交性（ハイブリディティ）の世界文学　目次

第一章　一九六九年まで

一　〈アイヌ〉というアイデンティティ・ポリティクス……………10
「怒り」の力を取り戻すこと　10／「リベラルな配慮」と「ネオリベラルな政界構造」　12／現代の批評が取りこぼしたもの　15

二　〈アイヌ〉ならざる者による「現代アイヌ文学」……………17
いま、向井豊昭を読み直す　17／「現代アイヌ文学」というカテゴリー　18

三　向井豊昭という作家……………20
なぜ忘れられたのか　20／作家的身体に刻まれた歴史　21／注目された、手書きの個人誌　22／向井豊昭と後藤明生　24

四　最初期と晩年をつなぐもの……………26
〈アイヌ〉にこだわった個人誌「手」　26／中学校卒業まで　28／向井豊昭と田中忠三郎　30／「暗い記憶の多い」青森　31／現存する最古の作品「愛は」　33

五　「御料牧場」と「うた詠み」の頃……………36
「御料牧場」という辺境　36／「埴輪の目」と「竜天閣」　40／同化教育の総仕上げ　43／向井豊昭と「近代のアポリア」　45

六　教育者としての向井豊昭……………48

「きちがい」と書いた子ども　48／生活綴方の方法論　49／「うた詠み」と違星北斗　51

七　向井豊昭と鳩沢佐美夫…………58

〈アイヌ〉初の近代小説の書き手　58／鳩沢佐美夫の「証しの空文」　61／鳩沢佐美夫の「休耕」　64／「御料牧場」、「うた詠み」再考　66／鳩沢佐美夫の軌跡　67／〈アイヌ〉という「サバルタン」をめぐって　69／鳩沢佐美夫とのすれ違い　71

八　「耳のない独唱」と「赤い木の実」…………74

「耳のない独唱」が書かれた頃　74／鳩沢佐美夫がいた場所　76／鳩沢佐美夫が抱えた「死」のイメージ　77／「赤い木の実」とメルヒェン　78／「耳のない独唱」から落とされたもの　81

第二章　二〇〇八年まで

一　爆弾の時代とエスペラントの理想…………88

「爆弾の時代」と「アイヌ革命論」　88／向井豊昭の挫折　94／向井豊昭と三好文夫　97／家族小説への傾斜　100／「エスペラントという理想」に託したもの　102／ベンチク・ヴィルモシュ「シャーネックの死」の翻訳　105

二　「和人史」から、「ヌーヴォー・ロマン」へ…………109

「ヌーヴォー・ロマン」との邂逅　109／下北というルーツの再発見　112／歴史小説「寛文蝦夷の鳥」　113／向井豊昭と金丸継夫　115／歴史叙述における「アイヌの視点」　117／アイヌ説話を擬した「ハンロ・ウッサム」　118

三　詩人、向井夷希微の血を享けて……………120
上京後の向井豊昭　120／時空を取り違えた「オジイチャン」　121／祖父に向き合った最初の小説「鳩笛」　123／向井夷希微の詩業　125／向井夷希微の経歴　126／祖父・妻との共著『詩集　北海道』　128／「オジイチャン」大活躍「ええじゃないか」　131／ゴダールと「あゝ、うつくしや」　132

四　「近代文学の終り」を越えて……………136
向井豊昭と「早稲田文学」　136／柄谷行人による「近代文学の終り」宣言　138／柄谷行人への反論文「アイデンティティへの道」　140／大学の教壇に立って　142

五　「ドレミの外」から見えたもの……………145
論争をするエネルギーをなくした文壇　145／向井豊昭と笙野頼子　147／「近代文学の終り」への応答「なのだのアート」　148／五音と七音の「外部」を目指して　150／問題作「ヤパーペジ　チセパーペコペ　イタヤバイ」　151／「大逆事件」とファロスの切断　154

六　小熊秀雄に助太刀いたす……………157
連載「エロちゃんのアート・レポート」と評論集『北海道文学を掘る』　157／謬説「小熊秀雄転向論」を駁す　162／「飛ぶくしゃみ」と民衆感覚　165／「飛ぶ橇」と言語感覚　170

七　打ち捨てられたコミューンへの道……………171
口述筆記された「新説国境論」、「熊平軍太郎の舟」の神話的イメージ　171／「パッパパッパパッパパッパパッ」と「わっはっはっはっはっはっ!」　173／向井豊昭と麻田圭子、コラボ小説の目指したもの　175／二つの遺作――「新説国境論」と「島本コウヘイは円空だった」　178

第三章　二〇一四年の向井豊昭

「ますます危ない国になりつつある今」　186／向井豊昭と六ヶ所村　188／「向井豊昭アーカイブ」と「用意、ドン！」　191／アイデンティティ・ポリティクスの「ゲットー化」を脱するために　194

あとがき　死者の声を聞くこと……………199

註……………205

作品リスト……………218

向井豊昭の闘争——異種混交性（ハイブリディティ）の世界文学

装幀——伊勢功治

第一章　一九六九年まで

一　〈アイヌ〉というアイデンティティ・ポリティクス

「怒り」の力を取り戻すこと

知里真志保の思考は「怒り」によって読者を圧倒する。彼の著作を読むとき、その執拗な怒りがいかなる他者のいかなる小過も永久に赦すことなく、不信と嫌悪と嘲笑の低温で論敵を粉々に打ち砕く光景を我々は繰り返し通過する。だが、ここにはどこか「わかりにくいもの」（中野重治『斎藤茂吉ノート』）があり、しかもそれが現実には「わかりにくいもの」として殆ど認識されてこなかったこと、それが我々を魅了すると同時に躓かせる障害になっている。知里真志保を読む困難は、彼のテクストが我々に二重の記述を、すなわち「わかりにくいもの」をそのものとして明確にした上でしかもそれをわかろうとする試みを迫ることから生じる。

（鎌田哲哉「知里真志保の闘争」[★1]）

「怒り」の力を取り戻すこと。ひとえにこれが、本書の目的である。批評家・鎌田哲哉の言葉を借りれば、それは、情念を左右し主体を混濁させる、精神病理学的な症例としての「怒り」ではない。世界の不正に対して黙認を許さない「怒り」であり、「状況」への無自覚な居直りを許さない「怒り」であり、人に重圧をもたらすのっぴきならない構造に対する「怒り」であり、時代の閉塞へわずかでも亀裂を与えるためになされる捨身の一撃としての「怒り」であり、そしてなによりも、人に与えられた有限の時間を凝集させ、やがては革新をもたらす原動力となる「怒り」なのである。

鎌田哲哉は、そうした「怒り」の体現者として、「知里真志保」なる固有名をもち出した。広く知られているように、世界で初めて〈アイヌ〉出身の〈アイヌ〉研究者として大成した知里真志保（一九〇九〜一九六一年）は、ライフワークである『分類アイヌ語辞典』（一九五三年〜）の完結を待たず、世を去った。批評「知里真志保の闘争」（一九九九年）でそのことを取り上げた鎌田哲哉は、道半ばにして斃れた知里真志保の生涯と、その著作に見られる既存の「アイヌ研究」へ向けられた呪詛や罵倒とを短絡的に結びつける姿勢が、旧来の批評的文脈において誤解と偏見に基づくかたちでしか理解されてこなかったと喝破したのだ。

そのうえで、鎌田哲哉は、まったく新しい知里真志保像を創出しようと試みる。それは、目の前にある政治的現実に対峙し、身を賭して闘い抜いたがゆえに――「ある時は過剰にアイヌ人であり、別の時には過少にしかアイヌ人ではない」という――まさに分裂症的な存在様態を余儀なくされた、ひとりの現代人としての知里真志保の姿である。鎌田哲哉は、〈アイヌ〉や〈和人《シャモ》〉という二者択一的なフレームへ知里真志保という固有名を埋没させてしまうことのない、第三の道を模索している。あるいは顔をもった一人の人間として、知里真志保という固有名を捉え直そうとしていると、その批評的戦略を言い換えることができるかもしれない。鎌田哲哉が知里真志保の「怒り」に垣間見た「わかりにくいもの」とは、私たちが直面している閉塞感の「わかりにくさ」を反映している。つまり、知里真志保による〈アイヌ〉としての闘いは、個人の問題へ還元させることが不可能なものであった。それは「状況」が強いるものにほかならなかったのである。

「リベラルな配慮」と「ネオリベラルな政界構造」

新しい学問分野として「アイヌ思想史」を提唱している研究者のマーク・ウィンチェスターによれば、一九九〇年代以降の〈アイヌ〉をめぐる政策は、「リベラルな配慮がネオリベラルな政界構造に出会う場」として機能してきた（「新アイヌ政策の夜明け　今日の〈アイヌ〉なる状況」）[★2]。実際、一九九七年には、差別的な法案として悪名高かった「北海道旧土人保護法」が撤廃され、続いて二〇〇八年の「先住民族の権利に関する国際連合宣言」の文脈で、日本政府により〈アイヌ〉が初めて「先住民族」として認定された。つまり〈アイヌ〉をめぐる積年の課題に、いちおうの解決が与えられたのだ。

このような歴史的背景があるにもかかわらず、むしろ「ネオリベラルな政界構造」によって、〈アイヌ〉なる主体になされた「リベラルな配慮」を、手放しで喜ぶことはできない。ウィンチェスターは、「北海道旧土人保護法」にかわる「アイヌ文化振興法」（いわゆる「アイヌ新法」）の制定につながったウタリ政策のあり方に対する有識者懇談会の報告書（一九九六年四月）において「我が国からの分離・独立等政治的地位の決定にかかわる自決権」や「北海道の土地、資源等の返還、補償等にかかわる自決権」が、「アイヌの人々に係る新たな政策の展開の基礎に置くことはできない」と明言されていたことに着目する。つまり、「アイヌ新法」の制定は、その延長線上にあるというのだ。

もともと、日本において〈アイヌ〉にまつわる政治的要求は、あくまでも生活感覚の延長線上で想定されたアファーマティヴ・アクションを基盤としていた。それは、差別と紐づけられたかたちで生まれた貧困を解消するための教育奨学金や就業援助が、第一に想定されたものだったのである。生活に必要な支援を求めているだけなのに、自決権の放棄を引き換えにさせる。このような、当事者と政府の温度差は、〈アイヌ〉に対するオリエンタリズムだけでは片づけられない。事実、二〇〇八年七月七日の第三十四回G8サミットは北海道の洞爺湖で開催され、それに伴い、それまで「先住民族の定義が明確でない」として、〈アイヌ〉が先住民族であることを認めてこなかった日本政府はその立場を変更した。もちろん、それは洞爺湖サミットや、二〇〇七年九月に国連において採択された（日本も賛同した）「先住民族の権利に関する国際連合宣言」を受けてのものではあるが、ここでの態度変更には、当然ながら〈アイヌ〉を外交的なカードとして用いることも想定されているのだろう。

北方4島の先住民族がアイヌ民族であることは明白だ。このことについて、ロシア政府にも異論がない。〈北海道が2006年に実施した「ウタリ生活実態調査」によれば、北海道に住むアイヌ民族の人口は、72の市町村に2万3782人〉（社団法人北海道ウタリ協会ホームページ）となっている。これに対して、ロシア国籍を保有するアイヌ人はほとんどいない。先住民族であるアイヌ人が、伝統的に居住していた土地として北方4島の返還を要求することで、結果として、北方領土交渉における日本の立場を強化するのである。

（佐藤優「衆参全会一致で採択された「アイヌ先住民族決議」が対露領土交渉の〝切り札〟となる」）★3

「手詰まり感」の強い北方領土交渉にかんして、「これまで使っていない大きなカード」として、先住民族カード、つまり〈アイヌ〉を用いよという佐藤優の提言は、北方領土をめぐる交渉に外交官として長年携わってきた当事者としての立場によっており、きわめてプラグマティックなものとなっている。だが、この前提は、ウィンチェスターが指摘するように、「日本の国家機構」が〈アイヌ〉なる者を「自らの都合で、『先住民族』として認定」する姿勢が前提となっている。つまり「リベラルな配慮」に見えるものは、その実、マイノリティとしての「先住民族」を「ネオリベラルな政界構造」の内に取り込むことが前提となっているのだ。

そしてここでの「リベラルな配慮」とは、いわゆるポリティカル・コレクトネス（ＰＣ）の問題として、広く議論の対象となっている。一方、外交カードというかたちで噴出しうる「ネオリベラルな政界構造」という言葉には、もう少し異なる観点からの補足が必要かもしれない。「ネオリベラルな」という言葉が前提とする「ネオリベラリズム（新自由主義）」を積極的に推し進めたのは、イギリスのサッチャー政権が代表的である。サッチャーは、それまでの福祉国家路線を大幅に転換、未曾有の規模で民営化を推進し、「小さな政府」を徹底させた。北欧諸国が採用していたような福祉国家型の政策が、多大な「市場の失敗」をもたらしてきたことへの批判意識が、サッチャリズムの重要な動機として根づいている。そしてそれは、同時代の文化状況と密接に紐づけられ、市場原理の美学化というべき事態をもたらした。

マーガレット・サッチャー式のネオリベラリズムが日本において興隆し、無軌道な暴走を続けるようになったのは、東西冷戦終結以後のグローバリゼーションが前提となっていた。社会主義的イデオロギーにとって替わるものとして浸透したネオリベラリズムにおいては、政治と紐づけられた市場原理が、美学として個人の内面に影響を与えることが特徴的である。ゆえにネオリベラリズムの浸透は、〈アイヌ〉をめぐるアイデンティティ・ポリティクスへ、ゆるやかながら着実にして決定的な変容をもたらすことになった。それは、他者が規定する〈アイヌ〉なるラベリングが、当の〈アイヌ〉自身によって内面化され、ひいてはアイデンティティの根幹を構成してしまうという、ねじれた構造が定着を見せ、自明の前提として疑われることのなくなった「状況」を意味する。[★4]つまり、知里真志保が体現した存在様態、一個の人間が〈アイヌ〉と〈和人〉に引き裂かれてしまうようなアイデンティティ・クライシスが、鎌田が指摘を行なった一九九〇年代後半の状況においては、経済のレベルと政策のレベルの双方で着々と浸透し、特段に意識されることなく正当化されてきた、ということだ。あるいは反対に、〈アイヌ〉をめぐる「状況」の問題が、持続的に、かつ入り組んだかたちで強化され、社会のうちに根を張っていると考えるべきかもしれない。

現代の批評が取りこぼしたもの

いまだ巷で囁かれる〈アイヌ〉と「貧困」をめぐる諸問題ひとつとってみても、「リベラルな配慮」と「ネオリベラルな政界構造」のねじれた結びつきが、問題の本質を「わかりにくいもの」として、臭いものに蓋のごとく隠蔽していることは、言をまたないだろう。ならば、この「わかりにくいもの」の性質を――単純化に伴う暴力をなるべく迂回するかたちで――アカデミズムとジャーナリズムの隙間を縫いつつ、「リベラルな配慮」と「ネオリベラルな政界構造」が衝突する亀裂を見定められる方法論、いわば「人文的ジャーナリズム」(米田綱路[★5])の観点で描き出す営為が、急務となっているのではないか。

だが、なぜか近年の批評的言説は、こうした「わかりにくいもの」の解明から目を背けるか、あるいは、ねじれの構造をシニカルに肯定することこそが最先端の思想であると、さかんに喧伝し続けてきた。それらに共通するのは、「ねじれ」をもたらした歴史的構造を、近視眼的な視座で単純化しようとする姿勢であり、また、広義の他者性を静かに言説から排除しようとする姿勢である。現に「知里真志保の闘争」は雑誌に発表したきりで単行本にまとめられることもなく、緩やかに忘却の淵に沈もうとしている。

「わかりにくいもの」について執拗に論じた鎌田哲哉は、「怒れる批評家」として一世を風靡したが、近年は、ほぼ沈黙を余儀なくされている。それは、「怒れる批評家」というパフォーマンスが流通しなくなった、という問題ではない。鎌田の沈黙に取って替わるかのように、「わかりにくいもの」を論じることは、すでに時代遅れとみなされている。「ネオリベラルな政界構造」を積極的に擁護し、その露払いを果たすような言説が、巷ではもてはやされていることからも明らかなとおり、それは構造的な問題にほかならないのだ。

こうして状況を概観したさい、批評的言説が取りこぼしてきたものへ、あらためて目を向け直す必要性を強く感じる。本書で主題的に取り扱う書き手の言を借りれば、それは「先人の魂の破片」を接合する営為なのではないかと考える。ゆえに、知里真志保が半ば無意識的に押しつけられ内面化された他者としての〈アイヌ〉のあり方について、そのディレンマを「痛み」として保持しながら、文学という探究を通じてその「痛み」を時代の閉塞に対してわずかでも亀裂を与えるための捨身の一撃へ昇華させることが重要となる。なによりも、それは、人に与えられた有限の時間を凝集させ、やがては革新をもたらす原動力となる「怒り」を取り戻すことなのだ。

二 〈アイヌ〉ならざる者による「現代アイヌ文学」

いま、向井豊昭を読み直す

そこで本書では、向井豊昭（むかい・とよあき、一九三三〜二〇〇八年）という作家をとりあげる。向井豊昭。六十二歳で中央文壇に現われ、商業出版での三冊の単行本、無数の雑誌掲載作、自費出版や同人誌の形で発刊された原稿や手書き原稿での未発表作を遺し、二〇〇八年に七十四歳で世を去った、いわば不遇の作家である。いまだその文業は、正しい評価を与えられていない。彼は芥川賞や三島賞、谷崎賞を中心とした文壇的な栄誉、あるいは座談会で席を並べた直木賞作家・渡辺淳一（一九三三〜二〇一四年）が叩きだしたようなベストセラーとは終生無縁だった。それどころか、著書を刊行していた版元が倒産、続いて主たる発表媒体であった雑誌「早稲田文学」が休刊を余儀なくされたために、晩年は半ば発表の場を失っていた。ところが彼は、発表の場がなくなったとしても、そこで沈黙に甘んじることはなかったのである。みずから架空の出版社を立ち上げ、「本体0円プラス冗費税」と銘打って、ゲリラ的に出版活動を持続していたからだ。それは「ネオリベラルな政界構造」を内面化し、あるいは美学化してしまう営為を、可能なかぎり迂回しようとする姿勢と読むことができよう。

だが、その気概もむなしく、わずかに言及されるさい、向井豊昭という固有名には、しばしば、〝不遇の書き手〟といった、名誉とは縁遠い形容が付される。無数の雑誌掲載作や未発表原稿は埋もれたままに放置され、いまだ、その文業には確かな評価が与えられていない。かつて向井豊昭は、「現代文学が一顧だにしないものを接合し、その本質を明らかにすることは、近・現代文学の是と非を相対的に明らかにすることであり、新しい文学の道を明らかにしていくこと」と述べたことがあるが、それは皮肉にも、いま向井豊昭の小説を読み直す理由を、このうえなく明晰に物語っているのだ。[★6]

　向井豊昭が知里真志保と本質的に異なる点には、〈アイヌ〉の出自ではないにもかかわらず、〈アイヌ〉問題をみずからの核となるモチーフとして内に抱きながら、創作活動を続けてきたことが挙げられる。そのアプローチは、知里真志保が攻撃を続けた、オリエンタリズムに基づく「アイヌ研究」とは性質を異にする。向井豊昭は、みずからのルーツが征服者としての〈和人〉に根づくものだとの自覚をもち、そのことを「痛み」として抱えながら、なお、アイデンティティ・ポリティクスの問題を広く、かつ深く——このような言い回しが適切かはわからないが——「文学」でしかありえないようなかたちで執拗に問い続けてきたからだ。

　だからこそ、そのテクストの真摯な読み直し《リ・リーディング》が行なわれれば——政治的・社会的なマイノリティの言語を中心として二〇世紀的な中心の不在を描いた、ドゥルーズ&ガタリが言うところの「マイナー文学」として——「ネオリベラルな政界構造」と「リベラルな配慮」が衝突する影に隠れながらも、近年ますます反動的な強化が行なわれている国民国家の原理を個の観点から批判し、新たな可能性の光を導き入れることが可能となるのではなかろうか。

「現代アイヌ文学」というカテゴリー

二〇一〇年、批評家の川村湊の編纂になる『現代アイヌ文学作品選』（講談社文芸文庫）が刊行された。〈アイヌ〉の詩人・森竹竹市（一九〇二〜一九七六年）や、アイヌ初の近代小説の書き手である鳩沢佐美夫（一九三五〜一九七一年）など、現在では容易にアクセスしづらくなっている作家の代表作が収録されたこのアンソロジーにおいては、アイヌの口承伝統と対比させるかたちで、「現代アイヌ文学」というカテゴリー・タームが設けられている。それまで、ユーカラ（叙事詩）やウエペケレ（昔話）といった伝統的な口承文学のみが議論の俎上に載せられてきた「アイヌ文学」という領域について、「アイヌ民族が日本語で書いた、近代以降の文学作品」をも包含するものとして再定義すること。そのような試みの意義を、ささやかながら実体あるかたちで示したのが『現代アイヌ文学作品選』だった。

このような川村湊の仕事は、長きにわたって「アイヌ文学」にかんする多数の優れた出版事業を行なってきた編集者・内川千裕（一九三七〜二〇〇八年）の遺志を受け継ぎ、広範な読者の獲得を目指した啓蒙的な試みとして、一定の評価を与えられるべきだろう。しかしながら、川村湊は、『現代アイヌ文学作品選』において、あくまでも〈アイヌ〉であることをカミングアウトした書き手の作品のみを「現代アイヌ文学」の枠組みで捉えていた。

「現代アイヌ文学」という枠組みには、当事者としての〈アイヌ〉のみならず、〈アイヌ〉に密接にかかわりをもってきた〈和人〉の作品をも、視野に入れる必要があるだろう。そもそも近現代の歴史において〈アイヌ〉を捉えるにあたっては、当事者たる〈アイヌ〉と、〈アイヌ〉を同化させようとした〈和人〉双方に対し、アナール学派の歴史学者たちが行なってきたような「感性の歴史」の文脈を加味した実証史学と、思想史的な表象分析の文脈、および批評が前提とする「趣味判断」（イマニュエル・カント★7）のあり方の再吟味など、学際的かつ境界解体的なアプローチが必要不可欠となる。それらを縦横無尽に駆使し、単独のディシプリンの枠内に収まらないのが、言ってみれば文芸批評のアプローチが目指すところだ。なによりも「批評」たることを意識した本書では、向井豊昭の生涯と作品を関連づけて読み解きながら、忘却された作家の多面的な顔を提示することで、これまで黙殺されてきたもうひとつの戦後日本文学史を提示する。

三　向井豊昭という作家

なぜ忘れられたのか

没後、向井豊昭について語られる機会は激減した。彼は他の多くの作家と同じく、文学史という大海の淵で、緩やかに忘れ去られようとしている。かつて、日本文学研究者の中山昭彦は「向井豊昭のアナーキーな文業は、とにかく誰とも似ていない」と評したことがある。[★8] その評によれば、「遅咲きの風変わりな作家という輪郭にすら、向井豊昭はとても収まらない」。のみならず、「〈アイヌ〉を描いた〈日本人作家〉といった枠組みで、幸田露伴の『雪紛々』あたりから武田泰淳の『森と湖のまつり』にいたる系譜に連ねることにも絶対的なためらいがともなう」とも書かれている。かような困惑は、作家の背負っている文学的な背景が、あまりにも膨大であり、かつ作品の内部で猥雑に同居していることに由来するだろう。方法論的な冒険が駆使された向井作品の筆致は、「アナーキー」そのもので、近代日本文学の伝統的なスタイルを、その内側からしたたかに瓦解させる。漫画家・蛭子能収の人を喰った挿画がピッタリと嵌まるユーモアに満ちた文章には、作家のライフヒストリーが巧妙に混ぜ込まれ、その行間には苦渋が漲《みなぎ》る。ときにひょっこりと、歴史から完全に見棄てられた作家や歌人が深淵から顔を出しては、読者へ静かに挨拶を送るが、彼らの挨拶には批評的な変奏が加えられており、単純明快なメッセージやイデオロギーに還元されるかたちで、その「語り」を理解することは難しい。向井豊昭のアナーキズムやユーモアが、気まぐれや興味本位で採用されたものではないということは一目瞭然だが、とはいえ企図するところを正確に捉えるためには、膨大な予備知識が求められる。向井豊昭の小説を構成する方法論的な冒険は、モチベーションとモチーフの徹底的な検証、なによりも作品の持続的な執筆を通じて連綿と蓄積されてきた「小説的強度」（絓秀実）★9に由来するからだ。

作家的身体に刻まれた歴史

向井豊昭はこれまでそう理解されてきたように、高齢で小説を書き始めた作家だと、素朴に言い切ることができるような存在ではない。一九九六年に（受賞年の受けとめかたにより、一九九五年と書かれることもある）小説「ＢＡＲＡＢＡＲＡ」（活字の角度はこの表記とは異なる）で第十二回早稲田文学新人賞を受賞してデビューする前、すでに彼は北海道の地方文壇において、膨大な仕事を残していたからだ。主に北海道の日高地方で発刊された文芸誌に残るこれらの仕事は、一部の図書館や文学館に所蔵されたままとなっており、いまでは容易にアクセスすることができなくなっている。

だが、その作品は輝きを失っていない。作家が遺した茫洋たる軌跡を丹念に追いかけていけば――文芸誌やアカデミズムで流通している「日本近代文学史」の枠には収まりきらない――異色の存在があったことについて、否が応でも気づかされるだろう。それは単なる個人史の範疇に留まるものではなく、一方で中央文壇に対比される意味での地方文壇、すなわちローカリティに沈潜するかたちで自瀆的に保持してきたミニマリズムとしての歴史でもない、つまり、排除された側に立ち「辺境」から総体としての社会を穿つという、オルタナティヴな文学運動の実践者。それが向井豊昭であり、彼の作家的な身体には、同時代の歴史が表象することの叶わなかった痛みが深く刻み込まれている。

実のところ向井豊昭には、北海道を代表する若手作家として期待された過去があった。若かりし頃には、北海道を代表する文芸誌「北方文芸」（一九六八〜九七年）に幾度も寄稿を行なっている。早稲田文学新人賞受賞以前にも、いずれも小規模の賞ながら、日教組文学賞、新日本文学賞や労働者文学賞といった文学賞の受賞歴もある。けれども、そのように旺盛な活動にもかかわらず、なぜか向井豊昭には、影のように——あるいは呪いのようにと形容したほうが適切だろうか——無名性の影がつきまとっている。この無名性は、向井が〈アイヌ〉ならざる身でありながら、その作品において〈アイヌ〉の問題を、執拗に問い続けてきたことに由来するだろう。

注目された、手書きの個人誌

こうしたディレンマをもたらしたのは、三十代の前半、北海道日高地方の静内町（現・新ひだか町）に在住していた向井豊昭の発行したガリ版刷りの手書き個人誌「手」が、中央文壇の枢要を担う文芸誌「文學界」（文藝春秋）の同人雑誌評において、大きく取り上げられた事件である。「文學界」の一九六六年一月号に記された、石川啄木研究者・久保田正文（一九一二〜二〇〇一年）による講評を実際に見てみよう。

これら（引用者注：新創刊の同人誌）のなかでは、向井豊昭の二つの作品「御料牧場」と「ある海底」で全ページを埋めている『手』が、ワラ半紙へ手書きガリ版で印刷した雑誌ではあるが、内容はもっともすぐれている。「御料牧場」は、高校を定時制で卒え、大学を通信教育で出て教師資格をえた青年が、北海道日高地方の御料牧場のある土地の小学校教師として赴任する。その地方に追いこまれたアイヌの、明治政府いらいの圧迫の歴史にこころをよせ、戦後の解放のときの苦闘のいきさつをしらべて小説に書きたいとかんがえているが、真実を語ってくれるひとがなかなか見つからず、アイヌじしんの閉鎖性、排他性の壁にもつきあたる。和人のアイヌ差別観も依然としてつよく残り、学校の教育にもさまざまな暗い影をおとす。その地域には在日朝鮮人も多く、彼らとの間にもおなじような性質の問題が存在する。学校教育の面でも、創作のコースでもともに壁につきあたって、青年教師の希望や情熱がなしくずしに目つぶしをくらわされる。それらの過程を、具体的な事件や場面を適度に設定しながら描いている。編集後記の筆者も、この作者であるが、〈現実というものは実にとらえにくいものだ。そこで、ついぼくなど抒情的に逃げてしまうのだが、これではならじと痛感することしきり〉と書いている。はからずもそれは、作者がじぶんじぶん（ママ）の作品を批評しているような形になっている。（……）とにかく作者には訴えたいことがあって書いているから、三十部しか刷らなかった、あまりきれいでない紙面からさえも、なお読者につたわってくるものはたしかに存在するのである。

（久保田正文「手がきの同人誌　同人雑誌評」★10）

一読して明らかなように、久保田正文は向井豊昭をとても高く買っていた。この事実上のデビュー作で追究された主題や掘り下げられたディレンマ、特に〈アイヌ〉についての独特の（罪悪感に基づいた）義務感と距離、感傷的な自己に対する批評的な視点は、その後の向井作品において（アイロニーやユーモアというかたちで変遷を遂げはするものの）執拗に追究されるものである。また舞台となる「御料牧場」も、のちのちの作品でも言及される重要なモチーフだ。

向井豊昭と後藤明生

「御料牧場」が「文學界」に取り上げられた翌年の一九六七年、向井豊昭は、ふたたび久保田正文が担当する「文學界」の同人雑誌評に登場する。それだけではない。選評とともに、「手」五号に掲載された中篇小説「うた詠み」が、同人雑誌推薦作として「文學界」に全文転載されたのだ。作品が「文學界」に掲載されれば、文字通りに、芥川賞受賞も夢ではない。実際、「御料牧場」と同じ年に発表された高井有一の「北の河」（一九六五年）は、初出は同人雑誌であったが、優秀作として「文學界」に転載され、そのまま一九六五年下半期の芥川賞受賞作となっている。そして当時の芥川賞の権威は、現在とはくらべものにならないほど大きなものだった。

当時の「文學界」の同人雑誌評は、地方文壇での成果をクローズアップし、かつ中央文壇への登竜門としての役割を担っていた。「うた詠み」が掲載される前の月には、『挾み撃ち』（一九七三年）や『壁の中』（一九八六年）といった「古今の文学作品を自在に作品へ取り込む方法論的作風」（東條慎生★11）で文学史にその名を遺した「内向の世代」を代表する作家・後藤明生（一九三二～一九九九年）の中篇「離れざる顔」（「犀」七号、一九六六年）が、同人雑誌推薦作として掲載されている。

後藤明生はこれを契機として文芸誌各誌へ頻繁に執筆を行なうようになり、一九六九年九月には新潮社から『私的生活』、文藝春秋から『笑い地獄』と、単行本を二冊同時刊行するなど、中央文壇における存在感を増していく。★12　一方の向井豊昭は「御料牧場」が「部落」一九九号（部落問題研究会、一九六六年二月）に転載され、「うた詠み」が、久保田正文の編になる『新文学の探求　全国同人雑誌ベスト12』（野火書房、一九六八年）に収められ、一九八一年には小笠原克編『北海道文学全集　第21巻　さまざまな座標(2)』（立風書房）に再録されはしたものの、その後およそ三〇年の長きにわたり、中央文壇とは無縁の場所で作品の発表を続けることを余儀なくされた。

『新文学の探求』には、向井豊昭の「うた詠み」と後藤明生の「離れざる顔」がともに収められている。久保田正文によれば、「昨年一年間に、私たち四人が目を通した同人雑誌は千五百冊をこえている。小説の数にすれば長短篇あわせて五千をこえているだろう。そのなかから、まず六十余編を苦心してえらび出した。（……）はじめの予定では、十篇にしぼりたいということであったが、甲論乙駁の末、ついにこれ以上はしぼれないというところへ煮詰まったのが十二篇であった。★13」ということで、同書は膨大な作業と厳しい選定を経たものであることがうかがえる。その品質は、同書には吉田知子が同人誌「ゴム」八号に書いた「静かな夏」が収められていることからも傍証できるだろう。『日本幻想文学大全　日本幻想文学事典』（ちくま文庫、二〇一三年）の記述によれば、「ゴム」は「アンチ・ロマンを標榜する」（東雅夫）雑誌だった。吉田は一九七〇年に「無明長夜」で芥川賞を受賞、女流文学賞、川端康成文学賞、泉鏡花文学賞、中日文化賞など、著名な文学賞をいくつも受賞し、近年は沈黙しているものの、景文館書店より選集の発売が開始されている。★14

では、同時期に脚光を浴びて文壇の評価が高まったこれらの作家と、向井豊昭は何が違うのだろうか。先に例を出した後藤明生との対比で考えてみる。とりわけ初期の後藤明生の作品は、なによりもまず、平凡出版（現・マガジンハウス）に在籍した（元）週刊誌記者の手になる洗練された風俗小説として受け止められた。対して、その当初より「近代」に蹂躙されたマイノリティへの共感を打ち出した向井豊昭は、状況としての〈アイヌ〉を延命させ続けてきた「近代のアポリア」（マーク・ウィンチェスター）に絡め取られてしまったのではないか。この仮説を軸に、議論を進めてみたい。

四　最初期と晩年をつなぐもの

〈アイヌ〉にこだわった個人誌「手」

向井豊昭を苦しめた、〈アイヌ〉をめぐる「近代のアポリア」とはいったい何だったのか。それは、いかなる立場において他者を描くかという問題に帰結していくのであるが、そこを詳しく知るためには、向井豊昭の文学的な出発点と〈アイヌ〉とのかかわりに立ち返る必要がある。死の直前に刊行された単行本『怪道をゆく』（早稲田文学会／太田出版、二〇〇八年）に至るまで、〈アイヌ〉は、向井豊昭の小説をめぐる主要なテーマであり続けた。より正確に言えば、一九六〇年代に手書きガリ版刷りの個人誌である「手」を刊行し知人に送りつけていた時期と、二〇〇七年から死を覚悟して手書きコピー誌「Mortos」を刊行しこれまた知人に送りつけていた時期をつなぐもの、それが〈アイヌ〉というモチーフだったのである。

向井豊昭は高校時代よりガリ版刷りの同人誌を出していたが、[★15]その文業が最初に公の注目を集めたのは、個人誌「手」の一号に掲載された「御料牧場」（一九六五年）と、五号に掲載された「うた詠み」（一九六六年）が、それぞれ「文學界」で紹介されたことを嚆矢とする。これらの作品の発表媒体となった「手」は、手書き・ガリ版刷りという簡素な体裁で三〇部（号によっては四〇部）のみ刷られたものだった。だが向井豊昭はこの出版形式に「一介の野人」としての自由さを感じており、[★16]二〇〇七年十月の創刊号から死の数週間前（二〇〇八年六月）まで断続的に刊行がなされた個人誌「Mortos」（エスペラント語で「死ぬ」の未来形＝「くたばる」の意）は「手」の形式を踏襲した、三〇部（終刊号は一五部）限定発行の手書きコピー誌という体裁をとっていた。[★17]

現在、その「手」は、散逸を免れた号については、東京都目黒区の日本近代文学館にまとめて所蔵がなされている。一部の号は、北海道立文学館や北海道立図書館でも、閲覧することが可能である。「手」にはそれぞれ、一篇ないし二篇の小説が収められている。日本近代文学館では、創刊号（一九六五年十月）の「御料牧場」と「ある海底《うみぞこ》」、三号（一九六六年二月）の「埴輪の目」、四号（一九六六年四月）の「竜天閣」と「一揆」、六号（一九六七年五月）の「北の系譜」と「ある墓標」、七号（一九六七年六月）の「チカパシ祭り」、八号（一九六七年十月）の「償えぬ冬」、九号（一九六八年十月）の「耳のない独唱」の初出を、それぞれ手にとって読むことができる。

ただし、「手」二号の現物は失われたものと思われ、筆者もいまだ確認できていない。同じく五号についても、それが「うた詠み」の初出にあたることしか判明していない。向井が一時期所属していた「札幌文学」の同人であり、北海道文学館が編集をつとめた『北海道文学大事典』（一九八五年）[★18]で「向井豊昭」の項目を担当した小松茂によれば、個人誌「手」は十一号まで刊行されたらしい。しかし、その小松茂は向井豊昭が亡くなる前年の二〇〇七年に世を去っており、蔵書も処分されてしまったという。[19]ゆえに、いまのところ十号、十一号に何が書かれていたのか、それを確認することは不可能となっている。

中学校卒業まで

書誌学的な些事にこだわっていると思われるかもしれないが、そうではない。「手」の収録作には向井豊昭の文学的出発点が強く刻まれており、また、〈アイヌ〉ならざる立場の者が、いかに〈アイヌ〉問題を受け止めたのか、その貴重な証言ともなっている。「手」の収録作は、その大半が、〈アイヌ〉を重要なテーマ、ないしモチーフとしているが、一方で語り手には、どこかしらで作家のライフヒストリーが反映されている。ゆえに向井豊昭の経歴を抜きに考察を行なうのは不誠実の誹りを免れないだろう。小説のスタイルからしても、向井豊昭は、あくまでも伝統的な私小説のスタイルを自家薬籠中のものとした、自然主義からスタートした書き手なのだ。それでは、主に下北半島〜北海道時代の向井豊昭の生活遍歴について、いまいちど、まとめ直してみるとしよう。

一九三三年一一月一四日、東京の「都心から離れた大井町の長屋」生まれ。祖父は詩人の向井夷希《い き》微《び》（一八八一〜一九四四年、本名・永太郎）である。祖母は、祖父と名字の違う田中イチ。母は銀座でカフェーの女給をしていた「十三夜《と み よ》」。向井豊昭は最晩年の「熊平軍太郎の母」（二〇〇七年）等で母親に娼婦の像を重ね合わせているが、それは母親のカフェーの女給という職業のイメージに由来するようだ。[20]父親と母親のルーツについて、向井豊昭は早稲田文学新人賞受賞後の一九九八年に発表した小説「武蔵国豊島郡練馬城パノラマ大写真」（「早稲田文学」一九九八年一月号）、の題材にしている。それを見てみよう。

母の遺した住所録がある。名刺ほどの大きさは、ハンドバッグに収まりやすいものだ。（……）住所録は、母の職業だった銀座のカフェーの女給の雰囲気をかもし出すのだ。

荒川昭雄　目黒区自由ヶ丘八二

住所録の中の一人の男の氏名と住所が、父のそれであることを確認するには、長い歳月が必要だった。母は、父については一切を語らず早世し、育ての親となった祖母も伝える事柄をほとんど持っていなかったのである。

三十年前に死んだ祖母の話によると、父のことはこうである。

姓は荒川、名は不明。妻子があり、家は田園調布の辺りにあった。大森に工場を持っていたが、後に倒産をして行方不明。羽振りの良かったころ、カフェーで母に近づく。大人の××××××デーを持ったというわけである。

チョコレートのように甘い抱擁の結果としてのボクが下北半島の母の実家に引き取られていったのは、母の死の直後、十歳の時だった。（「武蔵国豊島郡練馬城パノラマ大写真」）[★21]

父親についての本格的な調査はこの頃まで行なわれなかったようだが、それでも父の不在は、やはり少年時代において深い傷跡となっていたようで、「ＢＡＲＡＢＡＲＡ」でも明示されていた。[★22]

一九四五年三月、B29による東京大空襲を経験し、祖母の故郷である青森県下北郡川内町（現・むつ市）に疎開した。前年度の「登校拒否」に対する（出席日数不足による）「原級留置」の措置により、本来の学年より一年下である国民学校五年生に転入となる。[23] 一九五〇年には、川内中学校を卒業、同町の大揚鉱山に勤務する。町から一時間ほど歩いたところに位置した大揚鉱山は、現在は閉山されているが、主に鉄鉱石が採掘されたという。川内中学校時代にはまた、向井豊昭は初代生徒会長をつとめた。[24] 当時の模様については、早稲田文学新人賞デビューと同時期に発表された「卒業式の主審」（『はまなす』No. 8、一九九七年）等の作品で窺い知ることができる。[25]「卒業式の主審」には川内中学校の卒業式の見取り図や、一九四九年に行なわれた「川内中学校生徒の生徒、校庭の根っこ掘り」の写真が添えられ、雑誌に掲載され公けにされた資料のうち、当時の模様を伝える最も古いもののひとつとなっている。

向井豊昭と田中忠三郎

鉱山に勤務しながら、向井豊昭は青森県大湊高校（現・青森県立大湊高校川内分校）の定時制（現在は廃止）に学んだ。この頃、のちに在野の民具研究家として著名になる田中忠三郎（一九三三～二〇一三年）と「親友」になる。[26] 田中忠三郎は寺山修司（一九三五～一九八三年）の映画『田園に死す』（一九七四年）に舞台となる民家や小道具を提供したことでも知られ、その模様は著書『下北　忘れえぬ人々』（荒蝦夷、二〇〇八年）に詳しく記されている。

向井豊昭がのちに自費出版した初めての単行本『鳩笛』（一九七四年）は、奥付によれば田中忠三郎が発行人となっている。同書を発刊した北の街社は、青森の出版社であるが、田中忠三郎の初の著書

『みちのく民俗散歩』（一九七七年）も、北の街社から発売されている。「親友」田中忠三郎が向井豊昭の文業を理解し、有形無形の支援を行なっていたことは間違いないだろう。実際、「手」三号に掲載された「埴輪の目」では、田中忠三郎をモデルにしたと思しき「山田陽太郎」という人物が登場する。彼は語り手の兄貴分として、半ば斜に構えながらダダイズムの詩を読みつつ、通っていた定時制高校に新聞部を創設すべく苦闘するが、実現を見ずに学校を去り、のちに在野の考古学者となる……。

「埴輪の目」にあるように、高校時代に向井が新聞部を立ち上げようとしていたのが、事実かどうかはわからない。というのも彼は陸上部に所属しており、スポーツと並行して創作活動を開始してもいるからだ。とはいえ、この頃の経験も、短距離走をモチーフとした晩年の「用意、ドン！」（二〇〇四年、「早稲田文学6」所収、二〇一三年）に生かされていると見ることもできよう。しかし、ここで重大な転機が訪れる。職場の劣悪な環境がたたったのか、高校卒業半年前から、向井豊昭は肺結核で病臥を余儀なくされたのだ。この肺結核の経験も、「埴輪の目」など、向井豊昭の作品では、繰り返し語り直されるモチーフとなっている。

「暗い記憶の多い」青森

一九五三年頃、向井豊昭は陸奥湾をのぞむ国立療養所臨浦園（現・独立行政法人国立病院機構青森病院）に入所。そこで厭世的な気持ちを抱き、鬱々とした日々を過ごしたようだが、[★27]一九五六年に、療養所内で詩のサークルを結成。そこでのちに妻となる奈良恵子と邂逅した。恵子は青森県立青森高等学校の出身で、一学年上には寺山修司がいた。本書では紙幅の都合で踏み込まないが、向井豊昭自身も、演劇や寺山修司には強いこだわりがあったようで、「劇團桜天幕」（「WB」vol. 5_2006_05、二〇〇六年）

や「青之扉漏」（『早稲田文学1』、二〇〇八年）といった最晩年の小説内でも、たびたび寺山修司について言及を行なったり、登場人物として出演させたりしている。

その恵子らとともに、向井豊昭はサークルの詩集「眼《まなぐ》」を刊行する。この詩集は、一九五九年に、他のサークルの詩誌と合同で『詩集　果樹園』（臨浦園詩の会）としてまとめられた。さらには、この時期に「手」の前身となる個人誌「草」を発刊したというが、[★28]現物は失われて久しく、確認することができていない。

向井豊昭は恵子よりも長い間、臨浦園に入所していたというが、臨浦園を出ることができたのは肺結核の手術（肺葉切除）を行なったことが契機となっている。なお、手術のさいの輸血が原因で晩年C型肝炎となり、肝炎は肝臓癌を引き起こすことになる。大揚鉱山での仕事は作品ではあまり詳しく記述されず、垣間見られるのは立場が坑外夫であり、主に事務方の仕事をしていたような描写だが、それでも、十代での仕事が遠因となり、労働災害の結果ともいえる亡くなり方をしたことの重大性は、ここできちんと指摘しておく必要があるだろう。向井のテクストが湛えた「怒り」の内実を推しはかることができるからだ。

臨浦園を退所した向井豊昭は、青森市内の印刷所にてガリ版刷りの「筆耕」として働きながら、一九六二年、玉川大学文学部教育学科（通信教育課程）二年を修了する（資料によっては「中退」の記載もあるが、きちんと課程は終えていたようだ）。[★29]「筆耕」時代の生活状況については、当時の職場を「一昔前の戦争で日本軍が使用したという定員二名」の「特殊潜航艇」になぞらえた「ある海底」（一九六五年）で詳しく描写されている。同作は「手」一号に「御料牧場」のカップリングとして収められたものだ。向井豊昭の経歴欄には、しばしば青森時代を指して「暗い記憶の多い」場所だということが書いてあるが、このような貧困が「暗い記憶」の一端を担っていたのは、まず間違いないところだろう。

「西田さん、筆耕《かき》代を値上げして下さい。」

「まあああまあ、座ってからものを言えよ。」と、オヤジはニヤニヤ笑いながら椅子を引き出した。ぼくはせかせかと座った。ゆっくりと、オヤジがモモヤマをふかし始め、沈黙がぼくを圧するようだった。黙っていては負けるのだ。ぼくは言った。

「一枚二百円じゃ、とても喰べていかれません。」

「でもな、客からは二百五十円しか取っていないんだろう。原紙代を引いて二百四十円――その内、二百円をお前にやれば、俺は四十円しかピンハネしていないんだぜ――仕事を分けてやるんだ。その位は、俺にもう(ママ)けらせろよ。」

言われてみればその通りだった。だが、負けては駄目だ。しゃべりまくらなければならない。

（「ある海底」★30）

現存する最古の作品「愛は」

向井豊昭の作品のうち、現存する最古のテクストは『詩集　果樹園』に収められた詩「愛は」（一九五九年）である。その冒頭には、賛美歌・四六三番から「愛のちさき／わざすらも　地をば神の／国となさん」という一節が引用されている。この引用は、キリスト教の洗礼を受けており、『よみがへり』（一九一七年）という詩集も出した祖父・向井夷希微の文業との照応を思わせるが、実際に「愛は」のエピグラフに続く全文を確認してみよう。

愛はもともと、小さな小さな丘でしかないのです。渇いた深淵の底深くから、ぼくらは山を見上げるので、高い高いあこがれとなり、山のように聳え立つのです。

深淵は愛の絶頂から覗き込まれ、からくりに気づいたぼくらは、めいめいの内部にめくるめき落ちてゆく、帰ってゆくのです。

でも、あなたよ。嘆いてはいけません。所詮、愛は貧しい丘でしかなく、人は孤独でしかあり得ないのだ、と。

貧しいぼくらの丘が、ささやかな樹木を育て、ささやかな緑を繁らせ、こぼれるほどの歌を小鳥に歌わせることはないのだ、と、どうしていえることができましょう。

陽の射さぬ胸の林。黒い樹木。探りだした苗木を、ぼくらはぼくらの丘で、緑の樹木に孵さねばなりません。まことにぼくらは、一つの努力ではないでしょうか。

あなたよ。何もない、何もないと嘆いてはいけません。それが小さな丘であろうと、ただ一つのその丘が、ただ一つたしかに在る。

湖の中に帰ったまま、波に俯向くばかりでは、ぼくらの眸に丘はなく、もはや全てを見失い、波に溺死するだけです。

さあ、顔を、額を上げましょう。

丘。その頂から拡がる青い空――

（「愛は」[★31]）

なんとも感傷的だが、ここで謳われる「愛」のかたちは、作家自身が青森時代、復活祭の日に「青森のある教会」[★32]で洗礼を受けたことと無関係ではないだろう。加えて言えば、当時の向井豊昭が愛読していたという、高野喜久雄（一九二七～二〇〇六年）の詩集『独楽』（中村書店、一九五七年）の影響も窺える。『独楽』には、「神は巨大な空洞だ／何故なら　その中にいて／われわれは　めいめいが一つの空洞だから」「しかも　どうだろう／われわれは／もう一つの方角では神を堪えている／唯　言葉でしか堪えようのないあの神を――」（「神は」[★33]）とあるが、高野喜久雄が歌った神的なものへの憧憬と絶望は、向井豊昭にも共通していた。ここから考えると、「愛は」は、神が人間へ一方的に与える無償の愛（アガペー）、つまり見返りを期待しない愛のかたちとは何であるのかを模索した詩でもあるように思えてならない。

けれども、過去の洗礼体験を告白した一九六〇年代後半（日付は十一月三〇日だが年は不明）、〈アイヌ〉の青年Nに宛てた手紙のなかで、向井豊昭は「もう今のわたしにとって遠い昔話となってしまいました」と、みずからの心が信仰から離れてしまったことを書いている。事実、妻の恵子ですら、向井豊昭が洗礼を受けていたことを長らく知らなかった。苦悩の果てから信仰へと近づき、積極的な「棄教」ではなく、そこから徐々に離れていったこと。やがて向井豊昭は実存主義的な「見る前に跳べ」の感覚で、〈アイヌ〉の問題にコミットメントを行なうようになるが、その出発点には宗教への絶望があったのではないか。少なくとも、向井文学に散見される救済への希求については、キリスト教とのねじれた関係抜きで語ることは難しいだろう。

五　「御料牧場」と「うた詠み」の頃

「御料牧場」という辺境

一九六二年四月から向井豊昭は青森県下の小学校教諭となった。が、間もなく「暗い記憶の多い」青森を脱して北海道日高管内に転出する。同年八月から静内町（現・新ひだか町）に在住し、静内町立御園《みその》小学校（一九八六年三月閉校）に赴任した。この頃、長女・聖火《せいか》（一九六四年生まれ）、次女・四季《よつき》（一九六八年生まれ）、長男・流《りゅう》（一九七〇～二〇一一年）をもうけている。「手」の表紙は、まだ幼児だった聖火や四季が描いたものだが、その子どもたちは向井豊昭の小説へ頻繁に登場し、父親の家族愛がいかに深いものだったかを読者へ伝えてくれる。余談だが、四季は成人してから、バスガイドを経てTVアナウンサーとなり、競艇やサッカーの中継に出演した。

　小学校の教員としての向井豊昭は、日高町立三岩小学校（一九七七年三月に閉校）、三石町（現・新ひだか町）立鳧舞《けりまい》小学校（二〇一一年三月閉校）、新冠《にいかっぷ》町立新冠小学校、静内町立田原小学校（一九八六年四月閉校）等を歴任。いずれも、道南の小学校であり、校長や教頭ではない平教員として勤務した。そして一九八七年には、「BARABARA」（一九九六年）等で語られる、長男・流の高校中退をきっかけに、東京へ「逃亡」する……。

　このような概観でもわかるとおり、向井は「東京から下北半島へ、下北半島からアイヌの土地、日高へと、北限に向かって移り住んで[★34]」いったのであり、北海道へ渡ったのは二十九歳のとき。それまでは〈アイヌ〉へ、積極的にかかわる姿勢は見せていなかった。この経歴で特に重要なのは、小学校教師として赴任した静内町や新冠町が歴史的にアイヌ系住民の「部落《コタン》」を多数、擁する地域であり、担当した小学校のクラスにもアイヌ系の子どもたちが在籍していたことだ。デビュー作の「御料牧場」には、のちの向井豊昭作品のエッセンスが凝集されているが、なにより驚かされるのは、きめ細やかな観察眼により、最初に赴任した御園小学校周辺の状況を詳細に活写しえていることだ。

> 　ぼくの勤める御園小学校は、日高本線静内駅から、バスで三十分ほどの所にある。静内の市街を抜け、バスが北東へ向かって進むと、右手には静内川の流れが見え、その流れに沿って道は続いているのだ。その川を、アイヌはシピチャリとよんでいた。それは鮭の産卵を意味する言葉ら

しいのだが、かつてひしめくほどに川を上った鮭は、明治以後の近代的漁業法で乱獲され、今は見るかげもなく少ない。そして、かつてアイヌにとって天与の食物であった川の鮭をとることは、禁じられた行為になっているのだ。

小高い山がたんたんと連なる河岸段丘の地形の中を上流へ進むと、いくつかの部落を過ぎて、やがて戸数百戸ばかりの御園が見えてくる。ここは静内の町内の町内（ママ）に属するが、かつてイチプエイと称された土地であり、それは私生児を意味した。内地から来た武士や商人が、アイヌの娘を姦して去ったそのことに、怒りと嘆きを込めてつけられた地名なのだそうだ。明治の初め、市《いち》父《ぶ》という当て字でこの地をよんでいた頃もあったが、まもなく、今の御園に地名は変った。御園とは、もちろん御料牧場を意味するものだ。

その御料牧場、今の新冠種畜牧場は、御園部落のすぐ北側にのしかかるように立つ小高い山を登ると、こんな山の上に——と思うほど、平坦な大地のひろがりとなってある。そこに働く人達の子どもが、六学級の小学校の、二百名あまりの児童の三割を占めているが、あとの七割は、御園を初め、四方に散在する部落から通う子ども達だった。そのいくつかの部落の中に、アイヌ部落である農屋があった。

農屋の子ども達は、歪んだ性格の持ち主が多かった。無口で活気のない子——乱暴で友達を泣かせてばかりいる子——盗みをする子——彼等は不潔で、成績が悪く、ノートや鉛筆を忘れ、宿題をやらない。そして、弁当を持ってこない者も多かった。家庭環境がひどいのだ。かなりの家庭が生活保護を受け、多くは日雇いで、その日その日を過している。御園や牧場のいわゆる和人★35は、そんなアイヌを軽蔑しきっていた。（「御料牧場」）

実際、御園小学校の隣には、静内町と新冠町にまたがる広大な御料牧場（皇室専用の牧場）が位置していた。このあと、語り手は〈アイヌ〉の子どもたちと貧しい環境で苦学したみずからの来し方を重ね合わせ、「アイヌ民族の根性が決して無ではない」ことをドキュメンタリーとして伝えることで、「革命の種子が、一人一人の子どもの胸に眠っていること」を確認しようと夢想する。きっかけとなったのは、書店で「何気なく」贖った、〈アイヌ〉の歌人バチェラー（バチラー）八重子（一八八四～一九六二年）の生活を追った写真集の記述だった。この写真集の著者は、七〇年以上にわたって活動を続け、後年、北海道を代表する社会派の写真家として知られるようになる掛川源一郎（一九一三～二〇〇七年）その人で、写真集のタイトルこそ明示されていないが、『若きウタリに』（研光社、一九六四年）に間違いない。なぜならば、向井豊昭は同書を最晩年まで保持していたからだ。『若きウタリに』の解説文を通して、語り手は「アイヌの土地が天皇に奪われ、そして、それが戦後の解放のさい、アイヌの手に差別をつけて戻された」ことが、この御料牧場をめぐる歴史的な背景にあったことを嗅ぎとる。そして語り手は、掛川源一郎と手紙のやりとりを行ないながら調査を進めていく。掛川は伊達の高校教員として勤務するかたわら、〈アイヌ〉や開拓農家・漁民などの写真を多数撮影した。『若きウタリに』はその最初の写真集で、二〇〇四年に出版された『ｇｅｎ』でも、〈アイヌ〉やバチェラー八重子のモチーフは追求されている。[★36]
「御料牧場」後半部では、北海道地方史研究会に所属し「アイヌの風俗習慣」や「伝承文学」を研究している〈アイヌ〉の「飛田さん」が、御料牧場建設時の闘争について語る様子が描かれる。「飛田さん」の話によると、明治五年、「酋長」だった祖父アリカンナが座り込みを行なったことで、農屋部落の面々は追い立てられずに済んだのだという。「飛田さん」の語りは、「北海道旧土人保護法」の死文化から、バチェラー八重子の実弟にして牧師・向井山雄（一八九〇〜一九五一年）による陳情まで及ぶ広がりを見せる。しかしながら「飛田さん」は同時に、「アイヌゆえに白い目で蔑まれるわたし達は、アイヌであることを忘れようとする」がゆえ、革命の理念ではなく、民族の遺産としての「昔話《ウエペケル(レ)》」の収集に情熱を燃やすことにしていることをも、語り手に伝える。このような対話を経た語り手は、〈アイヌ〉の問題について「語る」ことのひとかたならぬ困難を思い知るのだ。

「埴輪の目」と「竜天閣」

「手」三号に掲載された「埴輪の目」では、先に少し触れたように、下北半島における定時制高校時代をモデルにした挿話から話が始められる。それは退屈な定時制高校の生活を打破するため「みんなの眠っている声を呼びさまし、学園の民主化をかちとろう」[★37]と新聞部を設立しようと試みるも、無残にも挫折するというものだ。語り手は定時制を卒業するものの、境遇になんら変化はもたらされず、鉱山事務所での荒んだ生活のために肺結核に罹患する。療養所において、語り手は「好江」という北海道から流れてきた「看護婦」と恋仲になり、やがて結婚を決意する。ところが、彼女は〈アイヌ〉だったのだ……。この「埴輪の目」において、語り手には「向井豊昭」ではなく「石塚健一」という名前があてがわれ——作者固有の経験を軸にしながら——〈アイヌ〉の女性と結婚し、子どもをもうけるという（架空の）設定を付与することで、〈アイヌ〉問題の当事者たることについての思弁がなされた。

「埴輪の目」で試みられたような、語り手と〈アイヌ〉の関係をめぐる試行錯誤は、「手」四号の

「竜天閣」でさらに推し進められる。牧場のために〈アイヌ〉を強制移動させた天皇までもが射程に入るのだ。「BARABARA」のラストでは、なにげない日常として語られた小説の光景が、じつは天皇が崩御した昭和最後の日だったことが明らかになるが、向井豊昭にとって天皇とは、〈アイヌ〉と対極に位置する存在として、文学的な考察の対象となってきた。

「竜天閣」では、御料牧場のアイヌ部落《コタン》が舞台として設定されている。つまり「大正天皇が死んだ、その当日」に生まれたという四〇代のアイヌ人「尊太」の視点で、〈アイヌ〉をめぐる貧困や観光産業化した〈アイヌ〉の姿と、〈アイヌ〉から土地を剝奪した天皇制とが、鮮やかに対比されるのだ。小説の表題に取られた「竜天閣」は、新冠御料牧場内にある「竜雲閣」（凌雲閣）がモデルとなっている。伊藤博文の揮毫が残る「竜雲閣」は、昭和天皇をはじめとした皇族たちが宿泊し、八キロメートルにわたって一万本の桜と二十間道路で彩られた天皇の威光の大きさを見る者に感じさせる施設で、一九八四年の時点でなお、「御料牧場時代のシンボル的存在で、その歴史上からも皇室とのかかわりが多いため、一部の過激派からねらわれており、いつ爆破されるかわからない[★38]」と、新冠種畜牧場の場長に警戒されていたという。

「竜天閣」の語り手は、大正天皇が没した、その当日に生まれたという〈アイヌ〉の「新畠尊太」だ。彼らの和人名は、魔除けの意味を込めてつけられた、「糞《ソンタク》」というアイヌ名とのダブル・ミーニングになっている。数えで四十三歳の「尊太」は、五人の弟妹を有した長男であり、「金さえあれば、中等学校に行ける自信もあった」。が、御料牧場周辺で、雑務に忙殺されることを余儀なくされている。そこに、北海道教育委員会をスポンサーとした〈アイヌ〉の記録映画作成の話が飛び込んでくる。そして、アイヌ古来の家《チセ》をセットとして作成する話を請け負うことになる。

けれども、いざ家《チセ》が完成すると、地元の「部落会長」として、出面の派遣をまるまる仕切っている「源治」が横紙破りをしてくる。「源治」は部落の「アイヌ」たちから出演料をピンハネし、肝心の「神謡《ユーカラ》」の語りはデタラメだった。それを目にした「尊太」の叔父は憤死する。そしてラスト、「尊太」は、家《チセ》を燃やし、思いもかけない行動に出る。

> あの古びた竜天閣は、決して、古びてはいないのだ――
> 小さな部落の中にさえも存在する階層――その階層を見上げて辿れば、頂点にあるものは……下級役人の鶴岡を、さらに上へと辿っていけば、その頂点にあるものは……今もなお、天皇ではないか！
> 憎まねばならぬものは、アイヌではないのだ！
> 「尊太、ここは女達にまかせて、丸太片づけをもう少しやるか。」と、幸二郎が声をかけた。
> ……尊太か……天皇の生まれ変り……尊い命だ。太く生きろか……とんでもない。何でおれが……おれは、ソンタクだ。糞だ。一生を貧乏で終るアイヌの一人だ！
> わたしは、燃え上がる萱の中から、棒きれを引きずり出していた。そして、火のついたその棒きれを振りかざすと、竜天閣へ向けて走り出した。
> （「竜天閣」）★39

ここで仄めかされるテロリズムの光景に一番近いテクストは、三島由紀夫（一九二五〜七〇年）の『金閣寺』（一九五六年）だろう。無駄な描写を削ぎながらも、どこか説話的な佇まいがあるところが共通している。そして「竜天閣」と『金閣寺』を対比させれば、「御料牧場」という辺境のトポスが、じつは近代の「国民国家」の縮図にほかならないことが見えてくる。

同化教育の総仕上げ

個人誌「手」に小説を発表する一方で、向井豊昭は「部落」二〇七号（一九六六年十〇月）に「ルポアイヌの子どもたち――その教育の過去と現実――」を寄稿、また「北海道地方史研究」の六三号（一九六七年五月）には「白老《しらおい》での印象」、六七号（一九六八年五月）には「くつがえされた『白老での印象』」を執筆するなど、〈アイヌ〉と教育をめぐる現状を、レポートとして報告している。これらの仕事で向井豊昭は、〈アイヌ〉の子どもたちの「知能指数」や社会環境、非行児の割合などを具体的に検証し、彼らを取り巻く「状況」こそが、〈和人〉と〈アイヌ〉の間に実質的な「階級差」を生み出していることを指摘している。

こうした教育現場での仕事を見るにつけ、向井豊昭は〈アイヌ〉をめぐって二重の戦略を取ることにしたことが窺える。ひとつは、自分と〈アイヌ〉のかかわりについて、多様な文学的シミュレーションを行なうこと。もうひとつは、〈アイヌ〉と教育にかんする運動へ、より実践的に参画していくことである。けれども、その仕事は晩年、諦念をもって振り返られることとなってしまう。二〇〇一年の初出以後、改稿が重ねられた代表作「怪道をゆく」（二〇〇一／〇六／〇八年）で、著者の勤務した小学校が言及される箇所を見てみよう。

かつて北海道の日高地方で小学校の教員をやっていた時、田原という地名の小学校に勤めたことがある。文字通り、田と草原の広がる場所だったが、それは後からつけられた地名であり、かつては遠仏《トホブツ》と呼ばれていたのだ。遠太《トホブト》と同じように、アイヌ語の地名、トープㇳ（引用者註：「湖の口」の意）が元になっている。ここには、以前、遠太尋常小学校と呼ばれる学校があったが、田原小学校の沿革史にはその学校のことは書かれていなかった。遠仏尋常小学校は、旧土人教育規定という侮辱的な呼び方の道庁令によって運営されていた全く別の学校であったからだ。アイヌの子どもたちにヤマトの言の葉を教え、ヤマト化するための学校である。その役目を終え、遠仏尋常小学校が廃校になったのは、八十年も昔のことなのだ。

　トープㇳは湖の口だけではなく沼や池の口をも意味する言葉なのだが、それを証する水の姿は田原にはない。過疎化による学校統廃合で今は田原小学校も消えてしまったが、小学校があった時、干上がった沼の姿だけは残っていた。（「怪道をゆく」）[★40]

「怪道をゆく」では、語り手の教えていた学校が旧土人教育規定に属していた「子どもたちにヤマトの言の葉を教え、ヤマト化するための学校」として紹介されている。このような回想の仕方は、決して著者の自虐によるものではない。歴史的経緯の自覚に基づいている。たとえば、〈アイヌ〉の権利回復に尽力した貝澤正（一九一二～一九九二年）は「旧土人学校」の出身として知られるが、そこで〈アイヌ〉の子どもに授けられた教育は、ほぼ読み方と習字のみだったと回想している[★41]。そのときからは、かなり時代が進んでいたにもかかわらず、向井豊昭自身、「怪道をゆく」の作品内では、過去におけるみずからの立場が、〈アイヌ〉の子どもに「侮辱的」な教育を施すものにほかならなかったと総括している。すなわち、「アイヌの子と、ヤマトの子が一つになった教室だった。ヤマトの言の葉だけを操り、同化教育の総仕上げをおこなっていたのである[★42]」と、語り手はかつての自分が抑圧と収奪の歴史を完成させた尖兵であったことを告白し、後悔の念を示すのだ。

向井豊昭と「近代のアポリア」

〈アイヌ〉の詩人・批評家の佐々木昌雄を研究しているマーク・ウィンチェスターは、佐々木昌雄の中核をなす思想として――「人種」としてでも、あるいは「民族」としてでもなく――ひとえに「状況」としての〈アイヌ〉と、自己の立ち位置を認識する姿勢が見られることに着目している。これは、〈アイヌ〉がカッコつきの〈アイヌ〉として自己規定をする必要に迫られるのは、ひとえに征服者である〈和人《シャモ》〉との関係をおいてほかにない、という意味だ。

佐々木昌雄は、もとは東北大学大学院で飛鳥・奈良時代の古代天皇制下における知識階級の思想と文芸を研究し、★43 一九六八年には「山上憶良試論」(「文芸研究」第五十九集)を発表。また同年には詩人として、詩集『呪魂のための八篇より成る詩稿　付一篇』(深夜叢書社)を刊行している。その後は仙台の同人誌「亜鉛」にて、詩や文芸評論の発表を続け、一九七二年からは商業ジャーナリズムに進出、〈アイヌ〉に絡んだ諸問題について、ポストコロニアリズムなどという言葉がない時期にポストコロニアリズムを先取りするがごとき犀利な筆致で健筆を振るった。

しかし一九七四年、佐々木昌雄は、「ある日、忽然と〈アイヌ〉戦線から離脱★44」する。その理由は不明だが、食道癌との闘病生活を続けながら、最期の仕事として二〇〇八年に佐々木昌雄の詩と評論を『幻視する〈アイヌ〉』と題する一冊本にまとめた編集者・内川千裕は、編集後記「呪いの蜃気楼が立ち上がる」において、佐々木昌雄の断筆を「それは遁走なのか、逃亡なのか、はたまた憤死なのか。今考えると、それは種々なる縁から絶縁して遙かなる東国巡礼に出た〈変身〉の旅だったのではないだろうか」と評している。このように、佐々木昌雄の言説は謎に彩られているが、彼の〈アイヌ〉をめぐる言説に共通しているのは、他者によって規定される〈アイヌ〉観にみずからを同一化させることを拒否する一貫した姿勢にほかならない。これはどういう意味だろうか。

佐々木昌雄が「アイヌ・ジャーナリズム」に身を置いた一九七〇年代の前半は、〈アイヌ〉なる存在を人種の観点から考える見方に、強い影響力があった。彼は一九七二年に刊行された『シンポジウム　アイヌ——その起源と文化形成』（埴原和郎・藤本英夫・浅井亨・河野本道・乳井洋一共著、北海道大学図書刊行会）において行なわれた、〈アイヌ〉にかかわる人間の系譜を、時間と空間、すなわち時代と地域の拡がりのうえで、「プレ（前）アイヌ」「プロト（後）アイヌ」「アイヌ」「アイノイド（類アイヌ）」と四つのテクニカルタームで区分するという考え方そのものに対して、「アイヌ」の前後ないしは「アイヌ」の周辺はわかっても、その中心の軸である「アイヌ」そのものは漠然としていると批判している（佐々木昌雄「〈アイヌ学〉者の発想と論理——百年間、見られてきた側から」★45）つまり、形質人類学の水準に照らしても、〈アイヌ〉にのみ存在する身体的な特質は存在しないのであれば、〈アイヌ〉を規定するのは科学的根拠ではなく、ひとえに「状況」によるのではないかというのが、佐々木が打ち立てた仮説なのだ。

先に引用した「〈アイヌ学〉者の発想と論理——百年間、見られてきた側から」は講演用に用意された草稿で、実際に講演で話された内容は『北方の古代文化』（新野直吉・山田秀三編、毎日新聞社、一九七四年）に掲載されている。そこで佐々木昌雄は、草稿の内容を踏襲しつつ、「アイヌのイメージについて世間の常識を支えるその科学的なデータが、じゃどれだけ厳密なものなのか、それほど科学的に厳密なものなのかと考えていきますと、これまた怪しいところがある。というより相当怪しい★46」と喝破し、「『プレアイヌ』、『プロトアイヌ』、『アイヌ』、『アイノイド』といったテクニカル・タームが成立するのなら、当然『プレシャモ』、『プロトシャモ』、『シャモ』、『シャモイド』というテクニカル・タームだって成立するはずだ。そういう発想がアイヌ学者にはまったく欠落しているように思われます」とまで切り込んでいる。[★47]

だから佐々木昌雄にとっては「アイヌたることに誇りをもとう！」という類のスローガンは、それ自体すでに「状況」が規定した〈アイヌ〉観に、みずからのルーツをすり寄せることにほかならない。他律的な救済の対象とされることを拒む佐々木昌雄の思想は、「近代」の時間軸に〈アイヌ〉なるものを固着化させまいとするものだった。それゆえ彼の言葉は「近代のアポリア」を批判的に可視化させ、歴史と制度の隙間に〈アイヌ〉なる主体を差し挟む結節点として機能する。向井豊昭は晩年まで、『シンポジウム　アイヌ』や『北方の古代文化』を蔵書としており、佐々木昌雄の批判に目を通していたのはまず間違いない。少なくとも、佐々木昌雄が問題視した〈アイヌ〉なる存在の位置づけに伴う難しさを、よくよく感じ取っていたものと思われる。

けれども向井豊昭の場合、当人が〈アイヌ〉を抑圧する歴史と制度の側に、あらかじめ立たされてしまっている。〈アイヌ〉なる存在を規定する「状況」へ、常に再帰的なかたちで引き戻されてしまうこと。それが彼の強いられた場所だった。だから、〈アイヌ〉の窮状に共感するほど、当事者である〈アイヌ〉との距離は広がっていく。状況が強いる矛盾と、やり場のない憤り。それらが「近代のアポリア」として、向井豊昭に絡みつき、彼自身を絶えず束縛し続けてきたのだ。

六　教育者としての向井豊昭

「きちがい」と書いた子ども

〈アイヌ〉という対象へ真に向き合うためには、いかなる方法を採るべきか。個人誌「手」での執筆活動を中心に、〈アイヌ〉ならざる自分が〈アイヌ〉をどのように文学的主題として扱えるのか、試行錯誤を繰り返していた時期、向井豊昭は仲間とともに、「北海道ウタリと教育を守る会」という先駆的な集団を結成している（一九六六年）。アイヌ史・アイヌ文化研究者の本田優子によれば、同会の中心人物は、向井豊昭のほか、郷内満（静内町立豊畑小学校教諭・当時）と伊藤明（浦河高校教諭・当時）であったという。[★48] 郷内満は若林勝とともに『明日に向かって　アイヌの人びとは訴える』（牧書店、一九七二年）を編纂したことでも知られ、伊藤明は「旧土人学校　公立姉茶尋常小学校の歩み」（一九七二年）等のアイヌ教育史についての先駆的研究を残している。[★49]

この三人は一九六八年から手書き・ガリ版刷りの雑誌「ウタリと教育」を創刊しているが、同誌には、例えばのちに大著『旭川・アイヌ民族の近現代史』（高文研、二〇〇六年）を上梓することとなる金倉義慧も寄稿を行なっていた。[★50] そして向井豊昭は「ウタリと教育」上にて、生活綴方の方法論をもって、〈アイヌ〉の子どもたちの日常を、子どもたち自身の手で綴らせた作文を紹介している（向井豊昭「綴方は語る」、一九六八年）。[★51] ここで興味深いのは、とある〈アイヌ〉系の子どもが書いた作文が、みずからのルーツをそれと意識せずに、酒を飲んで踊る〈アイヌ〉を「きちがい」と書いてしまっていたことだ。この事実は、向井豊昭に相当なショックを与えたようである。痛切な叫びが、当時の向井豊昭が直面していたディレンマを如実に表わしている。

『アイヌ。』という言葉を教室で発するまで、ぼくは四年の才月《ママ》を必要とした。こんな作文が生まれてきたことは、ぼくの決断と無縁のものではない。臭いものにはフタをしろという考え方のはびこる教室の中から、こんな作文は絶対に生まれてこないのだ。しかしアイヌは、その文化は、フタをしなければならないものだろうか？

（「北海道に於ける文化財保護の特殊性」）★52

生活綴方の方法論

向井豊昭がこの「きちがい」の逸話をさまざまな媒体で紹介していることから判断すると、生活綴方の方法論は、向井豊昭自身の文学を深化させることにも繋がった。死の数週間前に刊行された個人誌「Mortos」の終刊号（四号、二〇〇八年六月）には、「私の小説の裏側を示すもの」として、「思想は地べたから――アイヌ問題に取りくんで――」と題されたレポートが再録されている。★53ここでは「きちがい」作文をきっかけに、「踊りとは見るものではなく、踊るものであること」を気づかせるべく、踊りについて考えさせた結果、子どもの作文に変化が生まれ、「おどっている方が、とてもきぶんがいい」と書くまでになったことが示されている。

こうした生活綴方の方法論は、のちに書き下ろされた長篇小説『ＤＯＶＡＤＯＶＡ』（四谷ラウンド、二〇〇一年）にも採用された。現場での指導経験で確立された「思想は地べたから」という信念は、向井文学を貫く太い芯となっていたのだ。例えば、向井豊昭が「手」四号に収めた「一揆」は大岡昇平（一九〇九～一九八八年）が『常識的文学論』（一九六二年）で言う歴史小説の体裁をとった短篇だが、初稿は一九六四年であり、[★54]現在確認できる向井の小説では最も古いものである。その最終部では、「地べた」という表現が繰り返し用いられ、ここからも「思想は地べたから」が、ずっと吟味されて信念にまで昇華された考え方であることが、窺い知れる。

親族にあたる〈アイヌ〉を「きちがい」と書いてしまう子どもが、「おどっている方が、とてもきぶんがいい」と書くまでになった変化。「北海道に於ける文化財保護の特殊性」の続きにあたる『きちがい』後日談」（一九六九年）でも、このエピソードは言及されているが、さらに踏み込み、教育のなかでマイノリティとしての〈アイヌ〉文化を体験させることまでをも、向井豊昭はその射程に入れていた。それは、例えば〈アイヌ〉の踊りを実際に授業のなかでやってみる、といったものだが、単に教育のなかに取り込んで終わるのではなく「文化として尊重する姿勢＝文化財保護の視点」をも導入することを、向井豊昭は企図していたのだ。

昨年の春、わたしは、日高管内の文化財保護に関するある集会に出たことがある。道や支庁の係の人も見えられ、一、二の講義を終えた後、質問の時間となった。わたしはその時、社会教育の立場からだけではなく、学校教育の立場からも取り組まない限り、文化財保護思想を徹底させることは困難であることを述べ、関係当局の意見をうかがった。それについての答えは、要約するとこうだった。「あなたの言われることは、直接的には、文化財保護の分野に属することではありません。が、教育課程の中に取り入れることは一向に差し支えありません。クラブ活動として、アイヌの踊りをやることなども考えられますね」

今思うと、どうにもならない質問を、憶面もなくしたものだと赤面する。「踊り」の作文を書かせたのも、もう二年も前のことになってしまった。それこそ「きちがい」のようにアイヌ問題を思いつめたあの頃の心意気を、今後、どのような形でわたしは生かしていけるのだろう？

（「『きちがい』後日談」★55）

一方で、こうした精力的な〈アイヌ〉と教育をめぐる運動へのコミットメントは、向井豊昭を大いに苦しめもした。「手」五号に掲載され、全文が「文學界」に転載された「うた詠み」には、その苦悩が集約されている。「うた詠み」の冒頭、著者と背景をほぼ共有するとおぼしき語り手（「間宮」という別の名前があてがわれている）が「日本のルソーになろう」という夢をもち、〈アイヌ〉の子どもたちが数多く在籍する小学校で教員生活を始めたことが語られる。その淡い理想はすぐに覆され、「天真爛漫、純情無垢などという陳腐なイメージを抱いて教師になったぼくへ、子ども達は、これでもかと概念くだきをやってくれたのだ」★56と、生活綴方の基本的な目標である「概念くだき」が、むしろ教師である語り手自身に対してなされてしまったと書きつけられるのだ。

「うた詠み」と違星北斗

〈アイヌ〉と教育にまつわる圧倒的な現実の重みを象徴するのが、「辻村英代」という〈アイヌ〉の少女の存在だった。英代は知能指数こそ低くないものの、両親が働きに出ている日は隣家の赤ん坊の子守りをするため学校を頻繁に休まねばならず、成績が悪い。日々の慌ただしさにかまけ、気にかけながら実際には英代になにもしてやれなかった語り手は、小学校を卒業する間際、彼女がわずか十二歳にして妊娠してしまった事実を知らされ、衝撃を受ける。しかし校長をはじめ、同僚は英代の妊娠を重く受け止めるそぶりもなく、「あの子は、いい身体していたものな」「アイヌってのは、早熟なんでしょうねえ」「合意かもしらんぞ」などと、暴言を吐く始末。語り手自身も後ろめたさから、卒業証書を渡すことすらできず、最後まで折り合いをつけられずに終わってしまう。

そんなおり、事件が起きる。書き上げた（「御料牧場」と思しき）〈アイヌ〉問題をテーマにした小説が、地元の新聞に紹介されたのだ。そのことは、二つの反響を呼んだ。ひとつは一斉休暇闘争に湧き立つ勤務先の学校の同僚に小説を書いていると知られてしまったこと、もうひとつは地元のK党（日本共産党）員から勧誘が来たことだ。文学の同志に飢えていた語り手は、文学を通し人民を解放しようという理念に対し、「その〝人民〟なる言葉を〝アイヌ〟に置きかえてみるならば、ぼくの考えは似ているのではないか」という想いから、誘いに応じてK党への入党を決意する……。

このように「うた詠み」は、六〇年代後半の、〈アイヌ〉と貧困と政治をめぐる複雑な「状況」をよく伝えてくれるテクストだが、小説の後半部においては、〈アイヌ〉の歌人であり〈アイヌ〉による権利獲得運動の先駆者である違星北斗（一九〇一～一九二九年）に並々ならぬ関心を抱く、語り手の心情が描かれる。じつは当時、違星北斗についての先行研究は、ごく少数に留まっていた。

向井が晩年まで書架に収めていた湯本喜作『アイヌの歌人』（洋々社、一九六三年）は、古田謙二や山科清春といった違星北斗研究家によって、そこに含まれた事実誤認を指摘されているが、★57 さりとて同書は違星北斗研究の嚆矢という側面もある。ところが同書は、北海道の郷土史家である谷口正の手に実際の調査が委ねられており、湯本喜作自身は違星北斗の遺稿集『コタン』（一九三〇年）の存在すら知らなかったという。[★58] そして『新文学の探求』に収められた版の「うた詠み」には、他のヴァージョンとは異なり、末尾に〈付記〉が添えられている。〈付記〉の最後には、「尚谷口正氏（北海道地方史研究会）には数々の御指導をいただいた」との記載や各種参考文献の明示があり、作家が当時において入手可能な最先端の情報を手に入れていたことがわかる。

さて、違星北斗は〈アイヌ〉の尊厳の恢復を訴え続けたが、この文脈と、向井豊昭が参画していた〈アイヌ〉と教育をめぐる運動を接続させた同時代の論考として、国家の押しつけによらない「国民教育運動」の論理的指導者の一人森田俊男（一九二一〜二〇一〇年）の『国民教育の課題　民族の民主的形成と改革』（明治図書、一九六九年）がある。ここでは向井豊昭と「思想は地べたから」がともに紹介されており、教育実践者としての基本的な姿勢と立ち位置が、同時代の研究者にも認知されていたことがよく伝わってくる。

彼（引用者注：違星北斗）は未熟であったにせよ社会主義的な展望さえもちつつ、「主体的な同化」を叫んだ。

コタンに浴場を建て、林檎三百本を植え、札幌市に勤労中学校を建て、各土人学校に幼稚園を併設しアイヌ青年を組織し、雑誌を出すこと、北斗はこうした計画をもっていた。そして、最初の節でみたようにアイヌ解放を論じ、燃ゆる想いをこめて「平等」を要求しているのである。

だが北斗は、なにひとつ実現させることなく、貧窮のうちに病死した。

アイヌ自身の解放のたたかいと解放の教育は運動といわれるものにはなりえなかった。（……）北斗を育て、はげましつづけた俳人・教師吉田謙二など、アイヌ差別を不当とし、アイヌに耐え生き抜く力をあたえようとした教師たちは、北斗の死の年を境にあれ狂いはじめるファシズムの教育運動弾圧、教師抑圧のなかをいかに耐えたか。そして、その努力・思想を戦後にどうつたえたか。

私にはまだ多くのことがわかっていない。

ただ、一九六五年。

突然のように、アイヌ系青年定時制生徒の手記が、また石井、向井（引用者注：向井豊昭のこと）ら北海道の教師の実践記録があらわれ、一九六六年からひきつづいて毎年、全国の教師の教育研究運動（日教組・日高教主催による）にアイヌ解放をめざす教育実践の記録が報告されはじめた。一九六八年（引用者注：一九六八年は「ウタリと教育」創刊号の発行年）にはついにアイヌ解放の教育運動にとりくむサークルがうまれた（北海道ウタリと教育を守る会）。

教師向井豊昭は、一九六三・四年のことと見られるが、こう記録している。

教員になってはじめての年のことだった。新任教師研修会があり、この管内の若造が一堂に会したことがある。会が終りになろうとする頃、ひとりひとりが、教師になっての感想を言わされる段になった。ぼくの番がきた時、ぼくは口ごもりながら、こう言ったものである。

「一番、悩んでいることを、言います。それは先住民族の子どもたちに、ひどく、問題がある、ということなのです。生活指導のうえでも、学習指導のうえでも……」

すると、会の司会者は、ニヤ笑いをしながらこう言った。そりあとの青い頬に、ザラザラと手をやりながら——

「どうも、ここでは、先住民族という言葉はうっかり言えませんで……わたしなんかも、そのひとりかもしれませんね。」

会場は哄笑した。深い屈辱感で、ぼくは打ちひしがれた。

（「思想は地べたから」『作文と教育』一九六八・四）

向井も当時ようやく「問題の複雑さ」に気づきつつあった。だから「『アイヌ』という言葉を使わず、『先住民族』という言葉を頭のなかで探した」のだ。「探しながら、やっとの思いで口にしたのである。」

しかし司会者は、「わたしなんかも、そのひとりかもしれません」と、決してそうではないことを認めさせつつ、だから「哄笑」をさそいだし、向井の（だけでは決してない、笑ったもののなかにもあったはずの）疑問を封じこめてしまった。

一九六三・四年ごろ、なおこんな状態であったのだ。だがそのなかで、アイヌ系国民への差別をにくみ、解放をめざす教育の仕事にとりくもうとする教師たちの、そしてアイヌ青年の動きがはじまるのだ。

（森田俊男『国民教育の課題　民俗の民主的形成と改革』★59）

さて、満二十七歳★60で病死した違星北斗の遺した短歌は、絶望的なまでの貧困と、民族解放への希求をストレートに詠ってゆくもので、近代の短歌史の流れからみるとあまりにも無骨かつ異端的で、「下手」な作品だった。しかしながら違星北斗が結核菌と闘いながら文字通り血を吐きながら綴った言葉は、ともすれば感傷に流されがちな「うた詠み」の「語り」へ、異質な〝声〟をもたらすことに成功している。「うた詠み」のラストには、「シャモという優越感でアイヌをば感傷的に歌よむやから」という短歌が配置されているが、違星北斗の声を結末部で苦いアイロニーをもって響きわたらせることで、小説は思いもかけずに輻輳的な様相を見せることになる。それと同時に、これまで批判的に分析してきた違星北斗から、語り手はきつい「反撃」を受けたことになる。実際、違星北斗について熱っぽく語る語り手は、次のようなやんわりとした拒否反応にぶつかるのだ。

「あなたに向かって言うのも変ですが、アイヌのことを掘り起こしてもらいたくないですねえ。もう、完全に同化しているんですから……今さら、アイヌアイヌと調べまわったところで、何になるんでしょうねえ……何も知らない若いアイヌの人々に、嫌な気持ちを与えるだけじゃないでしょうか……。」北斗の話がつきる頃、Yさんはおだやかな口調で、手きびしい言葉をぼくに浴びせた。

本当に、アイヌは同化をしたのだろうかと、ぼくは心の中で考え込んでいた。なるほど、昔は学校などで、面と向かってアイヌの子どもは罵倒されたらしい。今はそのようなこともなく、そこだけを見るなら、Yさんの言葉もうなずけるものなのだろう。しかし、例えば、入墨をほどこした祖母と共に生活しながら、英代は何を感じ、何を思いながら成長していったのだろうか……そしてまた山口さんの幼い息子勇一は、彼を待ちうける人生の川を、丸木舟ではない、チプにょって、どのように進み続けて行けるのだろうか……アイヌとして、我々の目の中に蔑視の感情でさらされている状態に於て――

しかし、そのことを、Yさんに明らさまに言い返すことは出来ないことだった。（「うた詠み」）★61

けれども、「うた詠み」が示したディレンマは、安直な解決策におもねらないという点で、文学を通じて、「状況」への、またとない批判になりえていた。「文學界」で「うた詠み」を同人雑誌推薦作として取り上げた久保田正文は、「主張したいこと」がせめぎ合うことによって自ずから生まれる「起承転結」に、「アイヌを観光資源並みに小説化した」コマーシャル・フィクションとは異なる造形性の妙を読み取った。★62

加えて、デビュー作「御料牧場」の「語り直し」として読むこともできる「うた詠み」は、静内・新冠のみならず、北海道最大のアイヌ部落《コタン》を有した平取にまで至る広範なパースペクティヴを見せている。途中のU駅（浦河駅のことを指すものと思われる）で語り手と対話を重ねる（「御料牧場」での「飛田さん」に相当する）民具研究家の「山口進さん」は、のちに〈アイヌ〉初の国会議員となる萱野茂（一九二六〜二〇〇六年）が、おそらくモデルになっている。★63「挫折した左翼青年の苦悩」を描くに留まらず、〈アイヌ〉をめぐる「状況」を文学のうちに取り込んだ、まごうことなき傑作だ。

なにより、「うた詠み」は圧倒的にリアルなのである。この件については、『天才アイヌ人学者の生涯　知里真志保評伝』（新潮社、一九七〇年）で知られる考古学者の藤本英夫（一九二七〜二〇〇五年）も、貴重なコメントを寄せている。向井豊昭と藤本英夫の友情は、少なくとも藤本が同書を向井に寄贈した一九七〇年の五月にまで遡ることができるが、その藤本は二〇〇三年に向井へ寄せた手紙で「うた詠み」に触れている。その内容は、いかに「うた詠み」が同時代の〈アイヌ〉関係者の心を打ち、そして〈アイヌ〉をめぐる貧困を的確に描き出していたのかを示す、よき傍証となるだろう。

私のところには、向井さんからもらった「手」がそろっています。とくに、「うた詠み」はガリ版刷りの「手」5号、それに「文学界」掲載分と一冊になったものがあります。久しぶりに再読、すごい、と思いました。アイヌに対する視線もさることながら、あの時期、御園というエゾ地の片隅で〝日韓条約〟に触れている向井さんの感性に敬服しました。七月の中頃、久しぶりに御園から農屋にいってきました。（……）

「うた詠み」の英代という女の子、似たような子供をあのあたりで私も何人も知っています。「真夏でも、つんつるてんの厚ぼったいセーターを着ていた女の子」――描写が迫ってきます。

（藤本英夫による向井豊昭宛の書簡、二〇〇三年八月二日付）

七 向井豊昭と鳩沢佐美夫

〈アイヌ〉初の近代小説の書き手

「うた詠み」時代の向井豊昭と並べて考察されるべき作家は、〈アイヌ〉初の近代小説の書き手である鳩沢佐美夫をおいてほかにない。鳩沢佐美夫は十歳のころから脊椎カリエスや肺結核に苦しみ、入退院を繰り返し、三十五歳で短い生涯を終えたのだが、没後、内川千裕の編纂により新人物往来社から刊行された『若きアイヌの魂　鳩沢佐美夫遺稿集』（一九七二年）と『コタンに死す　鳩沢佐美夫作品集』（一九七三年）を通じ、その小説と思想が全国的に知られるようになった。

なかでも、死の前月に発表され、鳩沢佐美夫の小説作品として最も高い完成度を誇る「休耕」（一九七一年）、およびその思想の集大成である「対談　アイヌ」（一九七〇年）は、鳩沢佐美夫が一九六九年から主催した「日高文芸協会」の発行する「日高文芸」という同人誌に掲載されたものである。この「対談　アイヌ」は、もとは座談会を予定していたものの出席者が二人だけだったので対談となった成立経緯からして異様なテクストだが、冒頭部を実際に読んでみれば、その理由が窺い知れる。なお、星マークはそれぞれ、「☆＝鳩沢佐美夫（三十五歳）」「★＝おんな（二十三歳）」を指している。

☆　とうとう二人だけになっちゃったな。

★　う……？

☆　つまりさ、それぞれに時期的に忙しいという事情もあるのだろうが、やっぱりこういった課題に挑むにあたってはね、なんかこう出て来たくない、という理由のほうが強いんじゃないかな。○○子（会員・二十六歳）にあんた電話をかけておくったろう。だから行ったらね、僕の顔を見るなり、もう盛んなデモンストレーションさ。「いまさら、アイヌだとかシャモ（和人）だとか問題にするのはおかしい」ってね――。だから企画内容について、いろいろ話はしたんだ……。けどね、話をしているうち考えちゃったんだ。変に説得をしてまで、ここに引っぱり出しちゃいけないってね。つまり、われわれがここでこだわりを持つような形で話し合っちゃならないんだ。この企画はもう一年も前から予告してあるだろう。それと、僕もいちおうアイヌ系会員四名には前もって協力は要請してあるしね。ま、そういったなかで、結局今夜は二人だけになっちまった、ということさ――。で、どうする？　あんたも、やっぱりこの対談は匿名を希望するかい――。

★　どうしようかな……。
☆　うん、じゃあ、この対談の終わりで、もう一度同じ問いかけをするから、その時に答えてよ。
★　いやあ、こういう事だと思うんだわな……。私はね、名前を出されたってかまわないけどさ、これからのね、文芸活動の面でマイナスになったら困るな、とチラッと考えたのよ。そういうなんちゅうかな、一般生活している面ではね、かまわないけどもさ、ただそういう面でさ……。
☆　というのは、色眼鏡で見られたくないってこと？——
★　うん、それもあるし、そういう印象をまず与えたくないってことよ。これからもずーっと書きたいからね。そういう面で、多分いまは取り組めなくっても、いつかはこういった課題とも取り組むことになると思うの。そのときにさ、不利になるような状態にはしたくないということ……。

（鳩沢佐美夫「対談　アイヌ」★64）

二人だけでの〈アイヌ〉をテーマにした座談会では、マスメディアにおける〈アイヌ〉の扱いをはじめ、「観光アイヌ」や金田一京助（一八八二〜一九七一年）などのアイヌ学者の姿勢などが相次いで告発されていく。この「対談　アイヌ」が有名になったのは、北海道新聞一面のコラム「卓上四季」（一九七〇年十一月二十四日付）で、「日高文芸」の同人であった同紙記者の山川力（一九一三〜二〇〇一年）によって取り上げられたからだ。「卓上四季」にて山川力は、「アイヌ。ということを売り込もうとする層と、サザエのように口をつぐむ階層がある。その双方から問題点を拾うとなると、五年や十年すぐたっちまう」という対談者の発言などを、「絶対少数者の立場を冷ややかに見つめる目」、あるいは

「人種問題などあろうはずがないと思い込んでいたこの足元での、新しい自己主張」と評している。こうして鳩沢佐美夫の〝声〟は、「アイヌのジャンヌ・ダルク」として、世間に注目されるようになる。なお、山川力は鳩沢が亡くなった後、再度「対談　アイヌ」を「卓上四季」で紹介している（一九七一年八月九日付）。

この「日高文芸」に、向井豊昭も二号（一九六九年七月）から寄稿を行なっており、五号（一九七〇年七月）掲載の「鳩笛」と六号（一九七〇年十一月）掲載の「夏の笛」は、向井豊昭の処女単行本『鳩笛』（北の街社、一九七四年）に収められている。それまで数多く発表された短篇のうち、初の単行本を編むにあたって「日高文芸」から二作が採られたことから、向井豊昭自身、「日高文芸」発表作にかなりの愛着があったのだろうと推測できる。加えて「日高文芸」を介した鳩沢佐美夫との出逢いは、向井豊昭の文業に、少なからず影響を与えたことは間違いない。というのも、向井豊昭が直面した〈アイヌ〉をめぐる「近代のアポリア」は、そのまま鳩沢佐美夫がぶつかっていた壁でもあったからだ。

鳩沢佐美夫の「証しの空文」

鳩沢佐美夫は部落《コタン》の生活を通じて〈アイヌ〉の伝統・文化・風俗を全身で感じ取るとともに、「状況」によって規定された〈アイヌ〉という在り方を、歴史的・社会的なパースペクティヴをもって客観視することのできる稀有な文学者であった。代表作であり、川村湊編『現代アイヌ文学作品選』にも再録された「証しの空文」（一九六三年）は、語り手（「私」）の祖母が息を引き取るところから始まって、在りし日の祖母の様子が三つのパートに分けて回想される。（鳩沢自身の祖母がモデルの）明治十四年生まれの祖母は、語り手の時代には新たに入れることが禁止されていた入れ墨《シヌエ》が口元や手の甲に入っている、古きよき〈アイヌ〉であった。「証しの空文」のテクストには、その祖母と山歩きをした思い出、あるいは〈アイヌ〉独自の伝統的信仰と現世利益的な新興宗教を同時に奉じていた祖母の姿、さらには、祖母の葬儀を終えたあと、彼女が「観光アイヌ」として翻弄された挙句にまともに賃金が支払われなかったことなどが、回想形式で記されているのだ。

「全然金が出ないもんだから、汽車賃だけで帰って来た……」という言葉が浮かんで来た。憶えば、昭和三十年五月五日に、私たちは祖母を見送ったのであった。それまで何度も話を持ち込まれたが、私たちはそれを断ったのである。関係者は、アイヌの真の姿を理解してもらうために是非！　といった。だが私たちは、祖母を見世物にしたくなかったのであった。しかし祖母の知り合いの老人たちは、続々と旅発って行った。それに刺激されたのか、祖母は自分で事を運んでしまったのであった。そうなれば、もう私たちの制止は聞かなかった。

そして年も暮れようという、十二月三十日にやっと祖母は帰宅したのであった。祖母はとても苦労したと嘆いた。行った当初は、不馴のせいでいろいろと戸惑うことがあったらしい。初めは東京周辺を、興業した模様である。それを問えば、「池のある学校……」「松みたいな大きな木が植えてある学校だった」としか答えられなかった。

（鳩沢佐美夫「証しの空文」）★65

『〈アイヌ〉学の誕生　金田一と知里と』（彩流社、二〇〇二年）で知られる丸山隆司は、この「証しの空文」を、〈アイヌ〉と名指すことによって負の意味が付与されてしまうような、言葉を奪われ、歴史を奪われた存在として〈アイヌ〉を表現した作品だと論じている。★66　そして鳩沢佐美夫は、このような〈アイヌ〉をめぐる宙吊りの状態を、みずからも〈アイヌ〉であることをカミングアウトしながら、小説ならではのリアリズムと多義性をもって再定位させた最初の書き手といえる存在だ。現に佐々木昌雄は『コタンに死す　鳩沢佐美夫小説集』の解説「鳩沢佐美夫の内景」を担当し、「証の空文」へクローズリーディングを施していくことで、「いま在る〝アイヌ〟なる者の状況の時間とでも謂うべきものを、この作品の内景から浮かび上がらせ」★67なければならないと告げ、違星北斗らと対比させながら、「鳩沢佐美夫の自己表現が小説という形式を採るようになったのは、自身に即して表現することから、自身に対して表現してゆくことを意味している」★68と結論づける。

文化人類学者の木名瀬高嗣は、鳩沢佐美夫が〈アイヌ〉という対象に仮託して描いたある種の「引き裂かれた存在」について、「証しの空文」の改稿断片「折鶴」について詳細なテクストクリティークを行ないながら――未完の連作「ある老婆たちの幻想」を軸に――鳩沢佐美夫が「私小説的な写実性」から個人を「引き裂く」力の構成を分析し、「引き裂かれ」(た存在様式)を導き出し、小説という形で構造せざるをえなかった来歴を探ることで、「近代」の過程をより「生のかたち」で射程に収めようとしたものだと分析している。★69こうした鳩沢佐美夫の探究は、〈アイヌ〉である自分を見せものとして切り売りする「観光アイヌ」ら〈アイヌ〉自身への鋭い内部批判をも含んだ「対談　アイヌ」へと結実するわけだが、「対談　アイヌ」を通じ、〈アイヌ〉を取り巻く「状況」について自分なりの総括を行なった後、ついに彼は、みずからが描き出そうとしてきた存在論的な様態を、〈アイヌ〉という枠組みのみに捕われず描き出すという離れ業をやってのけた。それが鳩沢佐美夫の生前最後の作品となった「休耕」(「日高文芸」八号、一九七一年七月)である。

鳩沢佐美夫の「休耕」

「休耕」では、一九七一年当時における（おそらく北海道南部の）貧農の生活が、「政治というものについての知識を、殆んど持ち合わせていな」い無教養な女性・君代の視点から描き出される。行き当たりばったりの営農指導による「休耕」（減反）要求に翻弄され、わずかな補償金は減額されたうえ、そもそも確実にもらえるという保証すらない。一方で農業の近代化は着々と進み、「トラックター」（トラクター）や「移動自脱穀機」、「稲刈機」などの機械が導入されることで借金は膨らみ、子どもの世代に提示できるだけの先行きはまったく見えない。臨時工員の夫・伸吉は職場の闘争に巻き込まれ、また君代自身、農閑期に行なう藁仕事がなくなったため、同じ「休耕組」である「坂口太平」の一家と疎遠になり、そのことが結果として坂口が肺炎で亡くなる原因ともなってしまう……。テクストには、君代の語りで、そうした不安な感情が、農業や家族の未来と関連づけて記されている。

農業の未来とは、規模拡大と、それにつれて人手不足を補う意味での、機械力万能でありそう……。君代は何か、立ち暗《ママ》みのようなものを感じた。軽く眼を閉じてみたが、頭の中はきしむような金属音でいっぱいだった。いけない、と、君代は自分で、首筋をトントンと二、三度叩いてみた。別に、月のものにこだわる訳ではないが、時々そのような症状が伴うこともある。君代はこれまで、産前と産後の数日間を寝込んだだけで、あとは病気などまるでしたことがなかった。ましてや……と、君代は気力を奮い立たせるようにして、再び機械の手入れにかかっていた。君代たち農業者の未来は、若い気力と、完全な健康の維持がなければ、存立しないもののようだ。確かに君代はこの頃、少しばかり悩み事を深めている。が、それだけのことで、体の苦痛や症状を感じるようでは、尚更に未来への願望を消滅させてしまう。君代は君代なりに、現実の苦境から脱する未来への何か確かな手応えを得なかった。

（鳩沢佐美夫「休耕」[★70]）

「休耕」というテクストが面白いのは――（本来アナーキズムが目標としていた）個人と個人との自律した共同体の理想とはまるで異なる――農業協同組合のご都合主義に左右されて横の繋がりが崩壊した兼業農家の実情を、個人と政治を取り結ぶ不定形な中間領域に絡めながら、不定形なまま克明に描き出したところによるだろう。その意味で「休耕」は、それまで鳩沢佐美夫が〈アイヌ〉という言葉で表現してきた「引き裂かれた」主体が、じつは〈アイヌ〉や〈和人《シャモ》〉という区別を問わず「近代」に生きる人間、皆にとって、本質的に共通した問題であることを読者へ訴えかけるテクストとなっている。

〈アイヌ〉ならざる者による現代アイヌ文学という観点から向井豊昭の小説を見た場合、描かれる〈アイヌ〉という対象は、その内在的論理を摑もうとしても「状況」に阻まれ、主体から無限に遠のいていく存在と見ることができる。だが、〈アイヌ〉をめぐる諸問題の当事者である鳩沢佐美夫にとって、〈アイヌ〉の内在的論理は「近代のアポリア」により、そもそもが分裂したものとして提示された。

丸山隆司は「休耕」の問題意識を引き継いだ試みとして、草稿のままに終わった「藁縄」という断片の存在を提示し、地域文化・農民・女性の自立などを主題とした「日高文芸」での対談によって培われた問題意識が小説的探究によって広がりを見せた可能性を示した[★71]。つまり鳩沢佐美夫は、〈アイヌ〉であることを突き詰めながら、他律的な意味づけを乗り越え、より広範なヴィジョンをもって個人と社会を見つめ直そうとしたのだろう。

だから向井豊昭と鳩沢佐美夫は、立ち位置こそ〈アイヌ〉という中心を挟んで正反対ながらも、まったく同じ問題に直面し、陣地戦を繰りひろげていたと言うことができる。にもかかわらず、「日高文芸」を通して出逢った両者は、やがて決別をしてしまう。両者の継続的な連帯を拒んだものは、いったい何だったのだろうか。

「御料牧場」、「うた詠み」再考

向井豊昭と鳩沢佐美夫。二人は立場こそ異なれども、〈アイヌ〉という「状況」に向き合いながら思索を深め、文学を基軸に突破口を模索していた。向井豊昭初期の代表作「うた詠み」は、K党（日本共産党）への「入党」体験が基調をなす中篇であるが——「うた詠み」が掲載される前号——個人誌「手」四号の編集後記にて、向井豊昭は日本共産党の下部組織であった日本民主主義文学同盟（現・日本民主主義文学会）の日高支部へ入会したことを報告しており、実体験から素材を得た度合いの強い作品といってよいだろう。

一九六〇年代後半から七〇年代前半という「政治の季節」において、左翼活動と文学を両立させることはきわめて困難だった。それは、中央文壇における向井豊昭の良き理解者であった久保田正文が、その決断に危機感を抱いていたことからしても明らかだ。[★72]現に「うた詠み」内で描かれた日本民主主義文学同盟の活動は、党の中央本部が発表した綱領を読み合わせるのみに留まり、創作をめぐる切磋琢磨とは縁遠いものだった。

加えて、向井豊昭が小学校教師として赴任した日高地方における差別の現状は込み入った様相を呈してもいた。向井豊昭のデビュー作「御料牧場」では、受け持ちのクラスの聡明な女子生徒が自分は「(在日)朝鮮人」だと告白する場面が活写されている。つまり、同地の部落《コタン》では、〈和人《シャモ》〉への「同化」を志向せざるをえない「状況」へ追いやられていたという点における、似て非なる差異を孕んだマイノリティとして、「(在日)朝鮮人」と〈アイヌ〉とが共存を強いられていたのである。「ルポ　アイヌの子どもたち――その教育の過去と現実――」は「うた詠み」と同時期に発表されているが、そこにおいて、向井豊昭は同時代の〈アイヌ〉をめぐる動静を詳細に分析している。

昭和三十五年の北海道庁の調べによると全道のアイヌ人口は一七二六二人。その六十パーセントの一〇四五一人が日高地方に住んでいることとなっている。そして日高は、その後進性により多分に封建的なものをもち、今のところ、アイヌ問題に取り組む有力な民主団体もなく、進歩的な政党さえ力がない状態である。(「ルポ　アイヌの子どもたち」)★73

ルポの末尾は「アイヌ人と結びつき、彼等の問題を、我々の問題として斗《(ママ)》っていこうとする組織がなかった以上、本当のアイヌ解放運動は組織されるはずがなかったのだ」と結ばれており、彼が直面していた現実の重みが伝わってくる。

鳩沢佐美夫の軌跡

一方、〈アイヌ〉最初の近代小説の書き手である鳩沢佐美夫は――結核菌との闘いゆえ、中学校すら卒業できなかったにもかかわらず――多量の読書に勤しみ、「日高文学」(一九六〇～六一年)や「山音文学」といった地方同人雑誌への参加を経ることで、〈アイヌ〉と文学をめぐる思索を深化させていった。「日高文学」時代の代表作は、評論「アイヌ人の抵抗」（一九六〇年）だろう。ここでは「北海道旧土人保護法」や「観光アイヌ」の問題など、のちに「対談　アイヌ」で展開されるトピックの原型が論じられた。

　そして「山音文学」では、代表作「証しの空文」や、戦時下において皇民化教育を施された小学校時代の体験を題材とする長篇「遠い足音」（一九六四年）等が発表された。この「遠い足音」は――向井豊昭の「御料牧場」や「うた詠み」に先んじて――「文學界」の同人雑誌評に取り上げられ、評者の久保田正文は、「アイヌの特殊性を押しつけないで書いているところが好い」と好意的な評言を記していた。[★74] 佐々木昌雄も「鳩沢佐美夫の内景」で、「遠い足音」に「〝アイヌ〟として在ることを強いられる者の心の成り立ちの構図」を読み取っている。[★75]

　なお、鳩沢佐美夫の文学的形成過程については、「日高文学」では須貝光夫、「山音文学」では出堀四十三（一九一二〜一九七〇年）といった、それぞれの文芸誌の編集担当者との双方向的《インタラクティヴ》な交流を抜きにして語ることはできない。木名瀬高嗣は鳩沢佐美夫についての実証的研究でも知られるが、その木名瀬は、とりわけ「山音文学」時代の鳩沢作品について「単なる鳩沢の自己表現としてではなく、著者と編集者とのインターフェイス」という観点で理解すべきと示唆している。[★76]

　そして一九六九年、鳩沢佐美夫は「日高文芸協会」を設立する。今度はみずからが編集責任者という立場として独り立ちし、セルフ・メディアとしての機関誌「日高文芸」を創刊したのだ。彼は「日高文芸」創刊号（一九六九年三月）に実験的な短篇小説「赤い木の実〈ある老婆たちの幻想　第一話〉」を発表。同じ「日高文芸」誌上にて、社会問題を扱った座談会を立て続けにコーディネートしていく。

「日高文芸」三号（一九六九年十一月）に「地域文化（文芸）活動の方向」、四号（一九七〇年三月）に「農民は訴える」、五号に「強くなったか女」を掲載。文学／農業／女性問題という地域の三本柱について批評的な討議を経たうえで、いよいよ六号にて問題作「対談　アイヌ」の掲載へと至る。

丸山隆司が指摘していたように、これらの対談は鳩沢の作品と密接な相関関係を有している。たとえば「農民は訴える」や「強くなったか女」は、「休耕」に、重要なモチーフを提供しているのは確実だろう。「対談　アイヌ」は、鳩沢佐美夫の名声を、良くも悪くも一躍高めた作品だった。『若きアイヌの魂』のカバー袖に推薦文を寄せた詩人・新谷行（一九三二〜一九七九年）は、闘争史観を全面的に押し出した『アイヌ民族抵抗史』（三一新書、一九七二年）において、「対談　アイヌ」を、旭川市常磐公園内に建設された〈風雪の群像〉の爆破事件（一九七二年）をその内に含む「アイヌ共和国建設」の文脈に織り込んだかたちで紹介している。

しかしながら「対談　アイヌ」は、当の〈アイヌ〉自身に対しても、少なくない困惑をもたらしもした。平取町議会議員をつとめ、一九七一年には二風谷アイヌ文化資料館の初代館長に就任していた貝澤正のように「鳩沢佐美夫作品集出版委員会」の代表を務めた者でさえ「鳩沢文学を通じてアイヌ全般を見ることの危険性を心配する」と述べていた。[★77]

〈アイヌ〉という「サバルタン」をめぐって

「対談　アイヌ」は、〈アイヌ〉をめぐる板挟みの「状況」を、誰よりも、鳩沢佐美夫自身が内面化していたことを明らかにした。その様態を最も的確に表現した言葉は、おそらく「サバルタン」＝「従属的社会集団」だろう。木名瀬高嗣は、ミシェル・フーコーの生政治理論からエドワード・サイード、さらにはホミ・バーバやテッサ・モーリス゠スズキへ至るポストコロニアリズムの言説的文脈を整理し直し、グローバリズムのもとで近代の国民国家《ネーション・ステート》における構造的基盤がラディカルな変容を強いられたさい、〈アイヌ〉なる主体が追い込まれた「状況」は、まさしく「同化」と「残存」の相互作用に直面し、分節化し難い障壁への直面を余儀なくされたものだったと論じている。★78

そこで木名瀬が召喚したのが、『サバルタンは語ることができるか』（みすず書房、一九九八年）でガヤトリ・C・スピヴァクが示した理論的な枠組みだ。スピヴァクは、現在もなおインドに残存する寡婦《サテ》殉死《ィー》（夫の死後、妻が後追い自殺を強要される制度）を具体例として提示しつつ、ポストコロニアリズム理論が前提とする「中心－周縁」理論の外部に置かれている者の存在論的位相について論じている。

スピヴァクにとって「サバルタン」とは、みずからの発する〝声〟を〝声〟として認識することができず、ひいては社会に浸透させる手段をもたない者たちのことを意味している。だから「サバルタン」の行動は、往々にして「支配―被支配」の構造をむしろ強化するものとして作用してしまう。自己でありながら、他者。それが鳩沢佐美夫にとっての「サバルタン」であり〈アイヌ〉だった。そして、あとで詳しく語っていくが、「対談　アイヌ」で総括された鳩沢佐美夫のアイヌ観は、受容者の都合に合わせ、とりわけ七〇年代の「アイヌ革命論」（太田竜、後述）の文脈での恣意的な分節化を施されてしまう。

だが、当初から〈アイヌ〉を他者として任じていた向井豊昭は、アイヌの〝声〟を徹底してみずからの外部にあるものとして認識していた。だから向井豊昭のテクストは、一種の異種混交性《ハイブリディティ》を志向していたのだと言うこともできる。向井豊昭と鳩沢佐美夫の決定的な相違点は、おそらく、この点に集約される。

鳩沢佐美夫とのすれ違い

向井豊昭が初めて寄稿を行なった「日高文芸」二号のエッセイ「残像」では、向井豊昭が肺結核で療養所へ入院していた時期、詩のサークルを立ち上げた「小さな歴史」が語られるが、その模様は肺結核と闘いながら「日高文芸」を立ち上げた鳩沢佐美夫自身の活動と好対照をなすだろう。

鳩沢佐美夫は、〈アイヌ〉としての出自を核に置きながら執筆活動を通して内省を深め、編集者との交流を糧とし、「日高文芸」を主催することでみずからの殻を破りながら作品世界のスケールを「開かれた作品」（ウンベルト・エーコ）[★79]として拡大していった。それは、内なる「サバルタン」を社会システムという外部へ「同化」させながら、一方で「残存」をも志向するという矛盾を孕むものだった。だから鳩沢佐美夫は対立を止揚する、超越性への憧憬を隠さない。対する向井豊昭は――「思想は地べたから」なるモットーへ忠実に――テクストを介して他者の〝声〟にみずからの〝声〟をすり合わせようと苦闘を重ねていた。

だが、こうした向井豊昭と鳩沢佐美夫の対比点はむしろ、直接的な対立としてよりも、鳩沢佐美夫と「分身的な交際を続けた」盟友・須貝光夫に相対するかたちで、顕在化することとなった。須貝光夫は、没後四十年あまりが経過した近年においても、同時代を生きた証言者としての立場から、鳩沢文学の研究を継続している人物だ。この須貝光夫が鳩沢佐美夫に与えた影響は甚大で、例えば鳩沢佐美夫が共産党への入党を打診されたさい、「こうした差別や偏見の残滓が色濃く残っている地方にあって、同人誌の編集責任者が入党すれば人々は敬遠し近寄らなくなり、会の運営に支障をきたすだろう」とアドバイスを行なっているほどだ。[★80]

須貝光夫は、向井豊昭が寄稿したのと同じ「日高文芸」二号に、評論「地方同人誌の指標――日高文芸協会への提言として――」を発表している。この論文では、向井豊昭の「御料牧場」で描かれたような「(在日)朝鮮人」と〈アイヌ〉に対する差別の問題、そして鳩沢佐美夫の「休耕」で描かれたような営農指導の混乱や貧困の問題等が、地方同人誌の取り上げるべき文学的題材として仔細に提示された。政治が目を背け、マスメディアが見落としてしまう日高地方の現状を、須貝光夫は「自然の中にあって自然をみつめようとしない寛容性」や「認識のともなわない自然との動物的な同化作用」「この寛容性と同化作用の中から噴煙のように吹き上げてくる一見解放的であるがその実、粘着性のない無気力な世界」と呼んでいる。それらに抗することこそが文学の使命だと、彼は高らかに主張したのだ。

この地方同人誌に対する負の通念を覆す広大なスケールを有した論考は、鳩沢佐美夫を大いに奮起させ、以後の「日高文芸」の座談会企画の理論的基礎ともなった。ところが向井豊昭の抱いた感想は、「半ば同感し半ば首を傾げました」というものだった。「日高文芸」は、ガリ版刷りの機関紙「葦通信」を通じ読者のフィードバックを受け入れていたが、「葦通信」の七号(一九六九年)で彼は「地方同人誌の指標」を、「運動論的に言うなら、理念を実践化するための障害を分析しきっていないように思われます」と批判している。[★81] こうした批判の根拠を、向井豊昭はみずからの経験にこそ置いている。

かつて、わたしが文学界に『うた詠み』という文学以前の作品を発表したときに、わたしが堪えなければならなかった有形、無形の圧力を、わたしはこれからも堪えつづけていくでしょう。しかし私がそう思いきるまでに、およそ二年間の内部カットウを必要としました。地域の命題と本当に取り組むためには、わたしたちは地域を敵にまわさなければなりません。一人一人の友人を敵にし、自分自身をも敵にしなければなりません。『喜び』というものがあるとしたら、そういう自虐的なものでしかない。そういう絶望感を須見氏にふまえてほしかったのです。

（「第二号感想集」）

ここで示唆された「うた詠み」の発表をもって引き起こされた「有形、無形の圧力」について、向井豊昭は具体的に語っていない。しかしながら、先に書いたように、後藤明生――向井豊昭の前月に同人雑誌推薦作として「文學界」に作品が全文転載された書き手――が「文學界」への登場を契機として中央文壇での精力的な活動を開始し、のちに「内向の世代」を代表する作家としての存在感を揺るぎのないものとしたのに比べ、鳩沢佐美夫をして「中央文壇のホープ」と呼ばせしめた[★82]向井豊昭は、その後、二度と「文學界」に作品を発表する機会を得ていない。

この事実だけでも、「有形、無形の圧力」が向井豊昭になんらかの悪影響を及ぼしたと結論づけるほかないだろう。「うた詠み」以降の作品、「手」六号から八号の収録作を書くにあたって、向井豊昭は筆名「伴仄生《ばんほのお》」を用い、日高地方における〈アイヌ〉の歴史、〈アイヌ〉とキリスト教の問題、結婚・就職での差別や「観光アイヌ」、さらには「ルポ　アイヌの子どもたち」への反響等をモチーフとした小説作品を発表している（後述の「償えぬ冬」）。これらの作品は、六〇年代の〈アイヌ〉をめぐる「状況」を理解する、またとない資料となるだろう。

八　「耳のない独唱」と「赤い木の実」

「耳のない独唱」が書かれた頃

「サバルタン」という形象は往々にして、具体として実在する人々を出発点としながら――その〝声〟を表象するのが不可能であるがゆえに――「最も抑圧された存在」として無限に遠ざけられるか、あるいは、議論の埒外へと放逐されてしまう。[★83] そのような矛盾に「二年間の内部カットウ」を経て折り合いをつけようとしたのが、「手」九号に掲載された「耳のない独唱」だろう。「耳のない独唱」を発表するにあたって、向井豊昭は筆名の使用を取りやめている。創作の裏事情を語る自注めいた編集後記も、ばっさりカットされている。そうして世に出た「耳のない独唱」において試みられたのは、みずからのルーツと「サバルタン」としての〈アイヌ〉を融合させようというものだった。

「耳のない独唱」は「小四教育技術」一九六九年八月号（小学館）に再録され、のちに「石のうた」と改題されたうえで向井豊昭の処女単行本『鳩笛』にも収められた。最初の版の「耳のない独唱」と「石のうた」との間には、実のところ少なくないテクスト的な異同が存在している。この異同は、〈アイヌ〉の「サバルタン」性を考えるうえで見過ごせないうえ、鳩沢佐美夫の野心作「赤い木の実」を読み解く重大なヒントが隠されている。

まず、向井豊昭は「日高文芸」の合評会へ精力的に参加し、積極的に発言を行なっていたことを押さえておきたい。クマ猟の経験をもち、地方同人誌「静内文芸」や「文芸にいかっぷ」といった向井豊昭も参加していた同人誌へ積極的にエッセイを寄稿している狩野義美は、向井豊昭の娘・聖火と同い年の娘がおり、生活においても交流があったという。その狩野義美は、〈アイヌ〉研究者の山崎幸治によるインタビューにおいて、「日高文芸」の合評会である人物に狩野の原稿が酷評されたときに向井豊昭ただ一人が、「狩野さん、これは初めてお書きになったんですか？　いやぁ狩野さんはね、初めて書いてこれくらい書くんだから、これから少し勉強したら私は書けると思う」と、助け舟を出してくれ、そのおかげでものを書き続ける自信がもてたというエピソードを紹介している。[★84]加えて向井豊昭は「日高文芸」において、裏方仕事も担当していた。「葦通信」第十五号（一九七〇年十月）で彼は、「ガリ版屋のオヤジの弁」と題し、印刷担当者の立場から、鳩沢佐美夫へユーモアたっぷりのエールを送っている。行間からは、二人が強い紐帯を結んでいることがうかがえる。

それにしても、貧乏会社の鳩沢社長も大変だな。ガリ版屋にさえ損をかけさしてしまうほど経営は苦しいのか。社員たち、しっかりしてくれよ。鳩沢氏は、はたして社長なのか？　それとも小使いなのか？　考えてみれば、文学なんて、もうける商売ではないな。ガリ版屋と同じだな。違うところといえば、ガリ版屋は、人の言葉をなぞって書くだけだが、文学は、自分の言葉をつづっていく。貴いね。その貴さにひかれて、俺はもうけにならないガリ切りをやったんだぜ。そう言いふくめてあきらめることにしよう。しっかりやってくれよ。（みどり工房主人）

（「ガリ版屋のオヤジの弁」[★85]）

鳩沢佐美夫がいた場所

　では実際に、「耳のない独唱」と「赤い木の実」の方法論を具体的に確認することで、二人の作家の内在的論理を、もう少し深く追いかけてみよう。鳩沢佐美夫が「日高文芸」の創刊号に発表した短篇小説「赤い木の実」は、初出時には〈ある老婆たちの幻想　第一話〉という副題が付され、「千一夜物語式の不連続的連続性を意図」して構想されていた。[★86]

　けれども、「赤い木の実」の発表から二年半が経過した一九七一年八月一日、鳩沢佐美夫は自宅の前で喀血して倒れ、そのまま帰らぬ人となってしまう。あと一週間で三十六歳の誕生日を迎えるはずだった。というのも、「赤い木の実」の頃の鳩沢佐美夫は、自分の余命があと五年だと母・美喜に告げており、ちょうど五年目に亡くなったという逸話がある。最期の年には、「今年だよ」と母親に諭すように告げることさえしていたという。[★87]

　だが、こうした言動をいたずらに神秘化してはならない。鳩沢佐美夫がいかなる場所にいたのか、そのことをまず考慮しなければならない。木名瀬高嗣は『村報びらとり』（一九五二年七月号）が「本村の結核死亡率は日本一」（全国平均の二・六倍、北海道平均の約二倍）、「特に旧土人における家庭内感染発症は爆発的」と報じた事例等を紹介しながら、戦前からの優生学的なヴィジョンによって「滅亡」の過程を「他山の石」として観察されてしまう、そのような文脈のうちに留め置かれた存在として、〈アイヌ〉と鳩沢佐美夫を捉え直す必要性を示唆している。[★88]　つまり、彼の苦悩は、ごく唯物論的な意味においても、単に個人が甘受した悲劇に留まらないのだ。

鳩沢佐美夫が抱えた「死」のイメージ

亡くなる七年前の一九六四年、鳩沢作品で最長の「遠い足音」を発表したあと、鳩沢佐美夫はこれまでに類を見ない量の血を吐いた。医者から「今度喀血したらオダブツだぞ」と言われていた矢先のことであったため、否応なく彼は、迫り来る「死」を意識させられたに違いない。のちに鳩沢佐美夫から「日高文芸」の編集業務（七号以降）を引き継ぐこととなった盟友・盛義昭は、「赤きもののような現象と赤い風船」で、一九六五年五月十五日の日記に現われた、大量喀血に起因する「強烈な死のイメージ」を「赤きもののような現象」と鳩沢佐美夫が表現した点に注意を向けている。[★89]

このようなイメージは、その後も不意に差し込まれる「死」の影として記録された。だが、ある時点を境に、それは「死から生のイメージに転換」がなされている。「灯」と題されたノートには、[★90]「転換」の精神的背景が刻まれている。一九六七年の一月十九日からおよそ三ヶ月にわたって書き継がれた「灯」の冒頭、一月十九日付けの記述には、〈赤い風船〉という副題が添えられ、「赤」のイメージが強調された。〈赤い風船〉では、病室の窓から見える病院前の広場に、一人の少女が真っ赤な風船を手に、病室を走り回る光景が記述されている。盛義昭はこの記述に、「赤きものの現象が生を脅かす対象ではなく真っ赤な風船となって空虚な胸中を満たすもの」となったことを読み取っている。この「赤」の「死」から「生」へのイメージの転換には、鳩沢佐美夫の後半生を特徴づけた複数の「事件」が深くかかわっている。

「事件」とは、彼が平取町立病院に入院していた一九六六年の九月に、突然、利き手である右手中指をみずから切断した事件。そして翌年一月に、同病院から抜け出して、行方をくらまし、一週間あまり、着の身着のまま真冬の北海道を放浪した事件を指している。失踪中に、鳩沢佐美夫はバチェラー八重子の墓前で自死をはかったと言われている。[★91] それを生き延びた鳩沢は、指切り・失踪事件を経たあとに、アイヌ古来の汎神論的自然信仰へ向き合い、「自然の啓示」を通じてキリスト教や仏教と〈アイヌ〉の信仰を融合させた「聖（キリスト教）・神（アイヌの自然神《カムイ》）・佛（法華経）の三位一体」という独自の「総合芸術」を志向するようになる。奇しくも向井豊昭も、先に紹介した〈アイヌ〉の青年Nへの手紙のなかで、「自分の中にある宗教の原型を探ろうと思い、小説を考えつづけ」た結果、「キリスト教と仏教、アイヌの宗教をブツケあわせ」ようと試みていると書いていた。「手」八号の「償えぬ冬」がその成果だろう。実際、Nをモデルとした人物も作中に登場する。

「赤い木の実」とメルヒェン

「灯」の記述には、失踪・指切り事件を引き起こした精神の危機が暗示されている。この内省を通じて作家が自己を恢復する過程を、読者は追体験することができるのだが、なかでも注目すべきは、二月六日〜八日付けで記された「童話」および「続・童話」であろう。夢の国からやってきた「王子さま」と、先祖の不敬を原因として「薔薇の花」に変えられていた「お姫さま」、それに病気の「神さま」をめぐる改悛の劇が「童話」の骨子であるが——「仏さま」という文言こそ出てくるものの——この童話は西洋近代に執筆されたメルヒェンの形式が念頭に置かれたものとなっている。

　とりわけ、「童話」と「続・童話」に見られる汎神論的自然観とモチーフの類似性において強い照応を感じさせるのは、「アイヌ文学」の文脈よりもむしろ、ドイツ・ロマン主義の小説や詩作品だ。片山敏彦（一八九八〜一九六一年）の『ドイツ詩集』（一九四三年）や各種世界文学に親しんでいた[★92]彼が、危機を乗り越える過程で、近代の世界文学のひとつの基礎となっているドイツ・ロマン主義の自然観を異種混交《ハイブリッド》として取り入れたとみなせば、「赤い木の実」のパースペクティヴは一気に広がりを見せるだろう。

「赤い木の実」は「十戸ばかりの戸数」のアイヌ部落《コタン》とその周辺を舞台に、年頃（十四、五歳）の〈アイヌ〉の少女「シュモン」が語りの中心に据えられた小説だ。緊張感に満ちた視点描写と、氾濫するモチーフの迫力が特徴的である。


赤い粒の木の実が、いまにも降ってきそうに枝々に群がっている。母たちは、何か病気の薬だともいっていた。が、そんなことに関わり合いはない。ただ、私は昨日のあの男が持っていたのはこれではないかと思った。私はしょいかけの薪を放り出して、その手頃の小枝を折りにかかった。

――きっと、あの男はこの赤い木の実が好きなんだ……と、小枝を胸に抱きしめるように、私は山を下って茅原の辺りに出た。

（鳩沢佐美夫「赤い木の実」[★93]）


「あの男」とは、「トオキチ」という名の関西弁を使う和人《シャモ》である。人目を忍んで彼と密会を重ねていた彼女だが、攪乱される時間軸のなかで、二つの事件に晒される。ひとつは、母親や姉たちに、強制的に唇に墨を入れられそうになったこと。もうひとつは、一歳年長の女性で、すでに入墨のある幼馴染の「アニパ」が、自殺の名所として知られる〈魔の崖〉の下で死んでおり、かつ、和人の子を孕んでいたと知らされることだ。

アニパが辿った運命は、シュモンの未来を彷彿させる不吉なものだが、後半部では、アイヌ部落にける、アニパの弔いの儀式が描かれ、不安をいっそう掻き立てる。繰り返される「フオーイ、フオ

ーイッ　フォーイ！　フォーイッ！」と「物悲しく」詠唱する「母たち、女の人の声」と、「フォ、ホ・ホ・ウ、ホイッ！　フオ、ホ・ホ・ウ、ホイッ！」と、「怒ったよう」な「父たちの声」。異物のように強調されるアニパの「死」。これらの異様さは、〈アイヌ〉と和人の間での異種混交《ハイブリッド》の困難を象徴している。

　この小説で語り手は、「私はいい気に、自分の無信心や親不孝ぶりを棚に上げ、まるで神話の世界の女王さま気どり」[★94]と、世界を一歩引いたアイロニカルな視野で見る眼差しを崩さない。にもかかわらず、彼女は世界にコミットする術《すべ》をもたず、〈アイヌ〉にも和人にも、その〝声〟を届けられないダブル・アウトサイダーとして描かれる。

　ポストコロニアリズムの見地からジェンダー・スタディーズの論文を書いている島袋まりあは、「雑種性の政治と混血児」[★95]において、あえて差別的で不快感を与える「雑種性」という言葉を用いながら、「異種混淆《ハイブリディティ》（混交）性」を語り、混交を産み出す「異人種間性交（miscegenation）」が往々にして政治的・人種的・性的に非対称な関係よりなること、そして「異種混交《ハイブリッド》」の安直な礼賛が、それら非対称な制度を、むしろ強化してしまう事態に対して警鐘を鳴らした。

「赤い木の実」はこうした観点から、近代日本のアイヌ部落における和人に対する非対称な政治的関係性、そして「異人種間性交」による秩序の破壊がいかに恐れられていたのかを、〝声〟なき〝声〟として伝えてくれる。その射程には「ある老婆たちの幻想」の「第二話」にあたる「鈴」のみならず、同時代に生きる（かつて少女だった）〈アイヌ〉女性へのまなざしも含まれていたと、木名瀬高嗣は指摘している。

「赤い木の実」は、まだ一定程度アイヌの社会が保たれつつも間近に和人集落の影が忍び寄っているという状況設定から見て、明治期の情景を題材としたものである。それに対し、「ハト、マメ――」で始まる教科書を習わされた記憶を少女自らが語り、役場という権力が地域の日常生活に浸透している「鈴」は、『尋常小学国語読本』の用いられた大正期以降のそれであることがわかる。いずれも、同様にアイヌの「老婆」を主題とした「証しの空文」(『山音』三三号、一九六三年八月)を特徴づけていたような自己体験に基づく写実性という特徴は影を潜め、鳩沢と同時代に「老婆」として生きていたアイヌ女性たちがみずからの内面に「幻想」として抱える思春期の情景を少女(=「老婆」)自身に語らせるという形で書かれたフィクショナルな作品となっている。

(木名瀬高嗣「鳩沢佐美夫遺稿『ある老婆たちの幻想 第二話 鈴』【解題】」)★96

「鈴」は完成に至らず、参照できるのは草稿のみだが、〈ある老婆たちの幻想〉シリーズそのものは、書き連ねられれば雄大なサーガとなったことだろう。少なくとも、その可能性は仄見える。

「耳のない独唱」から落とされたもの

盛義昭は「(引用者注:「灯」から「赤い木の実」へ至る)二年の時空は〈赤い風船〉の赤と「赤い木の実」の赤で繫がっている。それらは自然の血脈を象徴する赤として鳩沢の心を踊らせ、同時に生を意味する希望の輝きでもあったということができよう」と考察を結んでいるが、この「生を意味する希望の輝き」は、〝声〟なき〝声〟の絶望に裏打ちされていると見るべきだろう。そして、「赤」のイメージと〝声〟なき〝声〟は、向井豊昭の「耳のない独唱」とも、静かな響き合いを見せている。

「耳のない独唱」の書き出しは「小川の水はコーラのようだ。わっちの手首を削ぐように流れるその味覚は、春の訪れのせいなのだろうか[★97]」という印象的なものだ。語り手の「わっち」は、あと半月で中学校の卒業式を迎える（「赤い木の実」のシュモンと同世代の）〈アイヌ〉の少女だ。ほつれ、黄ばんだシミーズ（シュミーズ）を身に着けており、貧困に苦しんでいることが窺える彼女は、卒業後は上京して町工場で働くことになっており、稼ぎを貯めこんで「パーッと一晩、わっちは王女様になってやる」と意気込みながらも、将来に漠然とした不安を抱えてもいる。その「わっち」の家に、「野沢」と名乗る男がやって来る。「野沢」は「わっち」の祖父である〈アイヌ〉の詩人・漆田三吉の研究者だった。彼の「呼ぶ《ホッイ》」という詩に感銘を受けた「野沢」は、「ああ／訪れた文明よ／きびしい冬の下で／かつて／福寿草《イナウ》のように育まれてきた／民族の信仰よ／切れ切れに引き裂かれた／人間《アイヌ》の魂よ」という呼びかけに「滅びいくアイヌの苦悩」を感じて、古書店で入手した漆田三吉の遺稿集を手に、漆田宅を訪問したのである。

　しかしながら「街の中にまぎれ込み、わっちはもうアイヌじゃなくなるんだ」と思っていた少女は、祖父が詩人だと聞いて戸惑いを覚える。「わっち」にとっての祖父は、泥酔するたびに母が告げる「飲んだくれ、博打うち、エロ男、気じるし」でしかなかったからだ。

> わっちの血の中を漂い続けてきたもの。眼球を垂れ流し、水膨れの腐臭を匂わせて歴史の彼方から漂い続けてきたもの。そんな民族の骸の中に、詩人が転がっていたという。しかも、それは祖父なのだという。
>
> 飲んだくれ、博打うち、エロ男、気じるし。ありとあらゆる悪口を、わっちは幾度となく母か

ら聞いた。幾度となく、わっちが耳にした回数は、ちょうど母の泥酔の回数と同じである。酔いどれるたびに、母は祖父の悪口を繰り返すのであった。つい先刻も、わっちはそれを聞かされたばかりなのだ。

　自分の無様を棚に上げ、祖父を罵る母の姿は、わっちにとって、醜悪きわまりないものであった。そんな女が母であることを、わっちは呪った。そして、そんな女の父である祖父を呪った。だが、顔の知らぬ、そんな祖父のイメージは、なぜか今、わっちの内部でひくひくと、蛹を破る蝶のように動き始めたのだ。

　詩人――確かにそれは、わっちにとって、蝶のような存在に思えたのである。（「耳のない独唱」）[★98]

　ここで「赤」のイメージは「血」の「赤」を経て、「詩」へと結びつけられる。「サバルタン」の〝声〟なき〝声〟を実体化させたものとして、「詩」が前景化してくるのだ。それとともに、森田俊男が『国民教育の課題』において、小学校低学年から学年が進んでいくと教えられると述べている、「しみじみと君の手をみてごらん……そこには民族の血潮が流れている……」という詩を彷彿させる。つまり、ここで「詩」は、「血」という観念を経て民族という概念に結びつけられる。だが「耳のない独唱」が「石のうた」と改題され、その後、向井豊昭初の単行本である『鳩笛』へ収録されるにあたって、前記引用部はまるまるカットされている。
　続いて視点人物が「野沢」へと変わり、少女の母であり漆田三吉の娘である女性との対話が示される。「乾ききった唇の上で、かさぶたのように口紅がこびりついている」と描写される「三十前後」の女性は、「どんよりと老いた目」で「野沢」を見る。泥酔した彼女を前にして、「野沢」は「呼ぶ《ホッイ》」

との邂逅、恋人・恵利子と札幌の街を歩き、ホテルで情を交わす場面を回想する。恵利子は漆田三吉の詩を「アイヌが書いたから、これでもまあまあ」な「センチメンタルなノスタルジヤ」にすぎないと切り捨てるが、この場面では、「詩」によって表現された人間性の深奥と、冬の街の物質性がセックスを媒介にして対比させられている。しかしながらこの場面もまた、「石のうた」では、まるまるカットされてしまっている。

次いで、場面は、「野沢」に寝床へ運ばれる漆田三吉の娘その人へと移行する。「野沢」と恵利子との性交と対照するかのように、「わたしが初めて男を知ったのは」との語り出しで、中学校三年の頃の彼女の体験が回想されるのだ。父の思い出を挟み込みながら、〈アイヌ〉のグループの溜まり場であった川原で堤防の工事が始まり、その飯場で働くようになった彼女と、「フノカ」と呼ばれる和人男性との馴れ初めが語られる。貧困と、貧困による教養の欠落に苦しむ彼らは、言葉や意味を超えた肉体の交わりに活路を求めるのだ。

あれから十数年、わたしは締めて五人の餓鬼を産んだ。一人一人の親父は違い、親父の顔を餓鬼は知らない。わたしも又、アイヌの悲話、異国妻の物語りを引継いだんだろうか。そうかも知らん。だけど、和人《シャモ》がアイヌをいじくったっちゅう、そんな算術みたいなやり方で、わたし達の抱き合いを片づけてもらいたくはない。

つまりは、騙されたわたしなんだろう。でも、あの夜、わたしがわたしの悲しみを泣いたこと――フノカがフノカの悲しみを泣いたこと――それは、わたしにとって、フノカの悲しみを泣いたことであり、フノカにとっては、わたしの悲しみを泣いたことでもあったんだ。騙す隙間も、騙される隙間もないほど、ぴったりと一つになって抱き合ったあの川原の夜を、わたしはどうしても握りしめたい。わたしが沢山の男に、性懲りもなく騙され続けて来たのは、あの夜を握り直したかったからなんだ。
（「耳のない独唱」）★99

ここでは、「言葉」すなわち「詩」の暴力性に対比するものとしての「異人種間性交」がクローズアップされている。ところが、この箇所もまた、「石のうた」ではカットされているのだ。それどころか、「わたし」という一人称は軒並み「彼女」に変更されており、「野沢」とアイヌ女性との距離が強調されたものとなっている。加えて結末部分にも、見過ごせない異同がある。

向井豊昭が「異種混交性《ハイブリディティ》」にひとつの解放を求めていたのは疑いはないが、いったん「語り」の背景にまで目を向けたさい、その前提となる磁場がいかなるものかを、想定しないわけにはいかなくなる。考えるに「耳のない独唱」を執筆したあと、「サバルタン」の一人称を採用し、〈アイヌ〉自身の立場を仮構して「詩」や「異人種間性交」の問題を語らせることに、彼は躓きを感じてしまったのではないか。

事実、「耳のない独唱」以降の向井豊昭の小説は、そうした躓きの地平から書かれているようにも見える。地域性から出発し、それらを批評的に逆照射しながら普遍性へ近づこうと足掻いた向井豊昭。目指す「異種混交性《ハイブリディティ》」を、ゲーテの言う世界文学の領域にまで高めるためには、日本語でもアイヌ語でもない世界言語――エスペラント語との出逢いを待たねばならなかった。

第二章　二〇〇八年まで

一　爆弾の時代とエスペラントの理想

「爆弾の時代」と「アイヌ革命論」

〈アイヌ〉の立場を仮構し、その内在的な論理で語ってしまうことへの躓き。その躓きに苦しんだ結果、向井豊昭は一九七二～三年頃、とうとう〈アイヌ〉の現場から「逃亡」してしまう。つまり〈アイヌ〉の子どもがいない、別の僻地校（おそらく三岩小学校）へ異動願いを出したのだ。この「逃亡」は、向井豊昭が参加していたより実践的な運動の挫折と無関係ではないだろう。亡くなる前年の二〇〇七年七月、向井豊昭は、当時のことを次のように振り返っている。

一九七〇年代のはじめ、北海道出身の若者たちを中心とした東アジア反日武装戦線というものが爆弾闘争を繰り広げたのを御存知でしょうか？

その前史として、旭川の常盤公園にある風雪の群像も爆破されました。本郷新の作。群像の一人はアイヌの老人で、木株に座り、他の和人は立っているという構図です。

なぜアイヌを立たせないのだという声をアイヌの彫刻家、砂沢ビッキは発したものです。その中での爆破だったのです。

当時、旭川には、アイヌに取材する小説を書いていた三好文夫という人間がいました。道新のコメントで「アイヌはチャランケという話し合いの方法を持っている。爆弾なんて、とんでもない」と言ったものです。

　民族差別に目を向けざるを得なかった北海道の若者たちにとって、あの時、ああするしかなかったと、わたしは、当時も思い、今でも思っています。

　（……）（引用者注：爆弾闘争の数年前に「うた詠み」を発表したことにふれ）その当時、わたしは少数の仲間と、アイヌのこどもたちと真に向き合うための教育運動をやっていました。七〇年代のもろもろの闘争の終焉と共に、わたしたちの教育運動も挫折し、わたしは、アイヌのことが書けなくなりました。


（「向井豊昭氏からの書簡《メール》について」★100）


　この教育運動とは「北海道ウタリと教育を守る会」などのことだろう。東アジア反日武装戦線の爆破事件に代表されるもろもろの闘争に準えられるかたちで、その挫折が回想されている。少なからぬ被害者を生み出した北海道警察本部爆破事件（一九七五年七月十九日）および北海道庁爆破事件（一九七六年三月二日）は「アイヌ革命論」の文脈で、東アジア反日武装戦線と強い関係があると言われている。ここで語られる「七〇年代のもろもろの闘争」とその背後の思想的状況を、あらためて概観してみよう。

　「七〇年代のもろもろの闘争」は、新左翼活動家にして過激なアジテーターであった太田竜（一九三〇～二〇〇九年）らが説いた「アイヌ革命論」——既存の社会から疎外された者たちこそが革命の主体になるという「窮民革命論」の〈アイヌ〉版——を、重要な理論的バックボーンとしていた。ジャーナリストの佐々木俊尚は、「アイヌ革命論」の内在的な論理と、その射程を考えるにあたって、太田竜の主著『辺境最深部に向って退却せよ！――二十一世紀への大長征』（三一書房、一九七一年）を取り上げ、それがどのような仕掛けをもち、いかなる社会的なインパクトを与えたのかを『「当事者」の時代』（光文社新書、二〇一二年）で説明している。

佐々木俊尚の説明によれば、太田竜の論理は、世の中を、「まともに働けばメシが食える人びと」と「まともに働いてもメシが食えない人びと＝市民社会から排除されている人たち」に二分する。そして高度経済成長で繁栄する市民社会から撤退し、失うもののなにもない弱者の立場への後退を訴えかけることで、「当時の学生運動が超えられなかった『繁栄する日本社会』という壁を一気に飛び越えること」を可能にしたからである。

「繁栄する日本社会」は、その内側に、叛乱する学生たち自身をすでに組み込んでしまっている。そうした足場を意識しているかぎり、誰もがインサイダーとなってしまい、市民社会からはみ出し革命の担い手になるはずの者たちを代弁することができない。少なくとも、表面的には「平等」で等しく幸福を享受しているというタテマエに縛られてしまう。

佐々木俊尚は、こうしたディレンマを乗り越えるために太田竜がとった視点を、マイノリティへの精神的な憑依だという。つまり、インサイダーとしての自分の立ち位置を完全に捨象し、「当事者」への精神に、さながら憑依するがごとく一方的に同一化し、「社会のインサイダーとしての当事者としてではなく、空を飛ぶ鳥のような俯瞰的な視点で、外部から汚れた社会を見下ろすこと」。それを佐々木俊尚は憑依のアナロジーで捉えたのだ。

これはつまりは「憑依」である。

つまり乗り移り、乗っ取り、その場所に依拠すること。狐憑きのようなものだ。マイノリティに憑依し、マイノリティに乗り移るのだ。そしてその乗り移った祝祭の舞台で、彼らは神の舞を演じるのだ。

（佐々木俊尚『「当事者」の時代』★101）

「辺境最深部」への撤退によって、みずからの責任を放棄しながらアウトサイダーへ精神的な合一をはかること。そして太田竜にとっての「辺境最深部」は、ほかならぬ「アイヌ」だった。こうした太田竜の「アイヌ革命論」が口火を切り、やがては日本のメディア空間そのものに浸透していった視点の取り方を、佐々木俊尚は「マイノリティ憑依」という言葉に要約している。つまり佐々木によれば、「日本人という民族的心象風景」ならびに「総中流社会が完成しつつあった一九七〇年代という時代状況」が「マイノリティ憑依」というパラダイムを、日本社会に深く浸透させていった。〈憑依〉することによって、マイノリティの〝声〟なき〝声〟を勝手に代弁してしまえば、みずからは安全な外部から、いくらでも相手を絶対悪として糾弾することが可能になる。それが「二十年をかけてマスメディアのみならず日本社会の根底を規定するメディア空間の基調となった★102」と、彼は述べている。

佐々木俊尚は、北海道庁爆破事件の犯人として死刑判決を受けた大森勝久が、太田竜の『辺境最深部に向って退却せよ！』の強い影響を受けていたことを指摘してもいるが、佐々木によればそれは、「マイノリティ憑依」の最も先鋭的な例のひとつだというのだ。そして先に見たように、「爆弾の時代」の熱気を、向井豊昭や「日高文芸」関係者は、少なからず共有していた。東アジア反日武装戦線の〝狼〟部隊は、「爆弾闘争」のうちもっとも大規模な被害者（死者八名、負傷者三七六名）を出した三菱重工爆破事件（一九七四年八月三十日）を実行したことで知られているが、その実行犯の一人で、事件後、クアラルンプール事件（一九七五年八月）に伴う超法規的措置で日本赤軍に合流した佐々木規夫は、実際に、姉去《あねさる》や二風谷を訪問して、〈アイヌ〉の旧土人学校について調査をしていた過去があり、そのさいに盛義昭の家に宿泊したという。「軒下にテントを張って宿泊させてくれというのを制して家に泊まってもらった。静かに話す青年と一夜の語らいであった」と、盛義昭は述懐している。★[103]

向井豊昭の小説にも、東アジア反日武装戦線は登場する。「ＢＡＲＡＢＡＲＡ」でもその原型長篇「骨踊り」でも、東アジア反日武装戦線の〝狼〟の代表的なメンバー、大道寺将司が逮捕されるまでの光景が、名指しで克明に描写されているのだ。大道寺将司と中学校の同級生だったアイヌ紋様刺繍家のチカップ美恵子（一九四八～二〇一〇年）によれば、彼には、差別に苦しむ〈アイヌ〉の親友がいたのだという。★[104]大道寺将司は一九九七年に獄中から著書『死刑確定中』（太田出版）を上梓し、そこに収録された日記でも、過去（一九七七年）に「風雪の群像」の復元計画がもち上がったさいに、計画に反対する文句が書かれたビラへの共感と同意を示していた。★[105]

では、向井豊昭の〈アイヌ〉への傾倒は、佐々木俊尚の批判する「マイノリティ憑依」なのだろうか。断じてそうではない。東アジア反日武装戦線は未遂に終わった「虹作戦」（天皇暗殺計画）にて、昭和を終わらせることを目指していたが、昭和最後の日を扱った「ＢＡＲＡＢＡＲＡ」では、回想を挟みながら文字通りにバラバラに増殖していく「自分」と「自分」の狭間にて、向井豊昭が関与を疑われた、北海道庁爆破事件のことが詳しく語り直されている。その部分で語られる内容が、よき例証となるはずだ。

自然の姿で呼ばれていたかつてのアイヌの土地は、釧路市となり、室蘭市となり、小樽市となり、アイヌは片隅に追いやられてしまった。その北海道の歴史は、東アジア反日武装戦線に集まり、爆弾を炸裂させ続けた彼等の思想を育んだのだ。

爆弾の時代だった。北海道のセンセイだった一人として、アイヌのことは忘れられない。壊さなければならないと思った。教育研究会でしゃべり、テレビでしゃべり、たくさんの機関誌に原稿を書いた。だが、言葉では壊れなかった。爆弾以外に、壊せるものはないようだった。言葉だけの人間をなじるように、次から次と爆破が続いた。

北海道庁の爆破があった次の日、学校に出勤すると、教頭が寄ってきて心配そうに言ったことがある。

「きのうの夜、警察から電話があってね、先生が欠勤しなかったかって聞くんだァ。ちゃんと出てきて、授業しましたって言っといたから」

苦笑だけを教頭に返した。アイヌのことには、もうすっかり疲れていたのだ……。

（「BARABARA」★106）


その後、職員室には警察官がやってきて、語り手にぞんざいなねぎらいの言葉をかけ、声を落として「アイヌモシリを乗っ取る道庁を爆破とか、わけの分からないことを言って、先生のように真正面にアイヌのことに取り組んでおられる方には、まったく迷惑な話ですよねえ。一体、どんな人間が、ああいうことをするんでしょうか？」と囁きかける。

そんな警察官に対して、語り手は「何ですか、あなた！　そんなこと、知るわけないでしょう！　あなた、ぼくを犯人だと思ってるんですか！」と、つい相手を怒鳴りつけてしまう。★107 ここで語り手は、みずからが発した「犯人」という言葉に苦悩する。自分が相手を「犯人」という言葉で糾弾することで、「平和憲法」に代表される和人《シャモ》の戦後民主主義的な慣習に身体の芯まで浸かってしまっていると気づくのだ。

こうした向井豊昭の姿勢は、ものごとをインサイダーとアウトサイダーに明確に切り分け、アウトサイダーの立場からインサイダーを一方的に糾弾する、などというものではまったくない。ましてや、東アジア反日武装戦線による「マイノリティ憑依」を、安全地帯から断罪するようなものでもない。むしろ向井豊昭の文業は、マジョリティとマイノリティをたやすく切り分けてしまうような社会のあり方、そしてマイノリティにたやすく共感し、そこにやすやすと憑依してしまうような「私」のあり方を——強い痛みを伴いながら——同時に問い直すものだった。だから、佐々木俊尚の言うように、「マイノリティ憑依」がポリティカル・コレクトネスの通俗化と結びついて現代のメディアにおける論調をかたちづくっているのだとしたら、向井豊昭の文学は、そうした言説へのオルタナティヴとして機能するものだともいえるだろう。

向井豊昭の挫折

「爆弾の時代」は、〈アイヌ〉をめぐる（政治的な）言説が活発化した時期でもあった。とりわけ重要なのが「アヌタリアイヌ」紙（一九七三〜七六年）だろう。佐々木昌雄が初代編集責任者の任についていたこのタブロイド新聞は、〈アイヌ〉自身の手によってある程度広範な読者を獲得すべく商業的に情報発信を行なう先駆的な試みであった。「アヌタリアイヌ」の刊行会代表を務めていた平村芳美は、もともと「日高文芸」の同人で、鳩沢佐美夫の同志的な存在だった。編集主幹の佐々木昌雄は、鳩沢佐美夫の『コタンに死す』の優れた解説「鳩沢佐美夫の内景」を著している。つまり「アヌタリアイヌ」は鳩沢佐美夫の強い影響下に置かれた媒体であったと言ってもよいだろう。

〈アイヌ〉という在り方を「状況」に見る佐々木昌雄の言説は、〈アイヌ〉をめぐるジャーナリスティックな言説において、図抜けた強度を誇っている。しかし一方で「アヌタリアイヌ」は、行政や北海道ウタリ協会（現・北海道アイヌ協会）への厳しい批判、そして「チャランケ」と題した欄を中心とした問題提起がひとつの特徴となってもいた[★108]ためか、「自らの主張がマスコミ紙や活動家によって安易に流用されることに悩まされていた」とも語られる。[★109]

「風雪の群像」爆破事件（一九七二年十月二十三日）の当時、「旭川のアイヌがすべて（引用者註：警察の）ブラックリストに載った」と言われているが、[★110]向井豊昭もまた、警察に疑惑の目を向けられることとなる。「爆弾の時代」においては、言論と運動は、ともに社会通念から離れた「まったく迷惑なもの」とみなされた。だが、〈アイヌ〉をめぐる運動が実際に暴力を伴うものへと過激化していくにつれ、言説と運動の溝は広がり、一方の言説はみずからの無力さを痛感し自閉的となっていく。向井豊昭の「挫折」の遠因はここにあるのではなかろうか。

この頃、向井豊昭は盛義昭へ宛てた書簡（「日高文芸」を送ってもらったことへの礼状）で、故・鳩沢佐美夫への絶望を告白している。一九七二年に発売された『若きアイヌの魂』に、須貝光夫へ宛てた鳩沢佐美夫の一九七一年四月三十日付けの書簡が収録されていたからだ。その書簡では、鳩沢佐美夫が「あまり彼の内部に立入って」「結局彼のプライドを傷つけた」[★111]こと、それによって向井豊昭が「日高文芸」を退会したことが記されていた。

（引用者注：『若きアイヌの魂』の）210ページから211ページにかけての彼の須貝氏に宛てた手紙は、あまりにも主観的な判断であります。「僕に直接批判を寄せるのではなく盛君に何か批判めいた書状を宛てたのです。これにはいささか失望しましたが――」とありますが、鳩沢は、わたしに向かって、「来信をことわる」と、一方的に言ってきたのです。だから、わたしは、あなたに宛てて、「日高文芸」の退会を話したのです。

「もう僕には言葉もかけてくれません。」「僕に対しての強烈な批判のようです」とも彼は書いています。しかし、わたしは自分の文学的な事情によって「日高文芸」をやめたかったのであり、わたしは同時に「札幌文学」もやめました。これがわたしの真意なのです。（……）あの遺稿集を読む限りでは、鳩沢氏をかげでこそこそ批判している愚劣な人間が向井であるかのような印象を与えるのではないでしょうか？　生きている人間への配慮がたりないと思われるのです。

（盛義昭宛の書簡、一九七二年十二月十一日付の消印）

向井豊昭の「挫折」と鳩沢佐美夫への絶望の因果関係はわからない。また、向井豊昭と鳩沢佐美夫の仲が決裂したことについて、どちらの発言に妥当性があるのかも、いまとなっては判断することが難しい。けれども、指摘しておきたいことがひとつある。それは、向井豊昭が終生、鳩沢佐美夫への敬意を忘れなかったことだ。晩年の向井豊昭は、手元の蔵書をなるべく古書肆へ売却するようにしていたが、遺された数少ない文学書のなかに『コタンに死す』があったことを筆者は確認している。そして「生きている人間への配慮」の「たりな」さそのものも、特定の個人の思惑のみに還元されるものではない。というのも、近年の実証的な研究において、『若きアイヌの魂』の複雑なテクスト的事情が明らかになっており、それによれば『若きアイヌの魂』の成立過程においては、複数の関係者によるカッコつきの「善意」が、裏目に出たものとなっていたからだ。[★112]

地方文壇と中央の出版社との温度差、一九六八年の「北海道百年」キャンペーンや一九七二年の札幌五輪に伴う祝祭ムードによって反動的に盛り上がりを見せた〈アイヌ〉の立場からの北海道開拓史への批判、それらが「アイヌ復権運動」の文脈で複雑に絡み合って、『若きアイヌの魂』の成立にも大きな影響を及ぼしていた。つまり、〈アイヌ〉をめぐる人々の「善意」が、状況とおのおのの思惑のもとですれ違いを見せてしまっており、向井豊昭と鳩沢佐美夫の決別についても、こうした文脈とは無縁ではありえないだろう。

向井豊昭と三好文夫

「善意」のすれ違いを超えて、「爆弾の時代」における文学のあり方を考えるには、向井豊昭と同じように〈アイヌ〉ならざる立場でありながら〈アイヌ〉の主題を追い続けた作家・三好文夫（一九二九〜一九七八年）の仕事が役に立つだろう。向井豊昭が「風説の群像」爆破事件にからんでその名を出している三好文夫は、その「重い神々の下僕」（一九六五年）が一九六五年上半期の直木賞候補になったことで、文学史にその名を残している。「重い神々の下僕」は、爆弾テロを計画していたとされた〈アイヌ〉青年を、語り手の新聞記者が追っていくという小説であり、初出は同人誌「冬涛」だった。

三好文夫は、表題作を含む四篇を収めた『重い神々の下僕』（潮出版社、一九七四年）のほか、『シャクシャインが哭く』（潮出版社、一九七二年）、『人間同士に候えば』（水兵社、一九七九年）と、合計で三冊の著作を出したが、一九七八年に大雪山愛山渓にて脳卒中で倒れ、そのまま帰らぬ人となっている

（ゆえに『人間同士に候えば』は追悼出版されたものだ）。向井豊昭も三好文夫も、ともに小学校の教師を勤めながら小説を書いていたという点でよく似ているが、三好文夫の小説は概して、サスペンスに満ちたミステリアスな導入によって読者の関心を惹きながら、「政治の季節」ならではの〈アイヌ〉をめぐるシリアスにして現代的な主題を突きつけ、それを、あざとくなりすぎないよう絶妙なバランスでまとめ上げるというもので、私小説と詩を土台にする向井の作風と好対照をなしている。けれども、向井豊昭は「手」六号掲載の「北の系譜」（一九六七年）で、三好文夫は「ラウンクッの女」（一九六六年）で、それぞれ自殺する〈アイヌ〉のホステス、という共通のモチーフを取り扱っている。

加えて両者は「北方文芸」誌上にて――のちに大ベストセラー作家となる渡辺淳一（一九三三～二〇一四年）らを交えた「座談会　辺地と職業の中の文学」（一九六八年）で同席している。議論を進めているのは、主に向井と渡辺だが、「テーマと小説と」という節にて、三好文夫を含めた三者の意見が交錯する場面があり、そこを見てみよう。

向井　太宰治は津軽でぼくは南部なんですが、ぼくにあの太宰のユーモアが欠けていると思うんです。そういう意味で好きです。

三好　ぼくはアイヌのもつシャーマニズム、それが現代にどう作用するかということを考えてる。それがなければアイヌはいらないのです。人間の本質的なものがアイヌのなかに典型的に表れてると思っている。その典型的なものがだんだん崩れてきているけれど、崩れてきている代償もいまは見ることが出来る。

（……）

向井　アイヌのシャーマニズムというのはかって《（ママ）》のいわゆる大和民族の上に、同じような意味をもたせるんですか。

三好　ほとんどそうでしょう。ただぼくらはそれを見れない、ふりかえれないでしょう。だからやるわけです。よしんば小説と呼ばれるものであろうとなかろうと。

向井　私、青森県で育ったのですが、考古学をやってる友人がいて（引用者注：田中忠三郎のこと）、そこでアイヌ語の研究をしていた。それと、近所のまたぎ部落の儀式の風習のなかにアイヌの熊祭りにとても似たものがあるんです。そこでアイヌを拡げて考えてみたい。現実のモチーフからテーマに通じてみたいという具合なんです。

渡辺　実際の話でものを書く場合、テーマを先に決めていくときと、ストーリーから絞って追ってゆくときがあって、どっちがいいのか、ぼくはその時々でやってるんですが、書く場合はやはり内にたぎるものがなければならないと思う。それがないとやはり甘いものになってしまう。

三好　テーマを考えて小説を書いたことなどない。

司会　そういうのぼくは信じない。面白い話だからつづけてください。

（「座談会　辺地と職業の中の文学」★[113]）

三好文夫が小説を通じて「アイヌのシャーマニズム」を描き出そうとするとき、それはすでに「ふりかえれない」過去のものだが、一方の向井豊昭は「現実のモチーフ」としてそれを捉え、広げたいという意欲を見せている。だが、三好文夫は渡辺淳一が例に出した、テーマが先行した書き方を採らないと明言する。それはそのとおりで、むしろ三好文夫は、愚直なまでに〈アイヌ〉にまつわるリアリズムを追究した結果、それがサスペンスフルな導入へと近づいていったというほうが、実態を的確に言い表わしているだろう。

そもそも三好文夫は、旭川人権擁護委員連合会が発行した『コタンの痕跡　アイヌ人権史の一断面』（一九七一年）の編集に携わっており、〈アイヌ〉への差別撤回のため、最前線で活躍していた。この『コタンの痕跡』には向井豊昭も「アイヌの子どもたち」というレポートを寄稿している。このレポートは、向井豊昭が書いた〈アイヌ〉と教育をめぐる現場でのレポートの集大成に相当する。向井豊昭はただ、無責任に「逃亡」したわけではなく、自分なりのけじめをつけたうえで、〈アイヌ〉の現場から離れたのだ。

家族小説への傾斜

一九六八年の「座談会　辺地と職業の中の文学」のあと、向井豊昭は、北海道を代表する文芸誌「北方文芸」三巻二号（一九七〇年二月）に小説「掌の中のつぶて」を寄稿している。ここでは、「御料牧場」や「うた詠み」で書かれた〈アイヌ〉の女の子を教えるというモチーフを、向井豊昭自身のルーツである下北の土地と本格的に接続させようという、意欲的な試みが見られた。下北の自然を描く峻厳な描写と相俟って、本作は読者に透徹した印象を与えるものとなっている。

「掌の中のつぶて」の基本的な構造は「御料牧場」や「うた詠み」によく似ているが、学校の唯一の女教師である「辻本哲子」（テッちゃん）と主人公とのかかわりの間に、荒れる海と恐山、そして母への憎悪と死のイメージが交錯する。しかし、登場する〈アイヌ〉の「酋長」が語る「昔話《ウエペケル》」は「仏教的装いに塗り変えられた」ものとして描かれる。ここで、語り手が取り組もうとする〈アイヌ〉

の問題は、女性という「他者」への距離感に重ね合わされるのだ。

「誤解しないで！　あんたはあんた、わたしはわたしよ。あんたなんか、芥溜めなんだわ。男は、みんなわたしの芥溜みよ。わたしの芥を吐き出してやったのよ！」

鼓膜の奥で、彼女の叫びが谺する。それは、螺旋のようにぼくの魂をえぐりながら、記憶の掌を打っていた。いじめられっ子のぼく、非行少年のぼく、阿呆と老いぼれに仕込まれたぼく、芥溜めそのもののぼく……

彼女の言葉に打たれながら、ぼくは、ぼくの記憶の掌に身構える一つのつぶてを感じていた。ぼくそのものが、もはや一つのつぶてであった。思いきり、ぼくはガラス戸に身体を投げつけた。肘を走る痛みと共に、ガラスは砕け、たてつけの悪いその戸は、ぼくを乗せて校舎の中へ倒れていた。テッちゃんの悲鳴が耳を突く。宿直室の片隅に立ちすくんだ彼女めがけて、ぼくは飛びついて行った。

「離して！」

酒臭い息を吐きながら、テッちゃんは、ぼくの腕の中でもがく。ぼくは彼女を抱き込みながら、シーツの乱れた布団の上へ倒れていった。顎をめがけて、彼女は腕を突き上げてくる。

「止めなさい！　わたし、お婆さんなのよ！　お婆さんなのよ！」

老婆のように、彼女の声はかすれていた。ぼくの脳裏を、不意に母がよぎっていく。つぶてのように阿呆へ挑む、海隆丸のあえぎがよぎっていく。おだやかだった日頃の表情とはうらはらに、厳しい姿勢で阿呆へ挑む、あの舟小屋の海隆丸——単なる交尾ではない。まして単なる愛ではない。言い知れぬ無数の歯車を噛みあわせ、ぼくの心は一つの言葉をせり上げていく。

「結婚しよう！」と、ぼくは叫んでいた。

彼女の両手が、ぼくの首にまわっていた。その手は、ぼくの首すじを、彼女の喉元へと近づけていく。ぼくの眸に氾濫する彼女の顔、まだらに剝げた化粧、合間に覗くよどんだ素肌、どんよりと伸びる生毛を見下しながら、ぼくは、そこへ重なり、見下されていく繁子というアイヌを感じていた。（「掌の中のつぶて」）[★114]

続く結末部で語り手は、「政治の極みのはるか彼方、北の半島の遠い時間の彼方から、あの恐山の溶岩のように人々の魂をえぐり流れ、ぼくの魂へ伝えられてきたふるさとの言葉」で、「テッちゃん」にプロポーズする……。このような、〈アイヌ〉と故郷の狭間で、語り手のルーツを深く問いなおした「掌の中のつぶて」をひとつの契機として、向井豊昭の作風は、一つの家族小説とも言うべきスタイルへと傾斜していく。それは向井豊昭が一九七六年に自費出版した第二小説集の表題が、『ここにも』（私家版）であったことからも明らかだ。つまり『ここにも』は、「ここにも普通の家族がある」という意味を込めてつけられたタイトルなのである。[★115]

「エスペラントという理想」に託したもの

向井豊昭は、一九七一年頃からエスペラント語の独学を開始する。このときの想いを、向井豊昭は「北方文芸」に発表したエッセイ「エスペラントという理想」にまとめている。

エスペラントを一人で学びはじめたのは三年ばかり前のことだった。アイヌとシャモの関わり方を考え続けていたわたしにとって、それはシャモのわたしがとらねばならない抜き差しならない態度のはずであった。勿論、わたしにとってのエスペラントは、ただの世界共通語としてのそれではなく、それを編みだしたユダヤ人、ザメンホフの心の底にある一つの民族の重い痛みであった。

（……）

三年の間に、アイヌ問題は、ひどくにぎやかに新聞をかざるようにもなった。その新聞は日本語の新聞であり、アイヌ問題は、だから日本語で語られていた。その日本語でアイヌを傷つけ、アイヌ語を砕いていったはずであったのに――。（「エスペラントという理想」[★116]）

向井豊昭のエスペラント語学習は、やがてエスペラント語の翻訳を発表するというかたちで結集する。知里真志保の『アイヌ民譚集』（一九三七年）に収められた「パナンペとペナンペ」の物語、つまり「尻や、屁や、糞などという単語が、あけっぴろげに出てくる」、「あけっぴろげで、それでいて、ちゃんと道徳でしめくくっている」この民話を、「わたしは急に世界中の子どもたちに読ませたくなり、それを実行に移したのだ。図工の時間に子供たちに書かせたイラストを添えて、彼はエスペラント語絵本『パナンペとペナンペ』を作成、一九七四年に自費出版する。

翌一九七五年には「地図が欲しかった。歴史を知りたい。もっと清らかな民話を紹介して……[★117]」という要望に答え、十勝アイヌに伝わるチャランケ（話し合い）の話、『ポロシリ岳の二つのちぶさ』のエスペラント語訳を自費出版する。こうして彼は、「エスペラントの理想」にアイヌの未来を託したのだ。また、日本エスペラント協会が発行した『アイヌ神謡集』エスペラント語版（一九七五年）にも、向井の指導下で鳧舞《けりまい》小学校の児童が描いたイラストが使用されている。

この頃書かれた小説に、エスペランティストで、ローマ字教育運動の先駆者でもある斎藤秀一（一九〇八〜四〇年）に取材した評伝小説「Saitô-Hidekatu」（一九七六年）がある。向井豊昭は、わざわざ山形にまで出かけて斎藤秀一の日記を閲覧し、それを作中に取り入れたのだ。隠れた名作で、優れた斎藤秀一論にもなっている。

そのころ、昭は、教員仲間と一緒にとりくんでいたアイヌの子どもたちへの教育運動から逃げだしていた。駅もあり、札幌への日帰りも楽にできる場所から、全校児童がたった十八人という山奥の学校を望んで移ったのも、そのあたりにはアイヌがいないという理由からであった。逃げてきた山の奥にも噂話はつたわってくる。あいつはニセモノだった。あいつは階級意識がなかった。あいつは教室ベッタリでアイヌ人民との結合はなかった……

その通りの昭ではあった。しかし、昭をなじる仲間たちの言葉――アイヌにとっては侵略者の言葉である日本語で、彼等はアイヌの子どもたちにものを教えるのだ。その矛盾は、昭をつまずかせた大きな理由であった。

人種や民族、国家を超えた言葉の理想にひきつけられ、昭は一人でエスペラントを学びはじめた。

斎藤秀一のことを知ったのは、翌年の春のことである。日本エスペラント学会の機関誌に、日本文で、四ページにわたって紹介された秀一の仕事はこんな言葉でしめくくられていた。

斎藤秀一は断固として国際主義と民衆の立場とを貫き、自己の信念に生き、大日本帝国政府にただ一人でたちむかって、たおれた。彼の肉体は滅びたが、その雄々しい精神と、ユニークな言語思想はよみがえって、私たちを永久に励ましている。

昭には及びもつかない勇ましさであった。できることなら、その勇ましさにあやかりたいと思いながら、昭は半ばうたがった。うたがいなら、同じ雪国の、同じ教師であった秀一に、昭は心をひかれるのであった。

（「Saitô-Hidekatu」）[★118]

「Saitô-Hidekatu」は、教育関係者やエスペラント関係者には、それなりに読まれたようで、歴史教育者協議会編『草の根の反戦・抵抗の歴史に学ぶ』（平和文化、一九九八年）の第七章「若き言語学者・斎藤秀一の抵抗」（升川繁敏）の冒頭では、「Saitô-Hidekatu」に出てくる「「20ページを／ヒラキナサイ！」／ヒトゴロシ／チュウギ　ト　オシエル。／ココロ　ワ　クライ」という斎藤秀一日記の引用が紹介されている。初出から二十二年が経過しての紹介ということからも、「Saitô-Hidekatu」が与えたインパクトの大きさが伝わってくる。

ベンチク・ヴィルモシュ「シャーネックの死」の翻訳

「Saitô-Hidekatu」を発表したのと同じ一九七六年、向井豊昭は、ハンガリーのエスペラント語作家、ベンチク・ヴィルモシュ（Benczik Vilmos）の「シャーネックの死」Morto de Ŝanek を翻訳し、当時会員となっていた同人誌「日高ＰＥＮ」７号に発表した。ベンチク・ヴィルモシュはハンガリー人で、姓（ベンチク）、名（ヴィルモシュ）の順に書く。生業はエトヴェシュ・ロラーンド大学付属専門高校の教授で、ハンガリー語を教えている。代表作に *Studoj pri la esperanta literaturo*（エスペラント文学の研究、一九八〇年）があり、これは現在でも読み継がれているという。これまでに二度、来日している。

「シャーネックの死」は、もとは「ハンガリア解放三十周年記念号」として、一九七五年にハンガリアで発行された「世界平和エスペランチスト運動」の機関紙「パーツオ（平和）」に発表されたものだ。向井豊昭は、長く交流を重ねたエスペランティストの峰芳隆の紹介で、同作を知ったのである。[★119] なお発表したあと、「シャーネックの死」は、「北海道新聞」一九七六年十月二十六日夕刊「道内文芸誌だより」にもかなりの紙幅を割いて取り上げられ、向井豊昭はそのことを大いに喜んだ。

「シャーネックの死」の舞台は、一九四四年十二月二十八日、ハンガリー（ハンガリア）のトランスダニューブ村。ソヴィエト（ソビエト）軍の兵卒シャーネックが、村で出会った女に「ふるさとの思い」を見るものの、互いに意志を通わせるチャンスを待つことなく、「ハンガリアのナチ党員」の軽機関銃で、二人は無惨な死を遂げる。シャーネックは女との相互理解を夢見ながらも、彼女を救うことができなかったのだ。

　人々は、女とシャーネックの死体を見た。

　軍医の一人は、シャーネックの貫通銃瘡と戦いの激しさを、その死体に確かめた。

断末魔の瞬間、シャーネックが何を思い、どのような思い出が現われていったかを人々は知らないし、知ることはない。とは言っても、黒いお下げの女が、その瞬間の重大な役割をはたしていただろうことは、おそらく間違いない。彼の戦友たちは、唯一の支えを失い、困難な生活を感じるだろう母親について、彼が考えただろうことも疑わなかった。ハンガリアを解放するソビエトの部隊が数キロメートルに近づいていることを知りながら、どうして、同じ国の女を売国者たちは襲うことができたのだろうか、という問いもまた、おそらく彼をゆるさぶっただろう。それらの思いは、死んでいるシャーネックの頭にひしめいている。

そして、それらは、彼が参加した戦いの意味についての彼の黙想を続けさせるだろう。ファシズム、帝国主義などという言葉について、政治委員は、しばしば兵士たちに語ったものだ。しかし、シャーネックには、それほどよくは分からなかったし、戦争の結果についても考えなかった。

彼は、ただ、死んだ。

（ベンチク・ヴィルモシュ「シャーネックの死」★120）

このような意味性を欠いた「死」は、イデオロギーを超え、まさしく実存主義的な重みのあるものとして突きつけられる。実存主義の背景には二度の大戦でヨーロッパが灰燼に帰した「大量死」の絶望が存在しているが、向井豊昭は、「爆弾の時代」においてエスペラント語に接することで、この種の絶望を追体験し、実存主義を再帰的に吸収した。翻訳協力者としてクレジットされている峰芳隆への手紙で、向井は、次のように述べている。

『シャーネックの死』が活字になりました。

ハンガリーには、すぐ送りました。

あなたにも差し上げます。

田舎の印刷屋のため、改行の間違い、脱行など、さんたんたるものです。でも考えようによっては、こんな田舎にエスペラントの原作小説が紹介された意義を自賛していた方がいいでしょう。

（……）

エスペラントの世界的な文芸誌というものが、今あるのでしょうか。あったら、紹介してください。こうして翻訳をすることも少しはエスペラントのためになるのだとわかりました。

（……）

ユダヤ人という言葉は、原文のなかにありませんでしたが、勝手に翻訳文の中に入れてしまいました。これは許されることなのかどうか、今でも心にひっかかっています。

（峰芳隆宛の手紙、一九七六年十月二十九日付）


向井の「ユダヤ人」に対するこだわりは、「エスペラントは、迫害された民族の痛みから生まれてきたもの」との認識に基づいている。そして「エスペラントの世界的な文芸誌」に関心をもつに至るまで、そのパースペクティヴは広がりを見せていたのだ。実際、この頃、向井豊昭は峰芳隆のほかにも、エスペランティストの星田淳や三ツ石清（一九一三〜二〇〇九年）らとの交流を深め、また、フランスのフレネ自由教育のエスペラント部会が発行する機関紙「ICBM-Esperanto」に、教育実践報告や掌篇小説を寄稿するといった活動を行なってもいる。向井豊昭は一九八〇年代に「ヌーヴォー・ロマン」（アンチ・ロマン）との邂逅を果たし、その作風を大きく変化させるが、その下地は「エスペラントという理想」によって、培われてきたものなのだろう。

二　「和人史」から、「ヌーヴォー・ロマン」へ

「ヌーヴォー・ロマン」との邂逅

向井豊昭が「ヌーヴォー・ロマン」と初めて出逢ったのは、「早稲田文学」に掲載された平岡篤頼（一九二九〜二〇〇五年）の講演録「フランス小説の現在――いつわりの難解さとその活力」（一九八四年九月号）を介してであった。実力派で鳴らしたフランス文学者であり、自身、小説をものして二度の芥川賞候補となった平岡篤頼は、この講演を通じて、モダニズムを引き継いだ二十世紀文学の代表的かつ革新的潮流である「ヌーヴォー・ロマン」、およびその代表的な作家であるクロード・シモン（一九一三〜二〇〇五年）――講演の翌年、つまり一九八五年にはノーベル文学賞を受賞することになる――の小説の特徴を平明に解説している。ここで論じられるクロード・シモンの『三枚つづきの絵』（一九七三年）の原題は *Triptyque* であり、文字通り三幅対のように、三つの異なる現実が並列された構成をとっている。言葉がイメージを喚起し、そのイメージがさらに新たなる言葉を引き寄せる、言葉の運動。しかし、それが具体的な意味やメッセージへ集約されることはない。こうした「ヌーヴォー・ロマン」の形式性を極限まで推し進めた『三枚つづきの絵』のスタイルを、平岡篤頼は講演に

て、「一種の遊び」であり「ゲーム」なのだと断じている。

で、作者はそんなゲームで何を言おうとしているのか。我々はすぐそういうふうに考えるんですけれども、その前に、読んで自分が感じたものというのを考えますと、或る渾沌としたもの、全てが動いていて、渦巻いていて、人間たちが自分の置かれている立場や自分のやろうとすることもはっきり認識できないままに、がむしゃらに生きたり、笑ったり、走ったり、セックスしたり、成長しようとしたり、迷子になったりする。そういう、ふるい言葉でいうと生命の蠢動といいますか、ダイナミックなカオスのようなものが感じられると思うんですね。

同時に、一方ではそれら全てを次々に呑み込んでいこうとする或る虚無みたいなもの。(……)その悲劇的な時間《とき》の、運命の、暴力性みたいなもの、吸引力のようなものが、生命の謳歌とバランスをとって描き出されているのを感じます。それは作家が書こうと意図して書いたものではなくて、言葉のそういう運動のなかから自ずから浮かびあがって動くイメージ群という印象が非常に強くいたします。

(平岡篤頼「フランス小説の現在——いつわりの難解さとその活力」)★121

ここから平岡篤頼は「ゲームからも本音は出るものだ」として、「ヌーヴォー・ロマン」特有の偉大な喚起力、表象の可能性の大きさを説明してゆく。彼によって提示された「ゲーム」的なイメージの連鎖によって表象や本音を浮かび上がらせるという手法は、以後の向井豊昭の核となった。

では、向井豊昭は「ゲーム」をどのように捉えていたのか。そのヒントになりそうなものが、「演劇と教育」一九八〇年五月号に発表された、「誕生会のなかの子どもたち」である。向井豊昭が教壇に立った地方の小学校の研究会では、子どもたちの語彙の少なさや貧しさが問題視されるが、向井豊昭はむしろ、子どもたちの少ない語彙のなかに込められた「心いっぱいの思い」を表現できるように、「遊びと言葉の場所」を、ひそかにクラスで行なう誕生会というかたちで設けていたのだ。

遊びと言葉――その二つの結びつきを、わたしは教育の中で求めたい。そこにこそ、子供の本当の「自主性」「主体性」があるのではないだろうか。『演劇と教育』誌を読みだしたのも、そのためである。

今、わたしは持ちあがりの二年生の担任である。一年生の時から、誕生会を「遊びと言葉の場所」にしようとして、毎月つづけてきた。五人から六人のグループでやるものをきめ、練習して誕生会の日を迎える。劇、紙芝居、ペープサート（引用者注：紙製の人形を用いる劇のこと）、クイズ、歌、ハーモニカ合奏など、おもいおもいの出し物が現われるが、どんな出し物をやる場合でも何かを製作して発表することをわたしはすすめる。だから「森の熊さん」を歌う子供たちは模造紙いっぱいに森の木を描いたり、「チューリップ」を合奏する子どもたちはチューリップのおめんを作ったりする。

見てもやってもおもしろいのはペープサートだ。画用紙に人形を描き、切りぬいた人形にセロテープで割りばしを固定する。舞台はオルガン。製作にはそれほどの時間がかからないし、子どもの創造性も発揮される。

（「誕生会のなかの子どもたち」★122）

下北というルーツの再発見

「ヌーヴォー・ロマン」と出逢った一九八四年の冬休み、彼は「第二の故郷」下北半島を一周することで、「半島を見つめ直し、自分にしか書けない方法で小説に取り組もうという決意」を固める。このときから彼は、「方法を意識」し始めたのだ。[★123] 向井豊昭の遺稿のなかには、康見季生名義で書かれた「下北」という小説がある。どこかの新人賞に応募した形跡がある作品だが、みずからのルーツを確認しながら、「方法」について、試行錯誤を重ねていたことが伝わってくる作品だ。

「方法を意識」[★124]することで最初に生まれた成果は、「下北半島における青年期の社会化過程に関する研究」(一九九六年)だろう。この作品は、もともと一九九二年度の第九回早稲田文学新人賞の最終候補作となったものだった。それがリライトされ、第十二回早稲田文学新人賞受賞後の第一作として発表されたさい、当時の「早稲田文学」掲載作としては異例なことに、「朝日新聞」における文芸時評の対象となったのである。

集団就職で東京へ出てきた下北半島出身の若者といった、どこか向井豊昭自身の影を感じさせる主人公は、贄《にえ》幸悦という象徴性溢れる名前を付与されている。彼は、古本屋で見つけた『下北半島における青年期の社会化過程に関する研究』という高価な書物のなかに、「図表の数の一つとして処理」された彼自身にかんする記述を発見したことで、「下北を語れるのは下北弁でしかあり得ない」との考えに至り、「下北弁による下北論の完成」に心奪われる。それが契機となり、東京での実生活の「音」と、下北の過去を表わすねぶた囃子の「音」が交錯するに至る。

時評での選者・蓮實重彦は、「言葉の無意味さ」へと至る「虚構の設定の大胆さ」[★125]が、「読む感性を一瞬ごとに揺るがせる」ことが貴重なものとして、この作品を評価している。彼は向井豊昭の「ＢＡ

RABARA」を「抑制されたアナーキズム」とも評していたが、[126]その抑制を可能にするだけの設定は、やはり「ヌーヴォー・ロマン」を通過したからこそ可能になったものだろう。こうした向井豊昭の試みは、全篇が下北弁で著され、「シモキタ・ピジン語」とニッポン語の語物識帳《おんべさま》(対訳表)が冒頭にかかげられる「まむし半島のピジン語」(一九九七年)[127]をひとつの頂点とし、定時制高校時代の恩師であった齋藤作治が発行する雑誌「はまなす」(下北の文化研究所)に、「自分稼《じぶんかへぎ》豊昭のエキストラ」(一九九四年)や、「観音様の背中《へなが》」といったオール下北弁の小説を寄稿していく。それと同時に、より大胆に「音」のあり方そのものを問い直す試みを行なっていくようにもなるのだ。

歴史小説「寛文蝦夷の鳥」

「方法を意識」した向井豊昭は、みずからのライフヒストリーを繰り返し描き直すことで、その思想とテクストを彫琢させようと試みた。そんな八〇年代における向井豊昭の試行錯誤を理解するヒントとなる作品が二つある。「ヌーヴォー・ロマン」との邂逅以前に「北方文芸」に発表された「寛文蝦夷の鳥」(一九八〇年)、そして「ハンロ・ウッサム」(一九八二年)である。

「寛文蝦夷の鳥」は、それまでの向井豊昭の作品とは異なり、いわゆる歴史小説的な構成と語り口《ナラティヴ》を採用した小説であり、寛文九(一六六九)年の「シャクシャインの蜂起」を題材にとっている。語り手の「松右衛門」は、松前藩の鷹侍部屋鷹侍頭(鷹狩に使う鷹を捉えるために働く侍の長)である「庄太夫」と、シペシャリ(現・新ひだか町静内)の長であるシャクシャインの娘「リカセ」との間に生まれた息子で、成長してからは松前藩の通辞(通訳)を務めている。冒頭、商人や鷹侍たちと一緒にシペシャリ川を下った彼らは、シャクシャインの砦であるチャシ(崖)において、〈アイヌ〉たちが

「和人を殺せ」と激昂しているのに出くわす。松右衛門は、「おれは鳥だ。アイヌと松前をつなぐ鳥になろうと心に決め、通辞になったおれなのだ」と、松前藩と〈アイヌ〉の関係悪化を防ぎたいという使命感を有していたものの、父に絶縁され、やがては、蜂起に巻き込まれてしまう……。「寛文蝦夷の鳥」のクライマックスで、「松右衛門」が父に再会する場面は、他の向井文学には見られない、古典主義的ともいえる様式美とアクション性が魅力的だ。


眠りをさまされた子どもたちの泣声が、あちらこちらに響いていく。叱りつける母親の声は、それにも増して甲高かった。人が人を呼び、さわぎの中で人が駈ける。駈ける人の姿の中に、ひとかたまりになった鷹侍を見つけ、おれは思わず叫んでいた。

「止まれ、仕掛弓にかかるぞ」

叫びをふりきり、鷹侍たちはころがるようにきりぎしに消える。きりぎしの下で悲鳴が重なった。雪の斜面から突きでている樹々の陰に仕掛弓をすえつけたのは、数日前のことなのだ。消えていったのは、たしか三人。父はいなかったはずだ。父はどうしているのだろう。おれの足は雪をけっていた。入り乱れる人の中で、母の背中も走っている。母を追いこすおれの背に、母の息づかいがつたわっていた。

「父上」

小屋の中に飛びこむと、父は囲炉裏の前に突っ立って襷をかけようとしていた。

「おう、松右衛門」

壁の萱が音をたてる。壁にぶつかり、ころがるように入ってきたのは母であった。

「リカセもか」

「逃けよ《（ママ）》」と、母はわたしの手をとった。父を見つめて、母はまた言う。

「逃けよ《（ママ）》」

「逃げない。お前たちだけ逃げろ」

「逃げません」と、おれは言った。おれの手をにぎりながら、母は膝からくずれ落ちた。

「戦いがはじまった時から、わしは今日の日をおそれていた。おそれのあまり、わしはお前たちと縁を切った。しかし、今は違う。今こそ、わしは戦おう。わしの死場所はここなのだ。アイヌを痛めつけた和人の側でおめおめ生きながらえるよりも、わしはアイヌの友として死んでいきたい。それが、お前たちに対するわしの愛の証なのだ」

　一気に父は言いきると、深く息をついた。

「リカセ、あなたのつま。しぬ」と、母は顔をあげて言った。

　女子どもの逃げる音が、次第に遠のいていく。静けさが不意におとずれ、幹を叩く啄木鳥の音が響いていた。おれの心をついばむような嘴の音だ。ついばまれる、おれは一匹の虫だったのか。いや、おれは鳥、おれは嘴。嘴となって戦いぬこう。

　啄木鳥の鋭い叫びが、小屋から飛びだすおれを煽った。

（「寛文蝦夷の鳥[★128]」）

向井豊昭と金丸継夫

〈アイヌ〉の友として戦い抜くと宣言する、「松右衛門」の父・「庄太夫」。この「庄太夫」については、実際に史料への言及があり、なかには彼が通商船を独占するために〈アイヌ〉を唆して団結させ、松前藩への謀反へ導いたとする学説も存在する。[129] しかしながら、シャクシャインに「リカセ」という娘がいて、彼女が和人の庄太夫との間に、のちに通辞となる混血の息子をもうけたというのは、向井豊昭の創作であろう。というのも、筆者が調査したところ、彼の蔵書には、金丸継夫の『アイヌの内面　シャクシャイン砦落城前夜』（北海プリント社、一九七五年）があったからだ。同書には「シャクシャインの娘キシヌエ」が重要な役割を担う人物として登場するが、彼女は作者による創作だと但し書きが入っているのである。

金丸継夫については、その論文を政治活動に利用しようと接触をはかってきた太田竜を毅然と退けた「静内町農屋生まれ」の〈アイヌ〉であることが、太田竜自身の筆で記録されている。[130] また、金丸継夫は、「アイヌの伝承」という連載を「北海道地方史研究」誌上で長らく続けており、その記述からすると、「御料牧場」に登場した「飛田さん」は、金丸継夫がモデルなのではないかと推測できる。[131] そして『シャクシャイン砦落城前夜』は、「シャクシャインが女目付の子孫七代目である筆者の亡母、死ぬ一年前から語り続けて呉れたもの」[132] を骨子とし、「十五年余」の調査を軸に「落城前の一部分のみ」を創作として語り直したもの。感嘆符を多用する独特の高揚した文体は、勢い余って舌足らずにも見えるが、散りばめられたアイヌ女性たちによる白鳥や丹頂鶴に擬せられた輪舞のイメージは――あくまでも「資料」ではなく「創作」であると断られてはいるものの――史料から遮断された「アイヌの内面」へ迫ろうという意気込みに溢れたものとなっている。記録されざる歴史の実像へ内面から迫ろうとした金丸継夫の語り口《ナラティヴ》に、どうやら「寛文蝦夷の鳥」は、多くを学んだようだ。

歴史叙述における「アイヌの視点」

「寛文蝦夷の鳥」というテクストは周到に、語り手を〝混血〟と設定している。そのうえで、歴史小説としてのフレームを、『シャクシャイン砦落城前夜』よりも前景化させるのだ。そして「アイヌと和人をつなぐ鳥」は、自由の象徴として軽やかに飛翔することはなく、松前藩の侵攻を前にして決死の覚悟で嘴を尖らせる啄木鳥のイメージへ転化される。『シャクシャイン砦落城前夜』と「寛文蝦夷の鳥」を並べたときに見えてくるのは、歴史叙述における「アイヌの視点」がどこに位置づけられるのかという問題だ。歴史学と口承文学、双方の観点からこの問題を捉えた研究者である坂田美奈子は、それまでの研究史を整理しながら、〈アイヌ〉に関した歴史叙述の問題点を指摘する。

> 和人の古記録によってクローズアップされる事柄によって構成された歴史叙述は、いくらアイヌについて語ろうとも、それは和人社会の時代的社会的変化にとって重要な限りにおいて言及されるのにすぎない。数々のアイヌとの紛争事件は、それらを戦い、解決することが松前藩の近世国家における位置づけにとって重要であるからこそ記念碑的事件となるのだ。
>
> （坂田美奈子『アイヌ口承文学の認識論《エピステモロジー》――歴史の方法としてのアイヌ散文説話』★133）

〈アイヌ〉個人の内面を忖度することが困難なだけではなく、その歴史を語ることが、そのまま「和人史」の表出となってしまう現実。現に、シャクシャインの蜂起を語った〈アイヌ〉側からの史料は無きに等しい。向井豊昭もこの問題に突き当たったのか、アイヌ口承文学の領域へあえて接近してみせる。それが「ハンロ・ウッサム」だ。

アイヌ説話を擬した「ハンロ・ウッサム」

「ハンロ・ウッサム」は、アイヌ伝承歌を題材とし、アイヌの説話を擬した「語り」をとっている。描かれるのは、火山の噴火によって取り残された赤ん坊が助けを求めて泣き叫ぶのに応えた白鳥が――赤ん坊の母親の霊を取り込み――人間の女性になって赤ん坊を育てるという逸話だ。成長した赤ん坊は「ハンロ」と呼ばれ、「かあさん」、すなわち白鳥の化身と暮らすようになる。やがて、性に目覚めた「ハンロ」は、「かあさん」と交わり「ウッサム」が産まれる。とある嵐の日、食糧がなく、「ウッサム」はだんだんと弱っていく。それを見た「かあさん」は、ある決断を下す。

目をあける元気もないウッサムの顔を女はじっと見つめていた。赤ん坊だったハンロの顔をウッサムの上に重ねてもいた。命を育てるただそれだけのために、女は天から来たのだった。

「かあさんを食べさせてやろうか」と、女はウッサムの耳もとでささやいた。目を閉じたウッサムの首がかすかに横にゆれた。

女はウッサムをふところからはなし、ハンロに手渡した。あまりに軽いからだの重みにハンロは眉をくもらせ抱きとった。

「このままではウッサムは死んでしまう。おまえさんだって、どうなるかわからない……だからさ、わたしを食べておくれ」

女の声は歌うようだった。ハンロは目をみはった。女はほほえみを浮かべている。

「ハンロ　ウッサム　ハンロ　ホイ」と、女の歌は鳥のように高鳴り、ハンロの心臓が鳴った。

ふところから抜きだした女の手には、小刀が光っている。光は女の喉へ走った。
手からウッサムをすべり落し、ハンロは女にとびついた。炎のように血がふきだし、ハンロの顔に熱い別れが流れていく。抱きあげた女の姿は白鳥に変わり、白い羽がハンロの頬をさすって止まった。

（「ハンロ　ウッサム」[★134]）

みずからの生命を人間に分け与える白鳥。だからこそ白鳥は神と呼ばれる。その後、彼らは歓喜に満ちた「ハンロ　ウッサム　ハンロ　ホイ」という歌声をあげる。本作を「北方文芸」に発表した後も、向井豊昭は改稿を重ね、「千年の道」と名づけた中篇に仕上げている（生前未発表）。「千年の道」では、「ハンロ　ウッサム」は大きく三つの場面に切り分けられ、その合間に別の〈アイヌ〉のカップル「イソク」と「ムサ」、そして彼らの子ども「マメシキ」、および白鳥のエピソードが、リアリズムに近似的な筆致で挟み込まれる。「イソク」と「ムサ」のパートでは、「樺太の久春古丹がロシヤ人に襲われたのは前の年、択捉島が襲われたのは、つい一ヵ月前のことであった。蝦夷地全島は幕府の直割《ママ》となり、日本の国防が計られるようになった[★135]」と、十八世紀後半の時期を表わす文句が挟まれさえもするのだ。

しかしながら、この「千年の道」は、向井豊昭の存命中には発表されなかった。その一方、彼は「寛文蝦夷の鳥」をいくつかの章に切り分けて内容を増補し、より本格的な歴史小説に仕上げることも考えていたようである。だが、その試みもまた、「寛文蝦夷の鳥　補遺」という草稿を残すに留まっている。「千年の道」のモチーフは、晩年の「パッパッパッパッパッパッ」（二〇〇七年）にも引き継がれたが、「ゲーム」でしか出せない「本音」をどこまでも真摯な形で紡ぎ出そうとすること。それが、向井豊昭の選んだ「新しい小説《ヌーヴォー・ロマン》」への道だった。

三　詩人、向井夷希微の血を享けて

上京後の向井豊昭

向井豊昭は一九八七年に、小学校教師の職を辞して一家で上京するが、その後は、「テレビ映画のエキストラを三日やり、大井競馬場のガードマンを一日やり、新聞屋の事務を六ヵ月」[★136]と、アルバイトを転々し、結局のところ、またもや小学校の教師となる。産休代替教員、南千住の小学校に二年勤務したのだ。一年目の勤務校は不明だが、二年目は、荒川区立第二瑞光小学校に勤めていたことがわかっている。作品数が減っていることから鑑みると、この頃の向井豊昭は、「BARABARA」の原型長篇『骨踊《こつ》り』[★138]や、長篇童話『UFO小学校』[★139]を、少しずつ書き溜めていたものと思われる。代用教員を二年で辞めたのも、小説執筆に専念するためであったようだ。[★140]こうした上京後の労働体験は、驚いたことに、すべて小説の「ネタ」として活用されている。なかでも、産休代替教員としての勤務は、「骨踊り」や「BARABARA」に、多くの材料を提供した。当時、小学三年生で、向井豊昭が担任をしていたクラスの生徒だったY・Sへの聞き取りによれば、向井豊昭は、やはり国語の授業に力を入れていたようだ。また、毎朝、子どもが喜ぶような小話をしたり、生徒の親に配る学級通信をきちんと作ったり、あるいは自作の詩を教室に貼ったりと、毎日のクラスのなかに、文学者ならではのこだわりをうまく溶けこませていた。たとえば、掲示した詩もひとりよがりなものではなく、飛べなくなった鶴を他の鶴が助けるという内容で、困っている人がいたら助けるということを教えたいという、教育者としての配慮が前提となっていた。

時空を取り違えた「オジイチャン」

第十二回早稲田文学新人賞を受賞後、破竹の勢いで新作の発表を開始した向井豊昭は、いよいよ二十世紀も終わりに近づいた一九九九年、「早稲田文学」掲載作をまとめた、商業媒体における初めての単著『ＢＡＲＡＢＡＲＡ』を硬質の出版ラインナップで知られる版元・四谷ラウンドから上梓した。しかし、その「あとがき」は、なんとも人を喰ったものだった。「あとがき」執筆中の作者の前に、突然、何者かが姿を現わす様子が描かれたのである。

> 振り向くと、目の前に立っていたのは背の高い若者だった。絣の着物に袴をつけている。どこかで見た顔だった。
> 「本代を忘れた。金を貸してくれ」と、若者は言った。声は若いが、わたしの死んだオジイチャンの声によく似ている。そう言えば、若者の顔は、若い時のオジイチャンの写真の顔と瓜二つだった。
> 時空を取り違えて出てくるのは、彼の得意業である。（……）
> 「（……）今は明治三十四年の新春一月じゃないか。おれは、四月から早稲田に入学するんだ。一高は退学したぞ。文学をやるなら早稲田なんだ。（……）第十二回早稲田文学新人賞発表、受

賞作、向井豊昭――これ、お前の小説か？　この題、何と読むんだ？」

「バラバラ」

「そうか、おれもバラバラだ。おれは小奇麗にまとめて生きるのが嫌いなんだ。ニーチェでいこう、ニーチェで。そうそう、ニーチェの本を買いたいんだ。金を貸してくれ」

（……）

「ぼくの原稿料をあげるよ。郵便局でお金にして」と言って、わたしは郵便為替に認め印を押した。

「お前、こんなに原稿料をもらったのか？　暴利のむさぼりだ！」と、彼は唾を飛ばしながら言った。

オジイチャンが早稲田に入学したころと比べて、モノの値段は何千倍、何万倍に跳ね上がったのだろう？（……）

「（……）おれは詩集だ。詩集を出すぞ。まずはニーチェを買いにいこう。これだけ金があったら、一万冊は買えるな。いや、十万冊かもしれん。それでは、さらば」

郵便為替をたもとに入れ、彼は背中を向けた。

ニーチェか――オジイチャンが早稲田に入り、たちまち除名されてしまった明治三十四年は、ニーチェが大流行の年だったのだ。一九〇一年――二十世紀のはじまりの年である。

世紀末の今、思想という思想は倒れ、言葉をつむぐ作業は苦しい。が、それだけにやりがいがある、と、わたしは思いきって言ってしまおう。

（「あとがき」『ＢＡＲＡＢＡＲＡ』）★141

まさしく向井流の「作家宣言」。語り手と対比的に描かれる、型破りな「オジイチャン」の姿によって、宣言の悲壮さがいっそう際立つ。「オジイチャン」とは、向井豊昭の祖父・向井夷希微《いきび》（本名＝向井永太郎）のことである。亡くなったはずの「オジイチャン」が突然現われるこの場面は、まさしく向井豊昭流の「魔術的リアリズム」にほかならないだろう。ラテンアメリカ文学者の寺尾隆吉によれば、「魔術的リアリズム」とは、「フィクション化によって日常的現実世界を通常と異なるかたちで提示して『異化』し、同時に、現実世界に起こる、フィクションと見まがうばかりの異常な事件を『平板化』して受容可能にする、一見矛盾するように見える二つのプロセスを同時に達成」したものということだが、そのルーツのひとつは「御料牧場」にあり、[★142]もうひとつはこの、「小奇麗にまとめて生きるのが嫌い」な祖父にあるのではないかと筆者は考えている。それほどまでに、向井豊昭は、祖父のことを繰り返し小説の主題として取り上げてきたからだ。その最初期の作品が、一九七〇年に「日高文芸」五号に発表された「鳩笛」である。

祖父に向き合った最初の小説「鳩笛」

「鳩笛」は、幼き語り手に「俺は、もう死んでるんだ。俺は、自殺しそこなった男なんだ」と語る祖父の苦悩と挫折に満ちた生涯を軸にした佳作で、のちに向井豊昭が自費出版した初めての著作集『鳩笛』の表題にも採られた。〈アイヌ〉をめぐる問題に、最も深入りしたこの時期――鳩沢佐美夫が主催する「日高文芸」へ本格的に小説を寄稿するにあたり――向井豊昭はあえて、きわめて個人的な主題を選択したのだった。「わが髭の／下向く癖がいきどほろし／このごろ憎き男に似たれば」。石川啄木（一八八六～一九一二年）の『一握の砂』（一九一〇年）に収められた著名な一句だが、この「このごろ

憎き男」こそが、向井夷希微その人だと言われている。★143

祖父は、函館の大火に遭遇した啄木を、札幌の北門新報に世話をした関係上、おおよその啄木伝に一度は名を出すようである。そして伝記が啄木の周辺を仔細にほじくり返すとき、単なる就職世話人としての祖父の立場は、あまり名誉とはいえない形で肉づけをされていくのだ。

（「鳩笛」★144）

『鳩笛』ではこのように振り返られるが、世間が与えた祖父の汚名に戸惑いつつ、その著作を繙くところから、向井豊昭の文業は始まったのだ。

亡き祖父、向井夷希微の詩集「よみがへり」は、北海道に関わった詩人の中から最初に出された詩集とみられている。彼の詩集をひもとくことは、わたしの文学の出発点でもあった。田舎の鉱山の倉庫番をやりながら夜学に通うわたしにとって、詩を書くということは心の大きな支えであった。

彼が死んで九年後（引用者注：一九五三年）、河出書房の「日本現代詩大系」（引用者注：第五巻）に彼の詩集が紹介され、三つの詩が収められた。しかし、矢野峰人氏の四十一ページにわたる解説の中で、夷希微は二行たらずでかたづけられていた。

「北海道と言へば、向井夷希微は其処に林務官として留る事十年に及んだ人であるが、地方色濃厚なるものにすぐれた作品が無いのは遺憾である。」

わたしが夷希微を「三文詩人」と冷笑しはじめたころだ。彼の詩の古めかしさは、彼を失意のまま死なせた大きな理由であることに間違いなかった。そしてまた十九才のわたしにとって、矢野氏の解説はゆるがすことのできない権威でもあったのだ。

（「あとがき」『詩集　北海道』）★145

向井豊昭を詩に出逢わせた祖父・向井夷希微との関係は、文壇にまま見られるサラブレッドの幸福さとは縁遠い。というのも、向井夷希微は、生前も死後も、詩壇に黙殺されてきたからだ。向井夷希微は一九一七年に『よみがへり』と『胡馬の嘶き――北海道風物詩』という二冊の詩集を自費出版した（ともに発売は警醒社書店）。けれどもこの年は、萩原朔太郎（一八八六～一九四二年）が『月に吠える』を発表して、口語自由詩が一大飛躍を遂げた年でもあり、旧来の「五七音、七五音等の聯句による格調」にこだわる夷希微の詩は、時代遅れとみなされたのだ。

向井夷希微の詩業

向井夷希微の代表作「開墾」の冒頭を見てみよう。

無惨なる破壊の時は来れり。
三百年の森の生命《いのち》は
今刻々に滅び行くなり。

日は陰惨として光薄く、

風は音なうして冷気骨に入る。
呻くが如く泣きやまぬ谷の流は
七尺の雪に行く途狭められ、
今しも急ぐ注進の飛脚の旅に
いとゞ尚悶ゆる声をあげてけり。

（向井夷希微「開墾★146」）

中盤でもリフレインされる冒頭の一連は、最終連において、「彼は開墾者なり。／三百年の森の生命《いのち》を犠牲《にえ》として／此処に開くなり新天地。／此処に生むなり人間を。」と締めくくられるが、向井豊昭はのちに「人間讃歌などではなく、人間への苦いアイロニー★147」をこの詩に読み取っている。つまり、「田中正造、南方熊楠等、エコロジーの先人はいましたが、彼等の発言を時代は奇人の戯言のように扱い、近代化に名を借りた環境破壊は延々と続いていました。そんな時代の流れの中で、向井夷希微の詩が認められるはずはありません★148」と述べるのだ。オリエンタリズムめいた「地方色」への期待に、向井夷希微はむしろ抗い、北海道の「近代」に対しても、最も早い時期に批判的な眼差しを注いだ。それが、向井豊昭が試行錯誤の果てに見出した、詩人の姿だったのである。

向井夷希微の経歴

向井夷希微こと向井永太郎は、一八八一年八月十一日、青森県下北郡の大畑（現・むつ市大畑町）に生まれた。父・木本国英（北海道の増毛にて二十八歳で没した）は、会津藩士・木本慎吾の息子にあたったが、弱冠十四歳で永太郎をもうけたゆえか、正式な結婚が認められなかった。そのため、永太郎は北海道の別海（現・別海町）、そして根室や網走にて、母方の祖父・伝蔵に育てられた。向井永太郎は、開拓地で零落しつつあった家門の復興を期待され、鹿児島へ送られる。そこで永太郎はカトリックの洗礼を受け、造士館中学から（旧制）一高に入学したものの、わずか一年で中退してしまう。十九歳のとき、永太郎の厚い庇護者であった伝蔵が亡くなり、彼は、神を信じきることができなくなる。そして翌年には北陸をさまよった挙句、佐渡で入水自殺をはかるが、失敗に終わる。『ＢＡＲＡＢＡＲＡ』の「あとがき」に登場するのは、その後、東京の市役所に勤めながら早稲田の講義録で学問をしようと考えていた時期の永太郎だ。

しかし、早稲田を半年で除名になった永太郎は、北海道に戻ることを余儀なくされ、代用教員や英語学校の教師として働く。この頃から詩作を開始し、東京の文芸誌「新潮」や石川啄木の参加で知られる詩誌「紅苜蓿《べにまごやし》」へ詩を発表するようになった。結婚によって安定した収入が必要になった彼は、一九〇七年、北海道庁拓殖部林務係として就職する。石川啄木を「北門新報」に紹介し、就職の世話をしたのはこの時期のことだ。★149 当時、向井永太郎は生活と詩作の狭間で揺れていたようで、恩をかけたはずの石川啄木に、「向井君は好人物には相違なく候へど、畢竟ずるに時代の滓に候、最も浅薄なる自暴自棄者に候、一切の勇気を消耗し尽したる人に候、詮じつむれば胸中無一物の人に候」★150 と書かれてしまう。結果的にこの記述が、後世における永太郎の人物評価に決定的なバイアスを与えたのだった。十年の役人生活を経て、彼は上京し、役人時代の退職金で詩集『よみがへり』と『胡馬の嘶き』を立て続けに出版する。その『胡馬の嘶き』を、孫は次のように読んだ。

赤銅色の肌をむきだす別海の漁師とのたわむれから、夷希微の幼年期ははじまった。十年にわたる山役人の生活の中で、彼は手をこごえさせながら斧をふるう冬山の人々に出会いつづけなければならなかった。そして、彼をそこに案内する者は、森を奪われていく先住民族アイヌなのだ。古めかしい型式をとった夷希微の詩の中にはキリスト教徒としての彼が生きた現実からの怒りがひらめいている。

（「あとがき」『詩集　北海道』★151）

林務官として開拓の現場に長年立ち会ってきた祖父は、開拓の矛盾と、搾取される者の哀しみを、誰よりも強く感じてきたのだろう。「所有地の権利定むる／法律の手続き知らず、／山に棲むけものと共に／逐わるれば逃げて行くなり。★152」と、「アイヌ」と名づけられた〈アイヌ〉に同情的な眼差しを寄せる詩を書くことまでしている。近代の北海道に、詩人の立場から批判的な考察を加えた伊藤整（一九〇五〜一九六九年）の登場（『雪明りの路』、一九二六年）に先駆けること九年。詩壇からの反響はなく、第三詩集『人間』の予告を『胡馬の嘶き』の末尾で打ちながら、永太郎の退職金は尽きてしまう……。

祖父・妻との共著『詩集　北海道』

「鳩笛」において、その後の向井永太郎は、ろくに働かず、家族のことをも顧みず、「怒鳴り、黙殺し、超然と構える以外に成すすべのな」い、「無器用な苦しみ」を抱いた、文字通りの敗残者として描かれる。「人生を戦いそこねた」彼は、晩年、世界を敵に回して無謀な戦いを挑む太平洋戦争下の日本軍へ大いに共鳴する。下手な漢詩をひねっては聯合艦隊司令長官・山本五十六へ送りつけ、「名刺ほどの小さな厚紙に墨を走らせたたったそれだけの」返書を、「直筆だ。直筆だ」とうなるように喜び、「宝物のように」大事にする永太郎の姿は、反骨を貫いた『胡馬の嘶き』の詩人とは、まさしく対極の存在として、読者の前に登場するのだ。それもまた、紛れもない人間・向井永太郎の姿である。

アイヌの説話を擬した「ハンロ・ウッサム」を著したのと同じ一九八二年、向井豊昭は三冊目（エスペラント語関係のものを入れると五冊目）の単行本『詩集　北海道』（向井豊昭・向井恵子／文林堂印刷）を自費出版した。そこで向井豊昭は——妻・恵子との結婚二十周年を記念し——祖父の文業への敬意を込めて、『よみがへり』から一篇、『胡馬の嘶き』から九篇の詩を採り、夷希微の詩を「六十五年ぶり」に復刊させたのである。それも、ただ復刊させたのではなく、孫である向井豊昭と妻・向井恵子の詩を添えるかたちでの刊行という体裁をとった。『詩集　北海道』に、向井豊昭は、「母音」（一九八一年）という詩を収めている。前年に、第一三回日教組文学賞の詩部門の佳作となった作品だ。ここでは、日本語とアイヌ語に共通する「母音」の要素を浮かび上がらせ、それを詩人のライフヒストリーに絡ませながら、始原の「声」にまで遡行するといった試みだ。このテーマは、晩年の向井豊昭が執拗に追求する「ドレミの外」の問題にもつながるだろう。

アイヌは文字を持たなかった
言葉を持ち　音を持った

「ア」は　ア・スクプのア　我は育つの「我は」
「イ」は　イ・レス・カムイのイ　我を育てる自然の「我を」
「ウ」は　ウ・レスパ・アイヌのウ　育てあう人間の「あう」

「エ」は　エ・スクㇷ゚のエ　汝は育つの「汝は」
「オ」は　オ・カムイ・スクㇷ゚のオ　自然へ育つの「へ」である
（「カムイ」は「自然」であり「神」でもある　近代の憂愁をたたえた無神論者のために　わたしは「自然」を訳語としよう）

我は育つ
我を育てる自然
育てあう人間
汝は育つ
自然へ育つ

ア・スクㇷ゚
イ・レス・カムイ
ウ・レスパ・アイヌ
エ・スクㇷ゚
オ・カムイ・スクㇷ゚

『我』と『汝』
そして他者との関わりをこめている　これら五つの音

それは始原の　母なる馬のいななきではないだろうか（「母音」★153）

「オジイチャン」大活躍「ええじゃないか」

『詩集　北海道』を刊行した時期に向井豊昭は、「わたしの過去帳」（「北方文芸」十三巻九号、一九八一年）、「勢州慥柄浦《せいしゅうたしからうら》」（「北方文芸」十四巻三号、一九八二年）など、みずからの出自を題材とした小説を発表している。その一大総決算と言えるのが、早稲田文学新人賞受賞後の一九九六年に発表した四〇〇字詰原稿用紙二〇〇枚の「ええじゃないか」（「早稲田文学」一九九六年九月号）だろう。この「ええじゃないか」は、「鳩笛」で語られた向井夷希微の評伝部分を——その後の調査をふまえたうえで——組み込んだ小説で、一八六七年、明治維新直前に発生した一種の大衆蜂起である〈ええじゃないか〉騒動が大枠として用いられている。が、やはり特徴的なのは、晩年の向井夷希微本人が、そのまま登場してしまうところだろう。

油気のない白い頭髪、手入れの悪い白い口髭——五十年以上前の顔と格好で現われたのは、死んだオジイチャンなのだ。

「しゃれた店が沢山あるな。居酒屋はないのか？」

（……）

「何!?　天明三年創業!?」

背中の声が大きくなる。店名と創業年を染めた幟が和菓子屋の前に立っていた。

下駄の音が向きを変えて耳に響く。不吉な予感で振り返ると、オジイチャンは店の中で呶鳴っていた。

「オイオイ、天明三年がどんな年か分かっているのか!? 浅間山が大噴火し、火山灰が空をおおい、大飢饉が全国に広がった年だぞ! 人々が食うに困るその年に和菓子屋を創業するなんて、一体、どこから米の粉を仕入れてきたんだ! お役人に袖の下を使って、横流しでもしてもらったんだろう! 高い金でそれを売りつけ、大儲けをしたんだろう!」(「ええじゃないか」)[★154]

幽霊なのか、次元を間違えたのかは不明だが、なんの脈絡もなく現われた祖父は、孫の当惑をよそに、時代錯誤の振る舞いを続ける。だが、傍若無人を絵に描いたような祖父は、〈ええじゃないか〉と踊り狂った、前近代の大衆の勢いの両義性を、そのまま体現していた存在だった。「ええじゃないか」を書くことで、向井豊昭はみずからのルーツを——近代日本の矛盾を告発しながら、そのなかに埋没した——清濁併せ呑むものとして、あらためて位置づけ直し、打開点はどこにあるのか、その位相を模索した。まさしく「ええじゃないか」は、向井豊昭にとっての近代史を個人の観点から野心的な方法にて包括的に問うた、同世代の作家、大江健三郎で言えば『万延元年のフットボール』(一九六七年)に相当する作品だったのである。

ゴダールと「あゝ、うつくしや」

北海道の開拓に伴う「矛盾」を最も早い時期に詩のかたちで糾弾した祖父・向井夷希微《いきび》を文字通り同時代に蘇らせることで、前近代の大衆運動の立場から近代日本の出発点を再考した「魔術的リアリズム」大作「ええじゃないか」、全篇が下北弁で貫かれ、日本語のエクリチュールを根底から覆そうと試みた「まむし半島のピジン語」と、向井豊昭は「早稲田文学」を舞台に、立て続けに傑作を発表した。後者の「まむし半島のピジン語」の背景は、「ゴドーを尋ねながら」という小説とエッセイの中間に位置する散文に凝集され、岩波書店という権威ある版元から刊行された『21世紀文学の創造9 ことばのたくらみ——実作集』(池澤夏樹編、二〇〇三年)に収録される僥倖を見た。

前者の「ええじゃないか」は、「武蔵国豊島郡練馬城パノラマ大写真」(「早稲田文学」一九九八年一月号)や「あゝうつくしや」(「早稲田文学」二〇〇〇年三月号)といった後続作と主題の面で共通性を見せている。「あゝうつくしや」では、青森県の三内丸山遺跡、知里幸恵(一九〇三〜一九二二年)が遺した『アイヌ神謡集』(一九二三年)の「序文」等がモチーフとなり、翌年書かれる「怪道をゆく」を先取りするかのようにアイヌ語の語釈を含めたうえで、それらに批評的な分析が加えられていく。このあたりの批評性のあり方は、文芸評論家の大杉重男が時評において——向井豊昭についての論評のなかでは珍しいことに——近代日本文学の文脈を出しながら、興味深い分析を行なっている。

東京から青森にルーツ探しの旅に出た主人公は、図書館の壬申戸籍に会津藩士だった自身(引用者注:正確には自身の祖先)の記録に触発されて衝動的に会津若松を訪れる。そこに繰り広げられる固有名を持つ歴史が、(引用者注:同時期に発表された又吉栄喜の)「陸蟹たちの行進」に出てくる琉球王朝時代の歴史よりリアリティがあるのは、私小説の効用かもしれない。小説的興味よりは資料的興味が先行気味の嫌いはあるが、私はこの作家がいつか大西巨人と藤枝静男の間を行くような存在に大化けしないかひそかに期待している。

(大杉重男「『直』になることの危うさ　ほとんど意味を失った『ふるさと』という言葉」★155)

そうなのだ。「ええじゃないか」、「武蔵国豊島郡練馬城パノラマ大写真」、「あゝ、うつくしや」といった連作で探索されてきたのは、まさに「資料的興味」だったのである。おそらく向井豊昭は、どうしても作為が混じってしまう「小説的興味」よりは、暗中模索で父方のルーツをたどっていく「資料的興味」を優先せざるをえなかったのだろう。

「あゝうつくしや」で、曾祖父・木本国英、高祖父の木本慎吾と系譜をたどっていき、ついに語り手は、木本慎吾の父（向井豊昭から数えて六代上）が、会津藩士の木本内蔵之丞という名前で会津戦争に参加していたことを突き止める。木本内蔵之丞は、「青竜士中三番中隊」の一員として、一八六八（明治元）年、三十八歳で戦死していたというのだ。会津戦争のモチーフについて、向井は小説「ゲ！」（「早稲田文学」二〇〇五年三月号）や、ノンフィクションでその後も追究していくことになる。

「あゝ、うつくしや」では、長年の謎が氷解した直後、長岡藩士の墓参りをする語り手の前に、曾祖父らしき「深編笠の男」に加えて、またもや、祖父・向井夷希微が姿を現わす。


手拭と缶が交換になる。祖父は缶を傾け、まだ残る缶の水を喉に通した。

祖父の唇から缶が離れる。祖父は缶を見つめながら、しみじみと言った。

「会津の、水だ」

ボクの目も涙でかすんではいたのだが、祖父の一言は、いっそうボクの目をかすませた。かすんだボクの目の前に、かすんだ赤いコーラの缶が突き出される。

「トヨアキ、お前も飲め。水盃だ」

死んだ人間が水盃を酌み交わすものだろうか？　引っかかるものがないわけではなかったが、涙は一切の疑問を流してしまうものだ。缶を受け取り、ボクは一気に残っていた水を飲み干した。喉仏は揺り籠のように揺れ、会津の水はボクの胃袋と心に染みていった。

「どら、その空き缶をおれによこせ。冥土の土産に持っていく」

祖父はボクの手から赤い缶を取り上げると、「もう、いってもいいぞ」と言葉を続けた。

「まだまだ時間はあるよ」

「アート　イズ　ロング。ライフ　イズ　ショート」と、祖父の唇が動く。

古びた格言だ。笑いが込み上げ、涙はピタリと止まってしまう。

祖父の姿も、深編笠の姿も、目の前から消えていた。

（「あゝ、うつくしや」[★156]）


祖父が唐突につぶやく「アート　イズ　ロング。ライフ　イズ　ショート」。このインパクトは比類ない。ジャン＝リュック・ゴダールの映画を思わせる感動的な場面だ。実際、のちに向井豊昭は、下北出身のコールガール「エロちゃん」の一人称という体裁で、ゴダールの映画についてエッセイを書いているが（「モッコ憑き」、「ユリイカ」二〇〇二年五月号）、そこで語り手はブルターニュのレジスタンスを百姓一揆になぞらえ、「記憶や普遍性のない地にレジスタンスはない」という文句に共感を示している。[★157] 向井豊昭とゴダールは、歴史をひとつのテクストとして捉えながら、そのテクストを愚直なまでに追いかけていくことで従来の歴史とは異なる解釈の視座をもち出し、さらには歴史というテクストそのものを書き換えようと試みる点において、意外な共通性を見せている。

四 「近代文学の終り」を越えて

向井豊昭と「早稲田文学」

早稲田文学新人賞での再デビュー後、堰を切ったように執筆を続ける向井豊昭の勢いは、死の直前まで、まったく衰えを見せていない。主な活動の場だった第九次「早稲田文学」(一九九七〜二〇〇五年)は、批評を重視した編集方針をとっていた。そのなかに数少ない小説家として入り込むことで、向井豊昭は独自の立ち位置を確保していたと言えるだろう。当時の「早稲田文学」は、文芸ジャーナリズムとアカデミズムを繋ぐハイブラウな言論誌として一世を風靡した「批評空間」(一九八八〜二〇〇二年)誌の常連寄稿者たちを執筆陣の中心に据え、大手出版社から刊行される主要文芸誌との差別化をはかった誌面構成をとることで、批評的強度の確立とやけっぱちな反骨精神の入り混じった、独特の磁場を形成していたのである。そして、麻田圭子、安久昭男、大久秀憲、仙田学、萩田洋文など早稲田文学新人賞の出身者を中心に──安易な〝癒やし〟の「物語」を否定し、なまなかな共感を拒絶する──先鋭的な小説が積極的に掲載されていた。

ただし、第九次「早稲田文学」で執筆を行なっていた批評家たちの問題意識が、同誌を掲載媒体とした小説群と、ほとんどリンクしなかったことも、また事実である。だから、向井豊昭が第九次「早稲田文学」の「顔」として頻繁に誌面へ登場するようになるのと時期を同じくして、彼の作品群は、同時代の批評家筋に、敬して遠ざけられるようになってきた。むろん、安直な「物語」を拒否するという態度においては、同誌の批評と小説は同種の志向性を有していたとも言えるだろう。だが、「早稲田文学」掲載の作家たちの仕事は、主題のうえでも技巧においても、なぜか批評的な検討の対象とならなかったのである。

ときおりしも「純文学」という制度の崩壊を前にして、動員力の高さゆえに、最も軽薄な類の「サブカルチャー」を取り入れることこそが文学の新しいモードだと、さかんに喧伝され始めた時期である。そういった状況下、自然主義的な方法論を突き詰め、「マイナー文学」（ドゥルーズ&ガタリ）を指向していたかのように見える「早稲田文学」の小説群は、伝統に裏打ちされていたにもかかわらず、なんら社会的なインパクトをもち得ないものとして、静かに黙殺されてきた。

また、第九次「早稲田文学」で活躍した作家陣が、他の媒体へ進出しようとしても、往々にして拒絶の目に遭った。作家の多くは、複数の文芸誌を股にかけて活動する。だが、「早稲田文学」出身者は例外たることを余儀なくされたのだ。「早稲田文学」以外にも書きたい者は、新人文学賞を新たに受賞し直さねばならなかった。向井豊昭自身、小説家の島田雅彦に（当時、選考委員を務めていた）文學界新人賞への応募を勧められたほどだ。[★158]編集者の尽力によって[★159]「ユリイカ」（青土社）へ二度、寄稿したことを除いては、彼は「早稲田文学」以外の商業誌に作品を発表することはできなかった。[★160]その「早稲田文学」も、二〇〇五年五月号をもって休刊し、フリーペーパーを中心とした体制に移行、まとまった原稿掲載の可能性は激減する。加えて、不運なことに、二〇〇二年には単行本の版元・四谷ラウンドが倒産した。『DOVADOVA』の刊行からわずか一年で、商業出版されたばかりの二冊の著書が、ともに絶版となってしまったのである。

柄谷行人による「近代文学の終り」宣言

こうした状況の背景を明確に言語化した代表的な人物は、「批評空間」の共同主宰者でもあった批評家の柄谷行人だろう。柄谷行人の「近代文学の終り」（「早稲田文学」二〇〇四年五月号）では、近代文学が背負っていた倫理的な衝迫が、グローバル化と高度資本主義のもとにおいては、もはや社会的なインパクトを与えないと、はっきりと宣告がなされている。「思想」としてのポストモダニズムが「状況」そのものと化した一九八〇年代以後において、近代文学はその社会的役割を終えており、残ったのは商品としての文学のみであると、柄谷行人は静かに告げたのだ。

明治以来の日本の近代文学や思想はいわば自律的な「主体」を確立することに努めてきたといってよいでしょう。ところが、一九八〇年代に顕著になってきたのは、逆に「主体」や「意味」を嘲笑し、形式的な言語的戯れに耽けることです。近代小説にかわって、マンガやアニメ、コンピュータ・ゲーム、デザイン、あるいはそれと連動するような文学や美術が支配的となりました。それはアメリカで始まった大衆文化をいっそう空虚に、しかしいっそう美的に洗練することでした。

日本のバブル的経済はまもなく壊れましたが、むしろそれ以後にこのような大衆文化がグローバルに普及しはじめた。その意味で、世界はまさに「日本化」しはじめたように見えます。しかし、それは、グローバルな資本主義経済が、旧来の伝統指向と内部指向を根こそぎ一掃し、グローバルに「他人指向」をもたらしているにすぎません。近代と近代文学は、このようにして終ったのです。

（柄谷行人「近代文学の終り」★161）

ここでの柄谷行人の発言を一種の放言として捉え、それに反論を加えることは難しくない。だが重要なのは、ここでの柄谷行人の宣告が、向井豊昭という不遇の作家を、完膚なきまでに打ちのめしたという事実だ。思考の曖昧さを排し惜しげもなく手の内を晒す柄谷行人は、文学を擁護するための理論的背景の無効を大きな枠組みとして提示したが、彼が否定したものは、向井豊昭が試行錯誤を重ねながら、四十年の時間をかけてみずからの内に取り込んできた、まさしく当のものだったのだ。

文学の擁護は大概、文学は無力で、無為であり、反政治的にも見えるが、（制度化した）革命政治より革命的なものを指し示すのだ、また、それは虚構であるが、通常の認識を越えた認識を示すのだ、というふうになされます。（……）

しかし、今日では、そういう文学の意味づけ（擁護）はなされない。というのも、誰も文学を非難したりしないからです。社会的にはそこそこ持ち上げるが、本当は児戯に値すると思っている。現在は、まったくそのような議論がなされませんが、三〇年ぐらい前までは、「政治と文学」という議論、たとえば、文学は政治から自立すべきだ、というような議論がいつもなされていました。具体的にいえば、それは政治＝共産党に対して文学者はどうするのか、という意味を含んでいた。だから、共産党の権威がなくなれば、政治と文学という問題は終ってしまう。（……）

（柄谷行人「近代文学の終り」★162）

柄谷行人への反論文「アイデンティティへの道」

ここで柄谷行人が語る「三〇年ぐらい前まで」に行なわれた「政治と文学」に関する議論の残影として、向井豊昭の「御料牧場」や「うた詠み」を見ることは容易だろう。そして柄谷行人は、向井豊昭が活路を見出した方法論的冒険、すなわち「アンチ・ロマン（ヌーヴォー・ロマン）」に代表される言語それ自体を問う試みも、「文学」を「エクリチュール」と言い換えることで、その倫理的責任を免れたものにすぎないと、あえなく一蹴してしまうのである。向井豊昭は、近代日本文学のいかなる作家にも劣らず、「政治と文学」の問題を皮膚感覚で捉えてきた書き手であった。しかしながら、彼は柄谷行人のように、みずからの「政治的身体」（エルンスト・H・カントローヴィチ）★163を武器として「大きな物語」を紡ぐことはできなかった。

> 柄谷行人の「近代文学の終り」を読み、ぼくはガクンとなった。ピクピクと体が痙攣する。遂に、ぼくは全巻の終りとなるのだろうか？
> （……）町人を装った文体で、ぼくはこの「早稲田文学」にずっと小説を書いてきたからだ。
> 「このごろの向井さんの文体、小説は、どうもわたしの肌には合いません。ジンマシンが出るのです。体に悪いので、もう『早稲田文学』は送らなくて結構です」
> 前に住んでいた田舎の文学仲間からは、こんな絶交状をもらう始末だ。（……）痙攣が激しい。救急車で運ばれる前に、急いでしゃべってしまおう。
> （「アイデンティティへの道」★164）

向井豊昭による「近代文学の終り」への反論は、このように口火を切られている。再デビュー後の向井豊昭は、かつての文学仲間が主催する地方の文芸同人誌への寄稿を除いては、このように書き手の素顔が明け透けな文章を書くことはしなかった。「全巻の終り」を予期するほどに、「痙攣」がこたえたのであろう。

資本主義はますますあらゆるところに浸透している。今や臓器から赤ちゃんにいたるまでグローバルに商品として売買されている。環境などは物理的文化的にめちゃくちゃに破壊されている。これはとめどなく進行していくものです。それに対して、どうするのか。私は、それを文学で考えろ、などといいません。その逆です。文学を離れて考えろ、というのです。それだけです。

柄谷氏の結語だ。あの世に逝きかかっているぼくは、何を、どう考えたらいいのだろうか？

文学によって社会を動かすことができるように見えた時代が終ったとすれば、もはや本当の意味で小説を書くことも小説家であることもできない、

これも柄谷氏だ。待ってくれ。「文学によって社会を動かす」？　動かさなければ、文学ではないのだろうか？

文学ではないと、以前はぼくも思っていた。けれど、あの世寸前のぼくから見れば、この世を

真に動かすものなど何もないのだ。

人を一人、動かすものならあると思う。それなら、ある。Nが、それを教えてくれたのである。

（「アイデンティティへの道」）★165

大学の教壇に立って

ここで唐突に登場する「N」とは、向井豊昭が非常勤講師として文学を教えていた学生のイニシャルである。向井豊昭は、二〇〇一年に東邦医療短期大学看護学科にて（二〇〇二〜〇三年は東邦大学医学部〔現・看護学部〕看護学科で）、一年時の必修科目である文化講座の「文学」を担当していたのだ。そこで彼は「N」によって、「孤高、偽悪、反逆——時代劇を思わせるような言葉がピッタリの近代文学」とは別のかたちの文学の在り方を学んだのである。当時の授業の様子を、向井豊昭はエッセイに具体的なかたちで書いている。この文化講座には、向井豊昭が講師を務めた文芸講座のほか、演劇、書道、美術、茶道、華道、音楽といった講座が用意されていた。しかし、文芸講座はなかでも飛び抜けて不人気で、受講生は例年十名を切ってしまうのだという。現に、二〇〇一年の講座の受講生は、わずか七名だった。具体的な授業の模様を、向井豊昭は「読書日録」に書いている。


詩集の中の二篇をコピーし、教室で鑑賞。それなりの反応はあったが、書店で一人で力んでいた時のあの感動からは遠かった。力みは文学にとって、やはり敵なのだろうか？

持っていった詩集を掲げ、みんなに言う。

「センセイ、一冊なんか読めません！」

こうして詩集は持ち帰る羽目になったのだ。

彼女たちの好きな詩人を聞いてみる。ミツル、ミスターチルドレンの桜井和寿、銀色夏生、谷川俊太郎が各一名。「なし」と言う学生が三名だった。（「読書日録（上）文学の位置」★166）

だが、少人数のクラスであることが手伝ったのか、あるいは、学校のなかにあるナイチンゲール像をテーマに共同製作で詩を書かせたり、大森貝塚や品川歴史館を回る「文学散歩」を行なったりといった、趣向の凝らされたカリキュラムが効果を発揮したのか、受講生は着々と成長の様子を見せていった。しかも、単に技術的に向上を見せただけではない。向井豊昭は、学生が、いかに文学を通じて自己を発見したのか、受講生の反応から、その過程を目の当たりにしたのだ。


『アスクレピオン』（引用者注：文学教室のメンバーで発行する作品集）の学生たちの、こんな言葉があります。昨年のモノを抜き書きしてみましょう。

（……）

「私はいろいろなモノをみた。なんだろう。それは忘れかけていたなにものかだった。すごく、平凡なモノだったけど、新鮮さにあふれていた。」

（……）

「何かをじっくりと考えてみる。よく考える。そうすると、自分でもわからない光みたいなものが見えてきて、それが答えだとわかった時、この文芸講座をとってよかったなあ、みんなと一緒でよかった、と改めて思う。」（「大学の文芸教室から」★167）

凡庸な感想、なのかもしれない。文学で社会を動かそうとは、夢にも考えたことのないような学生たちが、看護師になるための慌ただしい毎日のなかで、いったん立ち止まる。そこで、執筆活動によってみずからのルーツへ向き合い、なんらかの気づきがもたらされる。向井豊昭は、同伴者としてその過程に居合わせたのだ。「アイデンティティの道」に出てくる「N」は、そのような現場において、クラスでただ一人、およそ三千字の小説を書き上げて、向井豊昭のもとへ提出した学生だった。その小説から彼は、「ごく普通の文章から立ち昇ってくる魂の気配で」、ここで書かれたものは単なるフィクションではない、ということを感知した。

私にはどうしても越えられない問題があった。それは私が中学2年生のときに突然起きた友達の死である。（……）

友人はぜんそくで亡くなった。辛い別れだったが、今はその友人の生き方、家族から多くのことを学んでいると思う。だからこそ、この出来事を小説にしようとした。真実を全て小説にすることができず、フィクションとまざるかたちになったが、書くことで心にひっかかっていた5年間の思いを表現することができた。やっと自分の気持ち、意識していなかった内面と向き合うことができた。

（「アイデンティティへの道」★168）

これは「N」が記した授業の感想文であるが、ここに向井豊昭は、「たどりつけるはずのない、アイデンティティを探す旅」を続けてきた自分と同じものを見てとった。この出来事をモチーフとして、彼はひとつの小説を書き上げた。それが「なのだのアート」[★169]である。「近代文学の終り」への反論文では、「まだ未発表」として言及され、その存在がほのめかされるに留まっていたのだが、作家の生前にはついに公表されることがなかった作品だ。この「なのだのアート」は、「耳のない独唱」の「わっち」を彷彿させる「おいら」という女性一人称という体裁をとっているが、モチーフとなった「N」との逸話には変更が加えられ、かつ、クリミア戦争期のナイチンゲールにまつわる逸話が大胆に挿入されたものとなっている。「なのだのアート」が何を目指したのかを探るためには——文壇においてほぼ完全に黙殺されたものの——現代日本文学における最大級の実験作といっても過言ではない、「ヤパーペジ　チセパーペコペ　イタヤバイ」（「早稲田文学」二〇〇三年三月号）で追究された「ドレミの外」の問題を考える必要がある。

五　「ドレミの外」から見えたもの

論争をするエネルギーをなくした文壇

文学が社会的になにかしら意義のあるものとして扱われた時代は終焉を迎え、残されたのは世界市場に適合した「商品」としての文学だけである——柄谷行人が「近代文学の終り」で素描した、大上段からの状況認識に対し、向井豊昭は反論文「アイデンティティへの道」を通してささやかな抵抗を示した。このときのことを、死の三ヶ月前、作家は次のように振り返っている。


柄谷への反論は依頼原稿ではなかったんですよね。

編集室からは、不特定多数の人間に宛てた文書が送られてきて、柄谷の文への感想が欲しいと言ってきたんです。

（……）

掲載誌が届き、意外だったのは、たった3人の感想しかなかったということです。

文学者の99・99999％は、黙りこくったというわけです。

この国の文学界には、もはや論争をするエネルギーがないのです。


（「向井豊昭氏からの書簡《メール》について」★170）

向井豊昭のほかに反論を寄せたのは、文芸評論家の佐藤康智、そして小説家の笙野頼子であった。なかでも笙野頼子は「RE・文学　死んだよね？　――ハァ？　喪前《おたく》が死んでんだよ、アーメンドン・キホーテの執行完了」を寄稿している。そこでは、「近代文学の終わり」掲載を皮切りに、「文学の終わり＝目的」と題された特集を組むようになった「早稲田文学」の姿勢こそが、まず「これもう十年以上前から定番商品、まるで激安量販店の閉店セールみたいにもうずーっと、ずーっと文学の終わりって言い続けて★171」きた「一部の文学雑誌」に準えられるかたちで、手厳しい批判を加えられている。次いで、「近代文学の終わり」へ具体的な反論がなされていくわけだが、ここでの笙野頼子の反駁は、一九九八年頃から続く、「純文学論争」――「サブカルチャー」の「商品」としての優位性を説き、

「(純)文学」はすでに不良債権と化したのだと説いた大塚英志への反論――の流れにあるものとして、位置づけることが可能だろう。

向井豊昭と笙野頼子

言うまでもなく笙野頼子は、柄谷行人と大塚英志の議論を、ただちに同一視はしていない。★172 ここでの笙野の主張はむしろ、柄谷行人のパースペクティヴが、きわめて近視眼的なフレームに囲い込まれたものではないか、という問題提起に主眼が置かれたものとなっている。笙野頼子は、その後、「反逆する永遠の権現魂――金毘羅文学『序説』」(「早稲田文学」二〇〇五年一月号)において、柄谷行人の『日本近代文学の起源』(一九八〇年)の前提となっている、明治政府をモデルに国民国家という近代の「制度」によって「内面」が規定されたという認識論的フレームを、根底から再考しようと試みた。それはアイデンティティの探究の視座に、同時代の批評的フレームでは捨象されてしまう、歴史的な奥行きを恢復させることを目指したものだ。ここにおいて、笙野頼子と向井豊昭は、思想的な交錯を見せる。『水晶内制度』(新潮社、二〇〇三年)や『金毘羅』(集英社、二〇〇四年)以後、笙野頼子のまさしく怪物的なスケールの文業は、みずからの身体をもって国家と宗教を捉え直し、自我の淵源をラディカルに再評価することが基調となっているが、その試みは、向井豊昭が示したアイデンティティの探究とも、見事に響き合っていたのだ。

東條慎生は、笙野頼子と向井豊昭の共通点として、「『近代』あるいは権力による中央集権的再編を大胆に読み替えて、隠され、見えなくされたものを見つめようとし続けている」という近代や権力への抵抗のスタンスのほか、「神話、幻想、笑い、言語への批判意識」を挙げている(「笙野頼子と向井豊昭★173」)。そのうえで東條慎生は、笙野頼子と向井豊昭の重要な相違点のひとつとして、近代や権力と戦うさいの「立ち位置」の問題を挙げている。つまり、〈アイヌ〉ならざる現代アイヌ文学の書き手である向井豊昭には、「代理・表象」という問題が、必然的に立ち現われるというのである。

現に、向井豊昭の小説「なのだのアート」でクローズアップされるのは、皮肉にも柄谷行人が『探究Ⅰ』(一九八六年)で取り上げた「教える―学ぶ」の関係を基底とする、「代理・表象」の問題だった。

「近代文学の終り」への応答「なのだのアート」

向井豊昭が「アイデンティティへの道」でその存在を示唆したものの、生前未発表に終わった「なのだのアート」は、非常勤講師として看護師志望の学生たちに「文学」を講じた経験に取材した作品だ。語り手の「おいら」は看護を学ぶ女子学生として設定され、非常勤講師の「チョン」から、「おいら」という男性一人称で小説を書くという課題が与えられている。「チョン」は、「名前は捨て、『おいら』という無名の場所からこの世をみつめてもらいたい」という考えから、このような課題を出したと説明している。「おいら」は、嫌々ながら文学の授業の課題をこなそうとするうちに親友「まりちゃん」の死へ、あらためて向き合うこととなる。

おいら、第一希望は茶道だったんだよね。静々と、畳の上でのヤマトの振舞い——おいらの心でうごめいて止まないまりちゃんの死を何とか静めることができたらなァと思って、第一希望にしたんだよね。『茶道』って用紙に書いたら、鉛筆の黒い芯の先から、別れの日のアイスキャンデーの乳白色が脳味噌に向かって噴き出し、白い花が咲き乱れてしまったんだ。そうだ、第二希望は華道にしよう。鎮魂の白い花をまりちゃんのために活けてあげようって思ったのさ。『華道』って書いて、今度は第三希望を考えたよ。花もいいけど、言葉もいいな。おいら、まりちゃんの死へのもやもやとした気持ちをまだ一度も、きっちりと言葉で整理したことなかったもん。おいら、看護師への道を選んだけどさ、それって、生き死にの現場におおいら自身を体当たりさせ、もやもやを爆破してやろうっていう半ば自棄糞なもんだったんだよね。（「なのだのアート」★174）

固有名を排した「おいら」という一人称で世界を見るようになってから、彼女は、自分が言葉を与えられ、ゆるやかに性差を越えながら、みずからの過去、そして世界の実相を目の当たりにしていることに気づいてゆく。そして彼女は、主語である「おいら」よりも「なのだ」という述語を一人称の替わりに用い、言葉の主述を転倒させることで、世界を逆立ちして見ることを思い立つ。この背景には、フローレンス・ナイチンゲール（一八二〇〜一九一〇年）の思想が介在している。世界は匿名の悪意に満ちているが、一方で、無名の場所から発せられる慈悲もある。ナイチンゲールという固有名が象徴するのは、そうした看護の理想にほかならない。

クリミア戦争当時、看護婦の社会的な地位は低く、売春婦に等しいものとみなされるきらいすらあった。ナイチンゲールは看護を芸術として高めることを目指し、みずからがその規範たるべく努めたが、その過程で、看護婦と売春婦が同一視されていた時分に担保されていた何かが、確実に零れ落ちていってしまった。誰にでも慈愛を与える聖母にも似た存在でありながら、同時に、性欲を掬い取る商売女でもある女性像。ナイチンゲールの理想にかぎりない敬意を払いながらも、ジョルジュ・バタイユが『エロティシズム』（一九五七年）で記したような二面性を、「なのだのアート」は克明に映し出した。

五音と七音の「外部」を目指して

聖母と売春婦を分かつ障壁。大塚英志が言うところの「サブカルチャー」は、高度資本主義を錦の御旗とし、その障壁を「ロリコン」や「萌え」という形象をもって瓦解させていったが、向井豊昭は、あくまで「町人＝大衆」としての立場を保持しながら、「なのだ」として立ち現われる「サバルタン」を商品に変換し、搾取の対象とするような「ネオリベラルな政界構造」の暴力性を肯んじることは決してなかった。反対に、向井豊昭は、「サバルタン」の声なき声の「代理・表象」を続けるうちに、日本語にこびりついた五音と七音、すなわち五線譜で表現可能な「音」の「外部」にこそ、歴史から排除された「なのだ」が眠っていると考えたのである。

> 『DOVADOVA』という小説本を書くことになって、ぼくは、十返舎一九の『方言修行《むだしゅぎょう》・金草鞋《かねのわらじ》』の主人公、鼻毛の延高《のびたか》と千久羅坊《ちくらぼう》の二人を登場させようと思った。研究のため、十返舎のその本を読み通した。鼻毛の延高は狂歌師なので、あちらこちらで狂歌を詠むのだが、狂歌というものは、まるでぼくの小説みたいに思われた。（……）諧謔のことだけを言っているのではない。リズムも似、五音の枠と、もう一つ、七音の枠。牢獄なのだ。（「アイデンティティへの道」★175）

十返舎一九の描いた「町人」の立場から出発し、五音の枠と、七音の枠の外に出ること。向井豊昭の「音」への関心は、少なくともエスペラント語の独習を続けた一九七〇年代から育まれてきたものだ。一九八一年に発表された「日々の音色」(『日高PEN』No.10)では、帯広市で開かれた北海道の教職員組合の研究会において、報告書で〈アイヌ〉を「彼等」と二度、書いてしまったことから、語り手が当のアイヌ自身によって差別的だと糾弾され、反論のすべもなく、ただ「おわびします。わたしは差別者です」[★176]と、謝罪を余儀なくされる場面が描かれている。

語り手と「彼等」(アイヌ)を、差別者と被差別者として分断した言葉。「日々の音色」の結末部では、チェコのエスペラント仲間から送られてきた、「サキソフォーン」奏者フェリックス・スロバーチェクのレコードの調べが、言葉の暴力性を相対化しながら、「痛み」をもって描写される。その「音」が、エスペラントに仮託した「理想」を純化させたかのように。

問題作「ヤパーペジ　チセパーペコペ　イタヤバイ」

五音と七音という「牢獄」の外部、すなわち「ドレミの外」を目指すこと。それは、「怪道をゆく」等でも試みられてきた営為だが、ひとつの成果として結集したのは、向井豊昭が十返舎一九と出逢って二年後に書かれた「ヤパーペジ　チセパーペコペ　イタヤバイ」である。同作は、音符とルビが多用された変則的な記述スタイルを採用しており、版下作りに勤しむ「早稲田文学」の学生スタッフを大いに悩ませたというが[★177]、この作品を通して向井豊昭は、「ドレミの外」へ初めて、漂着することができたのだと言えるだろう。

本作の語り手は、いじめがきっかけで十年以上もひきこもりの生活を続けている「長田まみ」という名の少女だ。父親は離婚して家を出ているため、母親が働きに出ている間、少女は一人、家の中で過ごすことになる。彼女はいじめっ子から向けられた「バイキンだ」、「まみまみおさだ」という言葉が、それぞれ五音と七音をとっていたがために、五音と七音のはやし声にアレルギー反応が生じてしまう特異体質となってしまった。

水洗便所の洗浄音を表題とした『DOVADOVA』など、向井豊昭においてスカトロジーは重要なモチーフとなっているが、本作では、少女の排泄に重ね合わされるかたちで江差追分の旋律がテクスト上に再現され、五線譜の法則から逸脱しているものとして、奇妙にも解放的な称揚を受ける。

癪だ。徹底的に五線譜から外れてオシッコをしてみたい。そうだ。こぶしの利いた江差追分のリズムを借りて、たまったオシッコを放出しよう。

〽（ソーイ、ソイ）かも〜め〜〜〜〜の〜〜〜〜〜〜〜〜（ソーイ、ソイ）鳴く〜音《ね》〜〜に〜〜
〜〜（ソーイ、ソイ）ふと目〜〜〜を〜〜〜〜〜〜〜〜（ソーイ、ソイ）覚ま〜〜〜〜〜〜
〜し〜〜〜（ソーイ、ソイ、ソーイ、ソイ）あれ〜〜〜〜が〜〜〜（ソーイ、ソイ）蝦夷
〜地〜〜〜の〜〜〜〜〜〜〜（ソーイ、ソイ）山〜か〜い〜〜〜〜〜〜〜〜な〜〜〜
（ソーイ、ソイ）

二分は過ぎただろう。便座にまたがり歌いながら、五線譜からはじけた長い長いオシッコをし続けた。

「君が代は
雅がくの真似よ
偉ぶってるの
人民の
歌って言えば
江さし追分
なんだよね
あのリズムはね
自ゆう奔放
五せん譜の
体制からさ
はじけてるのよ」（……）

自由？ フン、この世にそれがあるもんか。と、わたしは手の甲で強く涙を拭ってやる。いくらこぶしを利かせて歌ってみたって、五音、七音の中でだけの自由じゃないか。言葉はまやかし、こぶしはまやかし、音はまやかし、ママもまやかし——言葉も音も持っていない雲だけが、わたしにとっての自由なのだ。

（「ヤパーペジ チセパーペコペ イタヤバイ」）★178

「人民の歌」江差追分に対比されるものとして、「雅楽の真似」だと批判されるのは、すなわち、日本国国歌「君が代」である。現に、語り手、「長田まみ」の母親は、勤務先の学校で、「君が代」の伴奏を拒み続けたため、不適格教員矯正室に送り込まれてきており、近代の「国民国家」が「制度」として人々の自由を束縛する過程を、そのまま受忍してきたのである。

「ヤパーペジ チセパーペコペ イタヤバイ」では、タイポグラフィを駆使することで、書かれた言葉がどこまで「の外」まで進めるのかが執拗に模索された。二〇〇六年に第十次「早稲田文学」の創刊準備号「早稲田文学〇」に掲載された、その名も「ドレミの外」という小品では、武満徹（一九三〇～一九九六年）と思しき作曲家の「秋」（一九七三年）が言及され、そこでは西洋式のオーケストラに拮抗するものとして導入されたはずの尺八と琵琶の音色が、むしろ迎合的に響くと批判されている。

確かに「ヤパーペジ チセパーペコペ イタヤバイ」では、その種の迎合はいっさいない。一九四三年に没したはずの詩人、児玉花外（一八七四～一九四三年）が過激な戯画化を施されたうえで登場することにより、一気に小説は多声的《ポリフォニック》（ミハイル・バフチン）★179なものとなる。

児玉花外は、新聞記者として活躍するかたわら、社会主義を称揚する詩を書き続けてきたが、一九〇三年、第二詩集『社会主義詩集』が発行寸前に発禁となり、やがて「転向」を余儀なくされた。

「ヤパーペジ　チセパーペコペ　イタヤバイ」に登場する児玉花外の姿には、作家の祖父にして不世出の詩人・向井夷希微が二重写しになっているが、その『社会主義詩集』から、「ゆく雲」、「恋し雲」、「労働軍歌」、「米磨ぐ女」と、児玉花外の代表作が――音符と韻律が付されつつ――縦横無尽に引用され、「翻訳しがたい何かを『外国』といった物語としては決して語るまい」（城殿智行）★180とする禁欲的な姿勢を保ちながら、テクストに奥行きを加えていくことで、本作は、重大な結節点にたどり着いた。それは、近代日本精神史における最初にして最大の暗部のひとつ、「大逆事件」にほかならない。

「大逆事件」とファロスの切断

問題作「ヤパーペジ　チセパーペコペ　イタヤバイ」（二〇〇三年）では、タイポグラフィを駆使した叙述スタイルのなか、『社会主義詩集』（一九〇三年）の詩人、児玉花外が唐突に登場する。児玉花外は、語り手の少女を、その苗字が「長田」であることから、こともあろうに「おさだ＝阿部定」であると早合点する。児玉花外は少女を前に袴を下げて「オチンチン」を突きつけるのだ。五七五のリズムに乗せて、その「オチンチン」を切り取ってほしいと言うのである。日本語につきまとう五音と七音によってアレルギー反応が起きる特異体質であった少女の全身は、不気味な申し出に、たちまち発疹で覆われてしまうが、そこで突然、五七五から外れた「発疹を追いやる破格のリズムの叫び声」が挟まれる。「アアアアアアアア〜〜ンッ！」と八音の喘ぎ声を上げる阿部定が、急に少女の身体と同一化していくのだ。

場面は変わり、一九三六年五月、阿部定と愛人の石田容蔵が「素っ裸」で「下腹部を合わせ」ている様子、そして愛人がグロテスクな情死に至るまでの場面を、児玉花外と少女は覗き見る。その光景に刺激された二人は、自分たちもドレミの外にある「破格の叫び」を上げつつ、セックスをする。前戯に入る前、「日の丸、君が代」に反対である少女の母親の名前が（離婚で旧姓に戻ったため）管野須賀子であることが明らかになる。そして、児玉花外によって「熱いもの」を「ワギナの奥」に流し込まれたあとの少女は、「今朝、いそいそと家を出ていった」ママが、「和服の裾をはだけ」た男と着衣のまま性交している光景をも覗いてしまうことになる。二人はともに、五七五のリズムで咳をしている。


「幸徳秋水だ。須賀子も秋水も結核だったんだ」

「ママは結核なんかじゃありません」

「幸徳秋水と須賀子が結核だったのは、歴史的事実なのだ」

「フーン、だったら、わたしのおじいちゃんが肝臓癌で死んだのも、歴史的事実なんだ」

「それは、歴史的事実とは言わんね」

「フーン、そうなんだァ。歴史って、なんだかうさん臭いね。幸徳秋水とかっていうあの男も、うさん臭い歴史の中の人物なの？」

「彼は、大逆事件の主人公だよ」

「大逆事件？」

「それこそ、おさだの言ううさん臭いものだった。明治天皇の暗殺を企てたという罪をかぶされてな、秋水も須賀子も死刑になったんだ」

「ママって、秋水の奥さんなの？」

「いや、秋水には千代子という奥さんがいて、須賀子は荒畑寒村という社会主義者の妻だったんだ」（「ヤパーペジ　チセパーペコペ　イタヤバイ」）★181

なんと、ママがセックスをしていた相手は幸徳秋水（一八七一～一九一一年）その人だったのだ。ここでなぜ、「大逆事件」が登場するのか。それは、絓秀実が『「帝国」の文学　戦争と「大逆」の間』（二〇〇一年）で言うように、「大逆事件」は「とにもかくにも最初の――そして、急進的な――『王殺し』の試みだったからにほかならない」★182。明治維新以後に成立した日本という国民国家の様態は、幸徳秋水や石川啄木らによって、政治的・文学的な表象の対象となった。

ところが「女」である管野須賀子（一八八一～一九一一年）は、選挙権を付与される対象とはならず、あるいは作家的な天分を認められなかったがために、「表象する主体」たりえることができなかった。「大逆事件」の中心人物であり、ロシア皇帝アレクサンドル二世を暗殺したソフィア・ペロフスカヤにみずからを準えていたという管野須賀子が、「表象する主体である男のその表象作用の支えたるファルスを抹消しようとすると同時に、それを欲望しようとしたことは必然的」だったのである★183。

このファルス（ファロス）とは、ラカン派精神分析で言うところの、中心的な「主体」のイメージを男根という形象をもって表現したものであるが、これを前提として考えると、「ヤパーペジ　チセパーペコペ　イタヤバイ」の児玉花外が「おれにとって、詩はオチンチンの武士道だった～。社会主義も、オチンチンの武士道だった～」★184とうそぶき、語り手と阿部定に重ね合わせて連鎖的に性交を描いていくことで、五七五というファルスを切断し、天皇という暴力装置に「大逆事件」を通して対峙しなければならなかった管野須賀子の存在論的位相を巧みに表象していくことは、つまり『王殺し』

は誰によって可能なのか、管野のごとき表象の主体となりえないものにとってのみ、それは可能なはずである」[★185]と言い切ってしまう言説空間を脱臼させ、その「おかまを掘る」(ジル・ドゥルーズ)[★186]試みだったとよくわかる。こうして「社会主義詩集」の作者が「転向」を強いられた、その背後にある力学の仕組みを、向井豊昭はキッチュに表象させていったのだ。

六　小熊秀雄に助太刀いたす

連載「エロちゃんのアート・レポート」と評論集『北海道文学を掘る』

「ヤパーペジ　チセパーペコペ　イタヤバイ」の発表前、作家は「エロちゃんのアート・レポート」という計六回にわたる連載を「早稲田文学」二〇〇二年一月号から十一月号まで行なっている(当時の「早稲田文学」は隔月刊)。また「ユリイカ」二〇〇二年五月号(ゴダール特集)に「モッコ憑き」を、二〇〇二年十二月号(ベンヤミン特集)には「箱庭」を、事実上のスピンオフとして発表している。この「エロちゃんのアート・レポート」シリーズは、「エロちゃん」という人を食った名前で自分のことを呼ぶ、下北半島の飲んだくれ漁師の娘が、娼婦すなわち「コールガール」の立場から、艶めかしくも愛らしい一人称で「アート」を語るというものであり、「群像」等の文芸誌に掲載される美術展レポートや映画レビューのパロディを志向したものと読むことができる。「エロちゃんのアート・レポート」は、同時代に向けて発信するという意識を強く内包した連載だったからだ。

最晩年の向井豊昭は、「プロレタリア詩人」の小熊秀雄（一九〇一～一九四〇年）が「転向」して内務省の斡旋で出版社への就職口をもらったと大塚英志が触れ回っていたことを非常に問題視したのだが、これは「エロちゃんのアート・レポート」に表出された同時代の文化状況への問題意識と、「ヤパーペジ　チセパーペコペ　イタヤバイ」で追究された「ドレミの外」を模索する一種のイデオロギー批判の文脈で「転向」を考えたことが、大きく影響しているだろう。この「転向」問題を旧来の左翼的な文脈にとらわれない、アクチュアルな生き方の問題として読み直す姿勢を、向井豊昭は連載を通して培ったのであった。

向井豊昭はパフォーマティヴなスタイルをあえて採らず、あくまでも自身のポジションから、創作というかたちで、オルタナティヴな「アート・レポート」を模索した。各回は、「立ちんぼ」として一回二万円足らずで身体を売るという「エロちゃん」が、なにかしらのアートにかんした奇妙な人物に鉢合わせをするというのが基本的なスタイルとなっている。「エロちゃん」の語りと構成の面白さは、向井豊昭のユーモア・センスが存分に発揮されたものだろう。取り上げられる「アート」は、北海道開拓農民の日常を生活感豊かに表現した画家・神田日勝（一九三七～一九七〇年）の絵画であったり、荒川修作らが手がけた岐阜県養老天命反転地であったり（ただし、その中には入らないが）、藤村新一による旧石器偽装事件で問題となった宮城県の上高森遺跡であったりと、独特のひねりが加えられている。なかでも向井豊昭の本領が遺憾なく発揮されたのは、連載第四回「アートはハプニング」（『早稲田文学』二〇〇二年七月号）だ。

文体と展開は「怪道をゆく」を彷彿させるユーモアと奇想に満ちたものであるが、中心になっているのは、エスペランティストの盲目詩人エロシェンコ（一八九〇～一九五二年）と、エロシェンコ来日時に文人たちのサロンであった新宿中村屋を経営していた相馬黒光（一八七六～一九五五年）が、もしも根室で出逢っていたら……というシミュレーションである。同作の後半部において、桂井当之助《かつらいまさのすけ》、片上伸《かたかみのぶる》、尾後家省一《おごけしょういち》という三名の文学者が言及される。「根室にゆかりのある文学者」であり、「第二次『早稲田文学』にも関わって」いたという三人は、相馬黒光の主宰する中村屋サロンに出入りしていた。ベルクソン（ベルグソン）を研究し、最初にセルバンテス『ドン・キホーテ』を日本語に訳したという桂井当之助（一八八七～一九一五年）一人をとっても、いまや文芸誌で言及されることはまったくない。「アートはハプニング」の主要登場人物である謎の金満紳士、「山川」こと「山ちゃん」が、これらの作家について語る場面を見てみよう。


「山ちゃん、ロシア語の本、読めるの？」

「残念ながら、わたしの手には負いかね申す」

「負いかね申すのに、どうして五冊も買っちゃったの？」

「ハプニングでござる。一冊は相馬黒光の霊が買わせ申し、桂井当之助《かつらいまさのすけ》、片上伸《かたかみのぶる》、尾後家省《おごけしょう》一《いち》と、次々にわたしを霊が支配してしまったのでござる」

「三人目からの名前、エロちゃん、初めて聞くわ」

「さようでござろう。三、四、五人目は、この根室にゆかりのある文学者でござってな、三人とも早稲田大学の卒業生で、第二次「早稲田文学」にも関わっており申した。実を申せば、わたしは桂井当之助と相馬黒光のことを書きたいと思って、桂井の育った根室の空気を吸いにきたのでござる。羽田空港でそなたと出会うというハプニングがあって、わたしのイマジネーションは、エロシェンコと相馬黒光の方に飛んでしまい申したがのう。そうじゃ、これ、これを見せましょう」

山ちゃん、霊の憑いた五冊の本をヴィトンにしまうと、代わりに書類袋を取り出したの。入ってるコピーの中から、何枚かを選んで差しのべてよこしたわ。

「エロちゃんねえ、シートの座り心地がよくて、眠くなってきたの。活字なんか見る元気ないのよ」

「わたしは、目が冴えていく一方でござる。読んで聞かせることに致すので、子守歌のつもりで聞きなされ。『黙移』という相馬黒光の自叙伝の中に書かれている場面でのう、早稲田の哲学科の講師だった桂井が二十八歳の若さでチフスのため死んでしまった時のことを描写してござるのじゃ。読みますぞ。（……）

「VAGINAの底までゾクゾクしてきちゃったわよ。子守歌にならないじゃん」

「桂井はベルグソンと申すフランスの哲学者を研究することから学者の道を出発したのだが、ロシア文学が大好きでのう。相馬黒光も、やはりロシア文学が大好きだったのでござる。そこで、ニコライ神学校の卒業生を中村屋の三階に呼んで黒光がロシア語の勉強をはじめたところ、桂井が仲間に入り、それを聞いた何人かの早稲田の教授たちも仲間に入ってきたのでござる。その一人が、さっきわたしにロシア語の本を買わせた片上伸でござってな、当時、片上は英文科の教授だったのだが、日本の文学に新しい風を入れるためにはロシア文学を研究しなければならぬと申してモスクワに留学し、早稲田大学に日本で最初のロシア文学科を作る原動力になったのでござる。留学の前には、エロシェンコにもロシア語を習うてのう。片上の父君は、当時函館に住んでいたのだが、夏休み、片上は函館に帰省して、そこにエロシェンコを呼んだのでござる。だがのう、エロシェンコは片上に殴られて東京に帰ってきてしまい申した。相馬黒光の『黙移』には、その時のことも書かれてござる。（……）」（「アートはハプニング」★187）

軽妙な文体に密度の濃い情報がブレンドされ、独自の文学空間を築き上げている。そして先人たちを次々と「早稲田文学」誌上に再生させていく。向井豊昭は祖父・向井夷希微の再評価をみずからの使命としていたが、向井夷希微と石川啄木の周辺の調査がひとつの出発点となり、中央文壇での再デビュー後も、「誤謬」に覆われた先人の文業を発掘・紹介していたのだ。

このとき、すでに、向井豊昭は桂井当之助や尾後家省一については「根室市博物館開設準備室だより」十五号（二〇〇〇年）に「根室実修学校同級生」というタイトルで、片上伸については「四海を家となす人、片上伸」（雑誌未発表）という表題を付したかたちで、その紹介をとりまとめていたのである。また、向井夷希微や『紅苜蓿』の同人であった飯島白圃《いいじまはくぼ》・飯塚露声《いいづかろせい》・大島流人《おおしまるじん》の調査も行ない、その成果を北海道や東北の地方同人誌に発表してきた。

こうした研究の一部を、向井豊昭は二〇〇一年、『北海道文学を掘る』と題した私家版の冊子にまとめている。それは彼なりに「日本の近代文学史、あるいは北海道文学史の視野から外れたもの」に、あらためて焦点を当てる試みだった。なお、『北海道文学を掘る』に掲載されている向井夷希微を再評価する批評群は、二〇〇二年に刊行された『根室・千島歴史人名事典』（『根室・千島歴史人名事典』刊行会編）の「向井夷希微」の項目の執筆の依頼を受けたことが執筆のきっかけとなっている。向井豊昭にとって小説と批評は、執筆スタイルこそ異なれ、共通した問題意識のもとに扱われてきたのだった。

謬説「小熊秀雄転向論」を駁す

向井豊昭が小熊秀雄の「転向」の是非にこだわり続けたことについては、『北海道文学を掘る』や「エロちゃんのアート・レポート」で遺憾なく発揮された、先人の偉業を掘り起こし、同時代的に再解釈するというパースペクティヴから読まなければならない。そして向井豊昭は大塚英志に反論するため、「小熊秀雄への助太刀レポート」(「文芸にいかっぷ」二十五号、二〇〇六年)、「続・小熊秀雄への助太刀レポート」(「文芸にいかっぷ」二十六号、二〇〇七年)という二本の反論文を寄せている。「小熊秀雄への助太刀レポート」を、具体的に確認してみよう。

小熊秀雄は「翼賛下にプロレタリア詩人から転向し、内務省の斡旋で『まんが原作者』となった」(『WB』1号・早稲田文学会・05年11月)のだと、昨年(引用者注:二〇〇五年)あたりから、あちらこちらで書いたりしゃべったりしているのは大塚英志である。

でっち上げの転向説を土台にして、文学はいざとなれば「『映画』や『まんが』といった動員力のあるメディアの下働きとしての役割」しかないのだ。(『WB』1月)と大塚は論を展開する。展開もいい加減なもので開いた口がふさがらないが、一例として、『週刊金曜日』(06年1月6日)の山中恒との対談の発言を見てみよう。

「戦後評価される『火星探検』も小熊原作ですが、特徴的なのは統制の一つとしてまんが表現も科学的でなければいけないということで(……)登場人物は『のらくろ』みたいな、非リアリズム的なキャラクターなんだけども、なかに出てくる戦闘機が、非常に緻密に透視図法的に描かれていて、構図も大胆になっていく。写実的なリアリズムの導入が小熊の指導のなかにあったことが確認できます」

「なかに出てくる戦闘機」と言うが、『火星探険』には、戦闘機も兵器も出てこない。出てくるのはロケットなのだ。戦争の道具としてのそれではない。宇宙旅行のロケットである。

（……）

もう一つ、『火星探険』の画を担当した大城のぼるの『漫画歴史大博物館』の中の証言を向き合わせればいい。

「台本には、登場人物のセリフだけが書いてあって、ト書きはない。あとはこっちにまかせて、口を出さないいって態度でした」（「小熊秀雄への助太刀レポート」[★188]）

向井豊昭は大塚英志の暴論に、逐一論拠を挙げて反論し、小熊秀雄の身の潔白を実証していく。大塚英志は、大澤信亮との共著である『「ジャパニメーション」はなぜ敗れるか』（角川oneテーマ21、二〇〇五年）において、「まんがは転向者の受け皿としてあった」として[★189]、小熊秀雄の「転向」問題を大きく取り扱っており、その典拠はコミック研究者の宮本大人《みやもとひろひと》の指摘に置いていると明示されている。「続・小熊秀雄への助太刀レポート」では、宮本大人が参照した書籍が、吉田美和子『小熊秀雄　夜の歌』（桐々舎、一九九五年）であることにまで、調べがついたと報告される。同書の折り込み付録「桐々舎案内」No.2には、自身、詩人でもあった内務省の役人・佐伯郁郎（一九〇一～一九九二年）が「ある書店（引用者注：出版社）に小熊秀雄を紹介し、彼は児童絵本の編集の仕事に携わった」と述べたことを記憶している佐伯郁郎の親族・佐伯研二の発言が記されていたのだ（「戦時下の出版状況――詩人・検閲官　佐伯郁郎」）。


当事者と称する者の言は、絶対的な証拠になるのだろうか？

ならない。人はしばしば嘘言の衣裳で自分を着飾ろうとするものなのだ。

例えば、野口雨情は、「札幌時代の石川啄木」の中で、北門新報社に啄木の職を紹介したのは自分なのだと言っている。

これは大嘘――紹介したのは、向井永太郎という無名の詩人――私の祖父だった。啄木は日記にそのことを書いていたからよかったものの、小熊は日記を残さなかったのだ。

（「続・小熊秀雄への助太刀レポート」[★191]）


自分の祖父の例を引き「当事者と称する者」へ反論を加える向井豊昭の姿勢は、決して贔屓の引き倒しではない。実際、「戦時下の出版状況」において佐伯研二は、生前の佐伯郁郎が小熊秀雄について話したとき、「私の不勉強さから小熊秀雄についての知識も関心もなかったため、メモもとらずに聞き流してしまったのである」とも言明している。[★190]「小熊イジメ」に向井豊昭が憤ったのは、佐伯郁郎の発言に対する批評的分析もなしに小熊秀雄を「転向」の典型として扱い、「プロレタリア詩人」が「俗悪なまんが」を弾圧する側についたという悪しき構造へ作家の問題を回収する大塚英志の安直な姿勢に、受忍し難い暴力性を見たからだろう。

「さればこの哀れな男に／助太刀するものもなく／大口あいて飯をくらひ／おちよぼ口でコオヒイを

のみ／みる夢もなく／語る人生もなく」と旭川の常盤公園にある「小熊秀雄詩碑」にも冒頭が刻まれた遺稿の「無題」で小熊秀雄は歌ったものだが、無名の作家・向井豊昭は果敢にも立ち上がり、詩人へ「助太刀」を申し出、みずからを束縛する「構造」への抵抗を実践していたのである。彼は、小熊秀雄が転向者ではないと確信していた。向井豊昭は小熊秀雄の詩篇「飛ぶ橇」（一九三五年）を題材にし、〈アイヌ〉の問題にあらためて向き合った小説「飛ぶくしゃみ」（二〇〇七年）を書き、詩人の内在的論理について、深い洞察を加えていたからである。

「飛ぶくしゃみ」と民衆感覚

「飛ぶくしゃみ」（二〇〇七年）は、大塚英志が疑惑を広めた小熊秀雄の「転向」問題への反駁から歩を進め、小熊秀雄作品そのものへの批評としての意義をも有した小説である。本作は、晩年の向井豊昭がゲリラ的に刊行していた「Mortos」の三号に収められ、没後「文芸にいかっぷ」二十六号（新冠文芸協会、二〇〇八年）に収められた。同作の取材時の光景を、向井豊昭は「レポート　小熊秀雄とつね子さんの風景」（「静内文芸」二十六号、二〇〇六年）にまとめている。詩人の妻「つね子さん」に導かれて、向井豊昭は北海道は旭川市を訪れる。そこで、おもむろに「死界から」という詩が登場するのだ。

君達は生きた人間の世界を
私は死んだ人間の世界を
生と死とこの二つの世界を

君達と私とで専有しよう、
そして二つの世界に属さない者たちを挟み撃しよう、
二つの世界に属しないものが
果してあるか、
ある――、

（小熊秀雄「死界から」★192）

これが「死界から」の冒頭であるが、この詩の存在を「大学院で小熊についての論文をまとめた」、「若い一人の編集者」（「早稲田文学」編集スタッフとして向井豊昭と交流があった長谷部和美）に教えられ、じっくりと読み込んだ向井豊昭は、この詩を彼岸から寄せられた「小熊の遺言のような詩だった」と評する。彼岸と此岸、ホンモノとニセモノ、殉教者と転向者。かような二項対立を内側から挫くこと。それが「飛ぶくしゃみ」の目論見なのだ。

実際、「飛ぶくしゃみ」は、小熊秀雄の長篇叙事詩「飛ぶ橇」を下敷きとして書かれた小説であり、「飛ぶ橇」が作中に頻繁に引用され、同作が詳細に検討されるのである。その筆致には切実な問題意識が満ちているが、とりわけ「飛ぶくしゃみ」が面白いのは、北海道への出稼ぎから戻ってきた「樺太アイヌ」であるところの「四辻権太郎＝イクバシュイ」が「飛ぶ橇」の世界から乱入し、向井豊昭自身を彷彿させる書き手と対話を繰り広げる光景だろう。

「やっぱり、イクバシュイだったのか。戸籍名を四辻権太郎、小熊秀雄の『飛ぶ橇』に出てくるよな」

「当たりだでや。旦那、このごろ『飛ぶ橇』の小説書き出して、小熊先生やおれのことを上げたり下げたり、おもちゃみたいにしているそうだけれど、このイクバシュイ、それさチャランケつけるべと思って来たんだでや」
イクバシュイか――アイヌの神々へ捧げるため、盃の酒へ浸し、滴を撒くイクパシュイという箆に名前のいわれはあるのだろう。が、音の一つを、小熊はなぜバに変えてしまったのか？　それは、アイヌ語とニッポン人との関係にとって象徴的な出来事なのだ。（「飛ぶくしゃみ」★193）
「飛ぶくしゃみ」にも、教育関係の研究会で、語り手が〈アイヌ〉の青年から差別者だと糾弾されるシーンが盛り込まれている。そうした作家の苦い経験が、「飛ぶくしゃみ」の大枠をかたちづくっている。それは、小熊秀雄が「飛ぶ橇」に盛り込んだ〈素朴さ〉への痛切な憧れともなっているのだ。メッセージではなく「くしゃみ」というかたちで表現される、憧れの念。

力強いくしゃみの復活は、M（引用者注：語り手のこと）を力強く廊下へ飛び出させる。

（……）

血を流すほどの生き方を、これまでしてきたMなのだろうか？

否！　文学も、それ以上に力を入れたはずの教育運動も、とどのつまりは常識の衣にくるまれ、裸身をさらしきることができなかったのだ。鼻血がドバのくしゃみもまた、ぬくぬくとした冬着であやされてしまうのだろうか？

いやだ。若かった日のくしゃみの力の復活に、老いの全てを賭けてみたい。こじ開けようとして開けられなかったこの世のもろもろに、血を流して挑んでみたいのだ。

（「飛ぶくしゃみ」）[194]

小熊秀雄の「飛ぶ橇」の〈素朴さ〉は、意図して仕立てあげられたものだ。それは叙事詩という形式の特性と不可分である。小熊秀雄自身が同作を表題作に冠した詩集の「序」で語っているように、小熊は叙事詩について、「短い詩とはまたちがった持味があって、将来大衆の詩に対する興味と愛着を、この叙事詩の完成によって一層ふかめられる」、「小説の面白さのもっていない、面白さ、良さがあり、感情的な高さに於いても、詩は散文の比ではありません」と考えていた。[195] つまり叙事詩は、抒情詩や小説とは明確に異なるものとして捉えられている。また俳句・短歌など日本古来から存在する五音と七音を基底とする短詩型とは異なるスタイルとして、日本の「現実的な環境と必然性」を意識することで、あえて叙事詩という形式が採用されたものだとも考えられている。こうした小熊秀雄の方法的な問題意識に、おそらく向井豊昭は強く共鳴していたのだろう。

ジェルジ・ルカーチ（一八八五〜一九七一年）のようにマルクス主義の理論を応用した批評家や、あるいはミハイル・バフチン（一八九五〜一九七五年）のように文芸形式の歴史的な変遷を、文学の発展段階の前提として捉えたロシア・フォルマリズムの批評家は、古典古代に確立された叙事詩と、近代になって登場した小説との形式的な差異に敏感だった。そして、この「叙事詩と小説の差異」を意識すれば、向井が「飛ぶ橇」を下敷きとするにあたって、「飛ぶくしゃみ」に見られる複雑な語りを採用した理由が、徐々に見えてくる。ルカーチとバフチンをつなぐ作家としては、ドストエフスキーの存在を外すことはできないが、登場人物がみずからの思いのたけを好き勝手に語り尽くすドストエフスキーの小説に見られる多声性を、「しゃべり捲くれ」と歌った詩人・小熊秀雄もまた、その根底において共有していたと考えることはなんら牽強付会ではないだろう。

向井は、「叙事詩　無神の馬」[★196]で、叙事詩という形式と小熊秀雄のライフヒストリーを、絶妙にブレンドさせている。同様に、「飛ぶくしゃみ」は、小熊秀雄の「しゃべり捲くれ」の精神を、現代的に変奏したテクストなのだ。ドストエフスキーの多声的なテクストの背後には、ゲーテとともにドイツ近代文学の基礎を築いたフリードリヒ・シラー流の理想主義、そして〈素朴さ〉が根づいていた。考えてみれば、シラーと小熊秀雄は少なからず似ている。旭川市の常磐公園の碑に刻まれた「ここに理想の煉瓦を積み／ここに自由のせきを切り／ここに生命の畦をつくる／つかれて寝汗掻くまでに／夢のなかでも耕さん」[★197]という有名な一句が、その証左となるだろう。

『ドストエフスキー』（講談社、二〇一〇年）で毎日出版文化賞を受けた批評家の山城むつみは、法橋和彦の『暁の網にて天を掬ひし者よ　小熊秀雄の詩の世界』（未知谷、二〇〇七年）に触れ、そこで「民衆」というキーワードを基盤として小熊の詩が語られていることに着目し、そうした概念を「手垢にまみれすりきれてしまっている」安直なキーワードとしてではなく、実感と記憶をともなった、生の経験として想起されるよう、言葉を尽くして論証する（山城むつみ「最近の小熊秀雄論から断面三つ」[★198]）。このとき、山城はトルストイ研究家として知られる法橋和彦が、トルストイの『幼年時代』を推していたことと、「日本ではじめて科学的な社会主義を思想として唱導」し、困難な時代にも最後まで非転向を貫いた河上肇（一八七九～一九四六年）にとっての「祖母の存在」がいかに重要であったのかを指摘していたことに焦点を当てる。ここで、山城は「凡百の小説よりも一個の人生が確かに感じられる。読み飛ばすこと勿れ」と――河上肇が『自叙伝』のなかで描写する――二十五歳で寡婦になってから二十年あまりを働きづめに働いて先代の借金を完済し、さらには勤労で蓄えた資金をもって近隣の家屋敷を買い取り「若い燕」を囲ったり酒を愉しんだりした「祖母の存在」を、丹念に紹介する。法橋和彦が着目した河上肇にとっての「祖母の存在」は、向井豊昭が「鳩笛」で描いた向井夷希微の想い出に相当する。向井豊昭は祖父に「民衆感覚」と自己との連関性を見出そうとしていた。そして「ええじゃないか」や「あゝ、うつくしや」といった肉親の軌跡を「資料的関心」から追いかける仕事で彼が究めようとしたのは、記号的に捉えられ、時には無軌道な暴走を遂げる「民衆感覚」に、確たる実体と手ざわりを取り戻すことだった。

「飛ぶ橇」と言語感覚

「飛ぶくしゃみ」は「ハックション！」というくしゃみから始まるが、「くしゃみがこの世に意識を飛び出させる」と書かれるとおり、くしゃみは、死から生のまどろみへ、語り手の意識を移行させる媒介物として機能する。それとともに、五音と七音の韻律から外れた「ハックション！」から、語り手は母音を剝ぎ取り（「HKKSYN！」）、逆さ綴りにする（「NYSKKH！」）。言葉から、生の汚穢を切り離していくわけだ。ここで、橇につながれた十三頭の樺太犬が登場。「飛ぶ橇」の〈アイヌ〉が、テクストとテクストの隙間を飛び越えて、実際に「チャランケ＝談判」に現われたことが読者に伝えられる。

「チャランケ」という言葉から、〈アイヌ〉から「チャランケ」をつけられた経験を描く「日々の音色」のエピソードが語り直される。それは〈アイヌ〉を「彼等」と書いてしまうことが差別的であると、当の〈アイヌ〉から糾弾されたという逸話であるが、語り手は「アイヌの血を享けた」知里真志保の学説を援用し、「アイヌとヤマトの区切りのこちら、ヤマトの側から、あちら側のアイヌを十把一絡げにして、『彼等』とまとめてしまうその立ち位置の思想性」を再検討していく。

「飛ぶ橇」では、本来ならば「イクパシュイ」という名前であった〈アイヌ〉の男は、アイヌ語としては不自然なことに「イクバシュイ」と濁音化され、それどころか、「四辻権太郎」という和名で呼ばれる。一度を除いて、男を「権太郎」と書き続ける小熊秀雄の姿勢について、語り手は「同化を強いられたアイヌの現実を示そうとしたのだろう。「権太郎」という名がかもし出す無力な民の姿——権現とも権力とも遠く、せめて名前だけはと願われる民の世界——」[★199]と分析している。なにしろ、「飛ぶくしゃみ」では、イクパシュイは「アイヌ語は苦手だが、アイヌの魂だけは持ってる」男として描かれるのだ。そして、樺太アイヌ語では、橇の場合に「飛《パアラッセ》ぶ」という動詞は使わないと、語り手は指摘している。だから、「飛ぶ橇」という躍動感は、むしろ〈アイヌ〉ではなく「ニッポン人」の言語感覚に由来するものということになる。

七　打ち捨てられたコミューンへの道

口述筆記された「新説国境論」、「熊平軍太郎の舟」の神話的イメージ

「飛ぶくしゃみ」では、「死界から」で模索された死と生の境界が、〈アイヌ〉と〈和人《シャモ》〉の境界へ、ゆるやかに重ね合わせられている。この「境界」を、より直截的に描いたものが、向井豊昭が死のお

よそ一ヶ月前に息子・流の協力によって口述筆記で書き上げ、「Mortos」終刊号（第四号）に収められた「新説国境論」（二〇〇八年）だ。「新説国境論」は「ハンドルから左手が離れ、カーラジオのスイッチを押した」という、「怪道をゆく」を彷彿させるドライブのシーンで始まるが、その感傷を排した赤裸々な光景は、ただ異様である。この叩きつけるような文体は、「Mortos」創刊号の巻頭を飾った「熊平軍太郎の舟」（二〇〇七年）と奇妙な連関性をもっている。

> 助手席に座っているのは母である。母という言葉には宗教性が漂っているが、この母はタダのババアだった。後部座席に一人座っているのはタダのジジイである。いや、タダのジジイというよりも、くたばる寸前のジジイだった。胸のポケットには、皮下点滴のボトルが入れられ、長い管が胸の間に隠れている。
> （「新説国境論」★200）

「熊平軍太郎の舟」では、「飛ぶくしゃみ」の「権太郎」を思わせる「軍太郎」という無垢な主人公と、作家の幼少期と深いかかわりがあり、アイヌ語由来の地名でもある熊ヶ平《くまがたい》（青森県むつ市川内町内）のイメージ、肝臓癌を宣告された「軍太郎」と、春をひさいで生計を立てている母親、そして「アマテラス＝天照大御神」のイメージが奇怪に交錯し、母の乳を吸った軍太郎が、骸骨と化した母親にすがりつく様子が語られる。

> 二つの乳首を交互に吸う。澱んだ乳が吸い尽くされ、青い海がよみがえることを願うように、軍太郎は乳を吸った。

「まんだ！　まんだ！　まんだ！」

目をつぶった母は叫ぶ。そう、青い沖はまだなのだ。

毒々しい乳が、波のように流れ込む。癌細胞に侵された肝臓は、解毒のための力を失っていた。腫瘍が揺れ、肝臓が揺れる。母の笹舟となった体が揺れ、ほうり出された軍太郎は乳首をくわえたまま沈んでいった。

膝の角度を鋭角にさせ、床の上に沈んでいく軍太郎の体に合わせて、母の体も乳首を含ませたまま沈んでいった。

乳首を吸う音はしない。乳首はもうなかった。動かなくなった唇がくわえているのは、母の肋骨だった。骸骨の姿で、母は軍太郎を抱きかかえていたのだ。

（「熊平軍太郎の舟」★201）


「熊平軍太郎の舟」という特異なテクストでは、〈アイヌ〉、縄文、石器時代と、神話的スケールで時間が遡行していく幻想的な光景が描出される。こうして「アマテラス」に代表される日本というトポスの思想的前提が相対化されていくのだ。

「パッパパッパッパパッパパッ」と「わっはっはっはっはっはっ！」

「Mortos」二号の「パッパパッパッパパッパッ」では、パソコンから発せられた「川の流れの音の中から、水の泡がはじけるような音がする」と説明される（表題に同じ）擬音語が——白い綿毛で「春風と一緒に顔をくすぐ」る「ヨモギの葉の裏」へとつながり——仰向けで乳首を吸う動作を繰り返す「赤ん坊」の姿に重ね合わされる。このとき、語り手である「肝臓ガン」かもしれない、「大きな腫瘍」の鈍痛に苦しむ「ヘッポコ小説家」は、「欺瞞の音が、辛うじて赤ん坊を生かしている。欺瞞の言葉の組み合わせに明け暮れてきた[202]」と、罪悪感を覚え、「赤ん坊」に水を飲ませようとするが、うまくいかない。だから立ち上がり、両手でメガホンを作って「オーイ！」と助けを呼ぶ。そのさいに語り手は、「北海道新冠郡新冠町字高江の丘」を舞台にした「赤ん坊を助けるアイヌの伝説」を思い浮かべる。

この「赤ん坊を助けるアイヌの伝説」は、『ここにも』を献本するなど向井豊昭と深い交流があった、詩人にしてアイヌ文化研究者の更科源蔵（一九〇四～一九八五年）が紹介した「白鳥の子孫」に由来するものと推定できるが[203]、この伝説の採用は、向井豊昭が「ハンロ・ウッサム」や「千年の道」で描いた、白鳥の自己犠牲の逸話を重層的に語り直すことが企図されたものと読むことができる。赤ん坊の「パッパッパッパッパッパッ」というリズムに、語り手は「ワッハッハッハッハッハッ」という笑い声で応答する。現われた白鳥は少女となり、作家と出逢う以前の妻のイメージへと転変を遂げ、イデオロギーや性差、自由と伝統といった二項対立を乗り越え、「二つの命の、どうしようもない連鎖」へとたどり着く過程は、感動の一言だ。

この笑い声は、向井豊昭が亡くなった直後に世に出た「わっはっはっはっはっはっ！」（二〇〇八年）と多声的に重なり合う。「わっはっはっはっはっはっ！」は、祖父・向井夷希微の最期の場面に題材をとった作品である。病魔によって余命いくばくもないことを自覚していた向井豊昭は、祖父の今際の際を書き直したのだ。向井夷希微は、死の床で一人、賛美歌を歌ったというが、かつて、「祖父の賛美歌は、死期を知った人間の悟り、土壇場の回心だったのだろうか。わたしには、そうは思えない。祖父の賛美歌は、祖父が生きた時代への挽歌ではなかったろうか。家や国家に縛られた見せかけの自我を讃える近代への挽歌ではなかったろうか。あり得ない自由への挽歌ではなかったろうか[★204]」

と書きつけた作家は、祖父の「挽歌」を引き継いだのだ。

　結末部の「癌細胞の暴れる腹を両手で押さえ、笑ってやる。笑うという行為だけが、眉根の皺を真に消し去ることができるのだ[★205]」という語りには、「これからは抒情との戦いだ！[★206]」と息巻いた作家の、逃れがたい「死」を前に、みずからの身体をもって多層的な先人の「声」を引き受けようとした覚悟がある。それこそが「近代文学の終り」を乗り越え、アイデンティティの飽くなき探究に意味を与える、確かな道であるというかのように。

向井豊昭と麻田圭子、コラボ小説の目指したもの

　柄谷行人の「近代文学の終り」と同じ号に掲載された「ト！」（「早稲田文学」二〇〇四年五月号）で、テクストは知られざる近代詩人飯島白圃の詩「夏の日」を、上田敏が『海潮音』に収めたルコント・ドゥ・リイル（リール）の訳詩「真昼」と比較し、翻訳という営意を通して文学と歴史の位置の問い直しを再考していた。ここでの詩を介した、自律性あるコミュニケーションの希求は、同じ早稲田文学新人賞受賞作家（第九回）である麻田圭子とのコラボ小説集『みづはなけれどふねはしる』（BARABARA書房、二〇〇六年）に結実した。『みづはなけれどふねはしる』は、「樹の花」、「みづはなけれどふねはしる」、「桜の枝から大空になります」、「ブレイク、ブレイク、ブレイク」の四つの小説に、四枚の写真（「Photo」）、そして「ベンチ」と題された写真（文字のない小説）からなる作品集だ。

　コラボ相手の麻田圭子は、デビュー作「モーニング・サイレンス」（「早稲田文学」一九九三年一月号）の頃から、澄明な言語を用いて、コミュニケーションと身体性に対する独自の思弁を進めてきた作家

である。麻田圭子は、デビュー作品集『心地よい嘘』（青弓社、一九九七年）において、イギリスと日本というトポスを超えた「語り」の交錯を表現した。「セイフ・ヘイヴン」（「早稲田文学」一九九八年七月号）では、ドイツ語とフランス語のせめぎ合いを「独仏戦争」のアナロジーで捉えた。

次いで、麻田圭子と佐々木健介（ペヨトル工房の創立者である今野裕一）との共作である『Questions 海へ』（青弓社、二〇〇一年）では、湘南高校卒業以後の三十年を、個人の歴史から語り直し、見えた風景を少しずつ共有し、戦後日本の歴史に少しずつ結びつけるという驚嘆すべき小説技術を駆使していた。向井豊昭とのコラボ小説でも、その包容力は遺憾なく発揮されている。二人は向井夷希微をモデルとした青年「英吉」を設定、ありえたもうひとつの過去をシミュレートしていく。詩人の運命を世界文学のうちで辿り直し、アルフレッド・ロード・テニソンから、ジョン・レノンへ至るイギリス詩の系譜のなかに、夷希微の詩を落としこむ。そして、フリードリヒ・ニーチェ流の超人《スーパーヒューマン》の思想を経ながら、ポストヒューマニズムにも通じる「詩」を軸にした共同体《コミューン》のモデルを素描するのだ。

> 暖炉の前で革命を語る貴族詩人たちと、座る場所もない下宿屋で社会主義論を戦わせる貧乏詩人たち、そこに共通するものがあるとしたら――。
>
> 英吉はガラスのケースのなかのバイロンの手紙を眺めた。
> 頼まれて、啄木の追憶を或る研究書に書いたとき、「バイロン的」という言葉を英吉は使った。
> ふと思いついた比喩だったが、その根っこの前に、偶然、英吉は立っていた。
>
> 啄木の女性に対する熱意。妻となった節子、橘知恵子、札幌の下宿屋の娘、釧路の芸者、啄木は感情や欲望を抑えなかった。既成の道徳からも宗教からも束縛されない啄木は、そういう意味

では自由な人間だったのだ。

今、こうやって、バイロン卿の館の床の感触を薄いスリッパを通して足の裏で確かめ、二通のバイロン直筆の恋文を読んでいることをあの頃の仲間たち、蕗堂や流人や白圃、そして啄木に知らせたいと思った。

啄木に嫉妬心を抱いたことなど、どうでもよくなった。バイロンも啄木も死んでしまった後で、文学研究という大義のもとに、私的な手紙まで暴露されてしまったが、生きている人間たちがやったことに対して、死人たちは何も言えない。生きているうちに遺したものが、どのように扱われるかは生き残った人々次第なのだ。

バイロン卿の館を出て、美しく整えられた庭園を英吉は歩きまわった。放し飼いされた孔雀が、英吉に近づいてきた。雄の孔雀は羽根を閉じたまま、よたよたと歩いてくる。

「羽根が重すぎて飛べないか？　餌を食いすぎて重たくなった体では飛べないか？　羽根を広げて雌を誘惑する気力はなくなったか？」

英吉の問いかけに、孔雀は重そうな羽根を引きずるようにして、人間から離れていった。

「共通するものは――」英吉は離れていく孔雀に言った。

「それは、自由だ。文学はどんな人間も受け入れてくれる。孔雀、わかったか」

孔雀は人間の声を無視したまま、離れていった。

Before me floats an image, man or shade,
Shade more than man, more image than a shade;

For Hades' bobbin bound in mummy-cloth
May unwind the winding path;
A mouth that has no moisture and no breath
Breathless mouth may summon;
I hail the superhuman;
I call it death-in-life and life-in-death.

英吉はイェイツの詩を暗唱した。イェイツはアイルランドの詩人で、アイルランドの土地は貧しいが、人々の感性の楽園だとトーマスは言った。

「私の前をひとつの、イメージ、人、あるいは、亡霊が漂う。人というよりも亡霊、亡霊というよりも、イメージ、それはミイラの布を巻く死者の国の糸巻き、ミイラの服をぐるぐると巻きほぐし、口はひからび、息をせず、息せぬ唇は告げる。わたしはこのスーパーヒューマンを歓呼する。生のなかの死そして死のなかの生と、その存在を呼ぶ」

「スーパーヒューマン、生のなかの死そして死のなかの生！」

英吉は自分自身がそうやって、今、ここに存在していることを確認する。

（向井豊昭／麻田圭子「ブレイク、ブレイク、ブレイク」★207）

二つの遺作——「新説国境論」と「島本コウヘイは円空だった」

「ブレイク、ブレイク、ブレイク、ブレイク」を収めた『みづはなけれどふねはしる』（二〇〇六年）は、まさしく実験精神あふれる傑作だが、このコラボ小説のコンセプトについて、向井豊昭が次のように書き記していたことは注目に値する。

ぼくにとって、コラボ小説は、打ち捨てられたコミューンへの道である。（……）言ってしまおう。作者の名前など、ぼくはいらない。ただ、この小説集が、書店でせめぎ合っている小説本とは違うもの（……）なのだということは示したかった。そのためには、小さなコミューンとしての二人の名前を持ってこなければならなかったのだ。

（「〈文学という謀反〉」『みづはなければどふねはしる』★208）

希望とともに語られる、「遠いコミューンの可能性」。その文業の最も早い時期（一九五九年）において、向井豊昭は「人間性の危機に直面している現代に於いて、詩的感受性こそ我々を革命に導く、一つのアプローチではないだろうか★209」と語っていたが、先述した「新説国境論」は、詩的感受性による連帯を阻む「国境」、つまりアイヌ語と日本語、中央と地方、津軽弁と南部弁といった、もろもろの言語的障壁を解体せんとしたものだった。

国境が言葉を作るのか？　言葉が国境を作るのか？　それとも人間の一人一人が、体に張りめぐるバラ線のような神経を巻き付けられているせいなのかもしれない。国境はこのバラ線の連結かもしれなかった。

（……）国境的言語によって、ジジイは爆発した。店の前の地べたに向かって、ジジイは顔面から倒れていく。額を地べたが打つ。地べたと額の国境は、二つを融合させてはくれなかった。
「イタイヨオ〜ン！」

国境と国境の摩擦で、赤ちゃん言葉が思わず出る。赤ちゃんとジジイには国境はなかった。あってていいわけがない。

（「新説国境論」★210）

詩的感受性に即した革命がオルタナティヴな共同体を志向したさい、それまでの二項対立が、不可避的に育んでしまう暴力性の発露。向井豊昭は、その生涯を通じ、この種の暴力性に引き裂かれてきた。「新説国境論」で、ひとつの結集を見たのは、暴力性に抗する「怒り」のダイナミズムの位置である。作家の個人史を投影された「ジジイ」は、革命につきまとう暴力性を自滅的に引き受けることを選んだ。このことが、向井豊昭が漂着した結論だった。現に、「Mortos」終刊号には、「この頃流行りの命の授業に対する私なりの反論」だという「いのちの学校ごっこ」（孫と一緒に、実際に「いのち」についての授業を行なったことのレポート）、も収められ、まさしく作家の遺書となっている。

にもかかわらず、向井豊昭はその後も作品を書き続けた。亡くなる二週間前、向井豊昭は遺作「島本コウヘイは円空だった」（「早稲田文学2」、二〇〇八年）を口述筆記で書き上げた。これは腎不全による尿毒症で観た幻覚に取材した作品であるが、野球選手の島本講平と行脚僧の円空（一六三二〜一六九五年）が、「コウヘイ＝公平」というイメージで接続されたと思しき不条理な展開のあとに、フランツ・カフカの「判決」を思わせる異様な緊張感に満ちた展開が訪れ、読み手を瞠目させる。

円空は走った。一塁から二塁、二塁から三塁、三塁から本塁、円空は走り続けた。研究者がそれを受けとめて懐にいれる。下北中の研究者は、そうやって円空をかっぱらってきたのだ。

「パパ、言い過ぎです。」と、妻はたしなめた。

「言い過ぎじゃない！　金銭が犯罪に絡むものである以上、そこに絡む人間はみんな犯罪者なのだ。（……）違うか？　事務官！」

「う、うーん……」と、事務官は言葉を詰まらせた。

「言葉を詰まらせることは犯罪なのじゃ。」男は、点滴の台を持った。

「背広を出してくれ。一番良いやつをだ。もちろんネクタイも上等品を出してくれ。」

「上等品？　あなたは上等品など大嫌いだったんじゃないですか？　家にはジーンズしかありませんよ。」と、ママは言った。

「そうか、やっぱり裁きは必要なのだ。俺はこれからジーンズで全ての背広組に判決を言ってくる。カッコつけるな！　死刑だ！　死刑だ！　死刑だ！」と、三回唱えると、男は最高裁判所へ飛んでいった。

（「島本コウヘイは円空だった」★211）


だが、ここで「死刑」という言葉の強さに惑わされてはならない。最期に向井豊昭が行き着き、解放したヴィジョンは――なまなかな救済などではまったくなく――「死刑」という言葉でしか表現できない類のものである。池田雄一によれば、向井豊昭が自身の死を予期してとった選択は、次のようなものだったという。

まず、儀式めいたものは一切したくないので、自分が死んでも葬儀のようなことはしない。するとしても身内だけでとりおこなう。また、そのかわりとして、生きているあいだに会うべき人に会っておく。その一方で、あまりにも親しい人、とくに女性には、ショックが大きすぎると思うので内緒にしておく。こうしてまとめてみると、なんとひとり善がりでわが侭な方針かとあきれてくるが、これが死に際して彼が選択した生き様であった。

（池田雄一「『島本コウヘイは円空だった』『付記』★212」）

みずからの「死」に対して、なんの意味も与えずにいること。それは生を賭してもなお、みずからが思想の出発点と位置づけた「地べた」から、一歩も出ることがかなわず、近代の呪いを全身で背負いながら、死の直前まで向井豊昭を動かした「怒り」の強度を、よく表わしている。ただし、その苦闘は存命時には文壇に伝わることなく、亡くなったときにも新聞報道はおろか――「島本コウヘイは円空だった」を掲載した「早稲田文学」を除き――文芸誌においての追悼特集すらなされなかった。わずかに確認できたのは、「群像」での匿名批評「喧々諤々」で愛に満ちた追悼コメントがなされただけというのは、なんとも向井豊昭らしいというほかない。

いや、末世には魑魅魍魎（わたしのような）が暴れ回り、スペクタクルな見せ物を展開してくれるのに、それ以前に弾き出されてしまうのが日本文学国でした。
これに挑むわたしの姿、神風特別攻撃隊員みたい。
いやいや、わたしは誰の命令も受けてはいない。
わたしを貫く、歴史の声に動かされているだけです。

（岡和田晃宛のメール、二〇〇八年五月二日付）

第三章　二〇一四年の向井豊昭

「ますます危ない国になりつつある今」

向井豊昭が二〇〇八年六月三十日に没してから、早いもので五回目の命日が訪れようとしている。この間、二〇一一年三月十一日に起きたニッポンという国の大混乱と、以後の急激な極右化ともいうべき事態について、はたして向井豊昭が健在だったら、どのように捉えただろうか。

ちょうど十年前の二〇〇四年に企画された「ブンガクシャは派兵と改憲についてどう考えるのか」というアンケートへの回答文が、ニッポンの現状へのまたとない応答になっているように思える。奇しくも柄谷行人の「近代文学の終り」や、自身の小説「ト！」と同じ、二〇〇四年五月号に掲載されたものだ。この文章は、「年初をまたいで自衛隊がイラクへと向か」ったにもかかわらず、「小誌を含め、諸文芸雑誌では、そうしたできごととは無縁であるかのように、いつもと変わらぬ紙面が並んで」いる現実に対し、「自衛隊の海外派遣ならびにそれを契機とする憲法改正志向（主には九条）」について、「早稲田文学」に縁の深い書き手にアンケートをとったというもの。先着順の掲載となるところ、一番乗りに輝いた「向井豊昭」という署名が印象深い。

今年もらった年賀状の一枚一枚を読み返していたら、このアンケートがやってきた。

「ますます危ない国になりつつある今、辞めたくても辞められず、何とかがんばっています」

年賀状の添え書きの一つだ。五十歳を超えた小学校の女性教員。その年齢のわたしが産休代替教員として隅田川に近い小学校に勤めた時、彼女はまだ四十歳だった。昭和から平成に代わったばかりの三学期の始業式の直前、天皇への黙とうを子どもたちに強いるのは止めるようにと、校長室で校長に迫っていった彼女の姿が目に浮かぶ。要求は勿論入れられず、始業式の檀上で、校長は天皇の死をぎこちなく語り、「昭和天皇のホーギョをイタミ、モクトーを捧げます。モクトー」と言ったものである。モクトーとは何のことか分からず、子どもたちはポカンと立っていた。七年後、わたしはその学校を舞台の一つにし、天皇が死んだ日の東京の風景を大きなヤマにした小説「BARABARA」で早稲田文学新人賞を受賞する。一つの現象を小説にするには、それだけの発酵の時間が必要なのだろう。自衛隊の海外進出という今日の現象も、今すぐ小説ということになれば、かなりの困難がついてまわるはずだ。

問題は、そこにあるのではない。天皇が死んだ日の政治的力学と、海外進出の政治的力学、その他もろもろの社会的現象とが網の目のようにつながり合っておいら一同をすっぽりと包んでいること――それを暴こうとする目を保たず、平成ニッポンを通っていくブンガク御一行サマの体たらくにあるのだ。

八百字を上限にというアンケートなので、長くは書けない。これを投函したら、わたしは彼女に上限のない手紙を書くことにする。末尾はこう締めくくるつもりだ。

「ますます危ない国になりつつある今、止めたくても止められず、何とか小説をがんばっています」

（「アンケート回答　ブンガクシャは派兵と改憲についてどう考えるのか」）[★213]

「ますます危ない国になりつつある」という現状認識。そのうえで、網の目のように、自分たちをすっぽり包んでいるもろもろの政治的力学を暴こうとする目をもつことの重要性。それらはつまり、本書の序盤で論じられた「リベラルな配慮」と「ネオリベラルな政界構造」を結びつけるシステムのあり方を見抜こうとすることなのではなかろうか。ここで向井豊昭が告げた「何とか小説をがんばっています」という述懐は、そうした俯瞰的な視座が前提となったうえでの「作家宣言」なのだろう。人間と政治を取り巻く板挟みのディレンマに苦しみ、そのことを小説の主題とし続けてきた、向井豊昭らしい態度表明である。「天皇が死んだ日の政治的力学」と「海外進出の政治的力学」の結びつきは、〝空虚なる中心〟の崩壊と、国外にも浸透する悪影響という意味で、東日本大震災とそれに伴う福島第一原発事故の構造によく似ている。それでは、向井豊昭は「核」をどう描いたのか。

向井豊昭と六ヶ所村

向井豊昭は、『ＢＡＲＡＢＡＲＡ』に収められた「アイデンティティはアイティティティ」(『早稲田文学』一九九九年一月号)で、育ちのふるさとである下北半島をその形から「カラス半島」と呼び、〈カラス困民党、海上自衛隊カラス基地を占拠〉〈核燃カラス労組「自主管理」を通告〉と、「カラス半島」が一方的に独立を宣告した光景をシミュレーションし、一種のＳＦ(サイエンス・フィクション)風のスタイルで描いている。

「アイデンティティはアイティティティ」における語り手は、エステティシャンである「アシタカ・カタシ」という人物で、身体は男だけれども人工的に女性化した身体改造者という設定だ。この設定には政治と文学の問題についてラディカルな思弁《スペキュレーション》を続けている作家たち、ウィリアム・ギブスンやブルース・スターリングらが提唱した文学運動――身体改造やコンピュータ・ネットワークなどの情報環境をヒューマニズムの延長にある自然なものとして捉えることが特徴的な――「サイバーパンク」とも相通じるものがある。だが、その「アシタカ・カタシ」は、「エステティシャンとして多くの女体を痩身化し、子宝を産むべき母性としての肉体」を退化させ、「我が国の国体の基盤を危うくさせた」そして「多くの男性の脱毛を手がけることによって男性の女性化に拍車をかけ」ために男性の戦意を喪失させ、独立勢力である「カラス困民党」を利したかどにて特別高等警察に逮捕されてしまう。秩父困民党を思わせる「カラス困民党」は、一八八四年の秩父事件を、おそらくモデルにしている。ウィリアム・ギブスンの『カウント・ゼロ』（一九八六年）で、仮想空間であるはずのサイバースペースからゾンビが突如現われたように、土俗的なものが、ポストヒューマニズムのイメージに、再帰してくるのである。

　おそらく向井豊昭は、「核」の表象不可能性に直面していたからこそ、「科学技術《テクノロジー》の自走性」（柴野拓美）[★214]をその本質とするＳＦの方法を採用したのだろう。ジャーナリストの鎌田慧は、日本各地の原子力発電所をめぐった『原発列島を行く』（集英社新書、二〇〇一年）の冒頭部で、原子力発電所を見学したとき、案内人に廃棄物の行方を尋ねると、決まって「青森県の六ヶ所村」に持っていくので心配ないとの答えが返ってきたことを記している。[★215]鎌田慧によれば、六ヶ所村には、低レベル放射性廃棄物ばかりか、フランス帰りの高レベル放射性廃棄物や使用済み核燃料まで運ばれており、「とにかく、六ヶ所村に押しつけ、あとのことはそのうちに決着をつけよう、というのが、政府や電力会社のやりくち」だと喝破している。[★216]問題は幾重にも厄介なのだ。

「核」の表象不可能性という障壁は、向井豊昭にとっては言語の一元性への批判的意識と、密接に結びついていた。「ヌーヴォー・ロマン」との邂逅後、下北半島の旅行を経て生み出された「下北半島における青年期の社会化過程に関する研究」の作中では、その六ヶ所村の核燃反対運動が直接描写されるが、その場面が特徴的だ。

ハンドマイクを通した声が風に乗って聞こえてくる。声は切れ切れだが、『下北』という言葉が確かに聞き取れた。

煙草に火をつけながら、幸悦は立ち上がった。くわえ煙草で、細長い公園（引用者注：渋谷の宮下公園）の奥へ向かって歩き続ける。切れ切れの声がつながり、幸悦の鼓動を震わせた。

「下北半島六ヶ所村の核燃は日本の核武装、広島、長崎の道なのです！」

くわえ煙草を取り、幸悦は下に捨てた。足で探って踏みつける。足より先に、彼の目は集会の群れに向かって走っていた。

百人足らずの背中の奥に、ハンドマイクを持つ男の姿があった。

『下北を原子力半島にするな！』という横断幕の横文字が男の背後にある。男の来ている白いTシャツの胸には赤い文字が躍っていた。

暗がりの後ろに近づくと『核燃まいね！』という胸の文字が読み取れた。ひらがなの三文字は津軽弁である。歯切れのいい男の言葉は津軽からはるかに遠いが、それより不思議なのは、なぜ津軽弁の『まいね』なのかということであった。

下北半島は旧南部領である。半島内の各地域に言語の差はあるものの、大ざっぱに言えば半島の言語は南部弁に属し、『まいね』という津軽弁は使わない。地元の言葉を使いたいのなら『核燃わがんね！』とすべきなのだ。『核燃だめ！』という意味である。

（「下北における青年期の社会化過程に関する研究」★217）

ここでの向井豊昭の視点は、「下北を原子力半島にするな！」という人々が、なぜか「津軽弁のアクセント」で「アッピール」を行なっていくことに着目する。「下北弁にとって、津軽弁は都言葉」であり、「銭のある親を持ち、中学校の成績は一、二番というきびしいふるいを通り抜けた生徒は、下北の高校などには進学しない」と向井豊昭は書いているが、これは反原発運動内に社会格差が存在した、という具合に読んではならない。むしろ、「広島、長崎」にも通じる、人々に無用の犠牲を強いる「核燃誘致」という巨悪に対して、言葉でアピールしようとすればするほど、格差が可視化されていき、「ずれ」が露わになり、にもかかわらず言葉はワンフレーズ・ポリティクスとして一元的になりゆく、ディレンマ。この構造を向井豊昭は見抜いていたのだ。

「向井豊昭アーカイブ」と「用意、ドン！」

向井豊昭の没後、生前に原稿を預けられていた北海道の文芸誌に数作が掲載された。それも、「文芸にいかっぷ」二十七号の「ト書きのない戯曲」(二〇〇八年)をもって途絶えた。しかしじつは「早稲田文学」編集室には、膨大な遺稿を収めた段ボール箱が預けられていた。そこで筆者は、遺族ならびに編集室の許諾を得て、その箱を引き取った。段ボール箱に収蔵された手書き原稿を、有志でデジタル化、東條慎生の主宰する文学同人誌「幻視社」四号(二〇〇九年)に掲載し、イベント「文学フリマ」で頒布を行なった。この試みが少なからず反響を呼んだため、同五号(二〇一〇年)、六号(二〇一二年)と、遺稿掲載が実現した(いずれも現在は品切れだが、バックナンバーは国会図書館で読める)。二〇一一年六月には「幻視社」のウェブサイトに「向井豊昭アーカイブ」(http://www.geocities.jp/gensisha/mukaitoyoaki/index.html)を新設、インターネット上での向井作品の無償公開を開始した。そして二〇一三年に発行された「早稲田文学6」で、「向井豊昭アーカイブ」から生前未発表の遺稿「用意、ドン！」が再録されることになった。

「用意、ドン！」もまた、段ボールに眠っていた未発表の遺稿を活字化したものだ。アーカイブ収録作品から、向井豊昭を知らない読者にも訴求するような作品を一点紹介するならば、まず「用意、ドン！」だろうとの判断から、「早稲田文学」での掲載に至ったのである。もと原稿の奥付にあった著者の年齢からみて、執筆時期は、二〇〇四年頃だろう。みずからの過去を振り返る「意識の流れ」を、ピストル音で不意に切断することで――独特のスピード感を維持しながら――場面転換のダイナミズムを活かす技術は、瞠目に値する。「用意、ドン！」には多様なモチーフが詰め込まれているが、なかでもサミュエル・ベケット（一九〇六～一九八九年）の『ゴドーを待ちながら』（一九五二年）が変奏されているのは見逃せない。平岡篤頼を通じて「ヌーヴォー・ロマン」と出逢い二十年、向井はベケットを繰り返し繙きながら、みずからのスタイルを確立したのだ。

「用意、ドン！」では〈アイヌ〉問題からの「逃走」が、「ユダヤ人」であるエスペラントの祖・ザメンホフ（一八五九～一九一七年）の抱えた理想と重ね合わされて語られ、向井豊昭にとっての「エスペラントへの理想」の総決算としても読めるような仕様となっている。つまりエスペラントと「ヌーヴォー・ロマン」という向井豊昭をかたちづくったディシプリンが、「用意、ドン！」では、青春時代における疾走のイメージのもとで見事に重ね合わされているのだ。

とりわけ特徴的なのは、「用意、ドン！」のなかに、ヴラジーミル・ベークマン（Vladimir Beekman、一九二九～二〇〇九年）がエスペラント語で書いた詩「煙突の言語」の日本語訳が挿入されることだ。ベークマンは、エストニア作家同盟会長をも務めた文学者であり、トーベ・ヤンソン（一九一四～二〇〇一年）の翻訳でも知られている。「煙突の言語」は、そのベークマンが一九六三年に出版したエストニア語での叙事詩集『オリエントヨーロッパの光』*Lumo de Orienta Eŭropo* のなかの一章であり、一九七八年にエスペラント語に翻訳された。「用意、ドン！」では、『オリエントヨーロッパの光』を翻訳するうちに、向井豊昭の気力は萎えてくる。「レーニンを讃美する詩行があったり、ハンガリーの民主化を押さえつけるソ連の戦車の制圧を正当化する詩行があったり」したからであるという。

それは共通の運命の言語だ。
兄弟愛の言語。
忘れることのない言語。

それはわたしの母国語であれ。

詩の結末はこう結ばれているが、「共通の」とボクが訳した言葉は、エスペラント版で、"komuna"が使われている。「コミュニズム」につながる言葉だ。彼の「母国語」とは、共産主義であったに違いない。

どんな旗であれ、旗は悪だ。赤旗の権威に一役をかった緑星旗もまた悪なのだ。子どもたちに緑星旗を振らせたボクもまた悪だったのだ。

（「用意、ドン！」）

エスペラントと共産主義への痛烈な批判である。けれども、「コミュニズム」につながるとしてここで否定されている"komuna"という一句こそ、かつて向井豊昭が『オリエントヨーロッパの光』を書評したときに、「"komuna lingvo"（引用者注：共通の言語）という一つの単語が、一つの詩のなかで色どりを変え、明滅しながら、反戦、平和、兄弟愛への"lingvo"として高まっていく。ここには詩の弁証法があり、これこそ、言葉の錬金術師としての詩人の未来への挑み方なのだ[★218]」と、褒め讃えた部分なのである。この矛盾は何なのか。共産主義の凋落を目の当たりにするにつれ「思想」に絶望した向井豊昭の想いが、ここには現われているのか。実際、八〇年代中頃より向井豊昭はエスペラントから徐々に離れている。たとえば、一九九一年に、向井豊昭は「逃げ出した北海道、逃げ出したエスペラントのこの二つの世界に足をかける」星田淳へ、一方的な決別の手紙を送りつけている。

アイデンティティ・ポリティクスの「ゲットー化」を脱するために

向井豊昭はエスペラントから逃げ出した。けれども、最晩年の個人誌「Mortos」がエスペラント語から採られていたことからもわかるとおり、向井豊昭はエスペラントを捨てられなかった。それはつまり、彼自身のうちに「エスペラントという理想」が息づいていた、ということでもある。星田淳は、「早稲田文学6」に掲載された「用意、ドン！」を読み、向井豊昭が問題視した「それは私の母国語であれ」の「母国語」は原文通りにいえば「父母のことば」に相当するのではないか、という解釈を打ち出した[★219]。仮に「母国語」と「父母のことば」を分けて考えるとしたら、ベークマンの「父母のことば」はエストニア語で、この作品の時期、ソ連の領域内で使われていた「共通の言語」は、ソ連の事実上の公用語だったロシア語だろう。そう見ると、ソ連内の少数民族の立場で外部からの言語の強制に対してかなりの抵抗心を秘めており、その意味でベークマンが「エスペラントという理想」を憧憬していたことが見えてくる。

すると、向井豊昭とベークマンが抱えた「エスペラントという理想」の性質の差異はどこにあるのか。筆者は、ここで向井豊昭が問題としていたのは、共産主義やエスペラントそのものではなく、人間と言語を一枚岩として捉えさせてしまうような、あるいは人間と言語に生じる差異を「差別」として同一性を促すような……「新説国境論」での言い回しを借りれば、「言葉が国境を作る」、ありとあらゆる「状況」なのではないかと考えている。さもなければ、「ソ連邦エストニアの御用詩人」などという強い言葉で、向井豊昭はベークマンを批判しなかっただろう。向井が本当にやりたかったことは、意地の悪い論者に、悪しき意味で「ゲットー化」していると揶揄されるアイデンティティ・ポリティクスの場所を、かぎりなく開いていくような新しい言語＝共同体の構築なのではなかろうか。その意味で、一九六七年に書かれ、「手」7号に掲載された「チカパシ祭り」で向井豊昭がスターリンの言語思想（スターリン言語学）に言及し、その志向性を批判させた箇所は、無視することができないだろう。

「先生、沖縄の人は日本民族だって言うけど、アイヌはどうなんですか。」

「……」

雨森は言葉が詰まった。アイヌも住むこの町の高校に来て、彼はまだ三ヵ月しかたっていない。いくら道産子の雨森ではあっても、彼は札幌の人間であった。アイヌの住む土地が今はもう限られている以上、彼にとってアイヌは絵葉書上の異邦人であった。

「日本民族だろう？　だってさ、観光地は表側だけで、アイヌはちゃんと日本語を使っているし、風俗習慣だってぼくらと同じじゃないか。とにかく、今は日本民族じゃあないかな。」

雨森を助けるように、生徒の一人が口を出した。

雨森は、大きくうなずいていった。

「なるほど、日本語を使っているな。スターリンの規定によると、言語を共有していることは民族の条件だ。とすると、今、アイヌは日本民族であり、我々と共に、アメリカ帝国主義の隷属下におかれ、日本独占資本の餌食になっているわけだ。」

「その答え、すっきりしないわ。」と、富美子はやり返した。

「どうして？　スターリン主義が批判されたからって、スターリンの言葉を持ち出して悪いわけはないだろう。」

「だって、アイヌ語が滅びていったように、沖縄の日本語が滅び、英語がのさばっていく可能性だってあるじゃないの。民族の自主独立というのは、そういう可能性を断ち切るためのものなんでしょう？　その先生が、今は、アイヌは日本民族だなんて、平気な顔で言えるのはおかしいわ。それは、アイヌ民族が言語を失っていった歴史、北海道の植民地主義的同化政策を肯定することじゃないの。矛盾してるわよ。」

（「チカパシ祭り」★220）

予見的な議論だ。ここで語られているスターリンの言語規定を、そのまま字義通りにスターリン言語学としてのみ捉えるのではなく、現代へのアナロジーとして理解すると、向井豊昭が問題としたものと、私たちの〝いま、ここ〟との連関性が見えてくる。「アイヌ語」を、狭い意味での〈アイヌ〉のみに帰属するものとして理解しないこと。「言語を共有していることは民族の条件だ」などと、「言語」と「民族」を無自覚に直結させてしまう暴力性の淵源を認識すること。ここで語られるスターリン言語学的なものから、『みづはなけれどふねはしる』で向井豊昭が夢想したコミューンのあり方を、できるかぎり切り離していくこと。スターリンは言語のみならず、地域の共通性や経済の共通性も民族の定義に上げたが、このような単純きわまりなく、排外主義やセクト化に接合されやすい「党」の論理から可能なかぎり離れつつ、その理念が「リベラルな配慮」と「ネオリベラルな政界構造」を経由して全体主義や文化帝国主義に結びついてしまう仕組みを、可能なかぎり挫折させていくこと。そうした姿勢が、政治的動乱が日常と融合し、差別的な言辞がインターネット上を飛び交うなか、新たな姿勢として求められてくるだろう。

向井豊昭の作家的身体に近づくことで、痛みを読み取り、表象の暴力が見過ごしてきた裏面をたどり直すこと。一人の固有名の周縁から浮かび上がるものを、歴史の傍流としてのみ理解せず、世界を読み替える新たな指針として逆照射すること。いま、文学を読むにあたって求められる姿勢は、それを措いてほかにない。つまり必要とされているのは、戦後日本文学が見落としてきたものを提示することで、文学や批評の概念そのものをアップデートしようとする作業なのだ。

近代というフレームに内在するもろもろの制約に抗いながら、抑圧する側として自己を規定し、それでも〈アイヌ〉の内在的論理をつかもうと苦闘を続けた向井豊昭の仕事は、〈アイヌ〉ならざる者による「現代アイヌ文学」であると同時に、「ゲットー」のなかに閉じ込められてよしとするものではなく、より広い批評的な文脈で捉え直されることを志向している。そのために必要な新しい言語を、発火源となる「怒り」の力を取り戻すことで生誕させる創造性が、いまは求められているのだろう。ゆえにいまほど、「怒り」の力を取り戻すことが、求められる時代はない。この時代に向井豊昭を読むということは、言葉と「国境」の相互依存から生じる暴力性から目を背けないことであり、打ち捨てられたコミューンへと続く道を、静かに、辿り直す営為にほかならない。

あとがき　死者の声を聞くこと

本書『向井豊昭の闘争――異種混交性（ハイブリディティ）の世界文学』は、未來社のPR誌「未来」二〇一二年一月号～二〇一三年一月号に連載した（二〇一三年五月号を除く）「向井豊昭の闘争」を、単行本化にあたって、大きく増補・改稿したものである。そのさい、「二〇一三年の向井豊昭」（「早稲田文学7」、早稲田文学会、二〇一三年）、「エスペラント小説「Saitô-Hidekatu」のためのささやかな覚書」（「幻視社」7号、幻視社、二〇一三年）、「『飛ぶ橇』と『飛ぶくしゃみ』――小熊秀雄と向井豊昭の民衆感覚」（「しゃべり捲くれ」十一号、小熊秀雄賞市民実行委員会／「未来」二〇一四年四月号、未來社）といった、連載終了後に筆者が発表した向井豊昭論にて行なった調査や議論も、できるかぎり本書の文脈のうちに組み入れるように心がけた。また、「辺境という発火源――向井豊昭と新冠御料牧場」（岡和田晃編『北の想像力〈北海道文学〉と〈北海道SF〉をめぐる思索の旅』、寿郎社）は、可能なかぎり「向井豊昭の闘争」と共通する材料を用いながら、「御料牧場」という単独テクストの徹底したクローズリーディングを試みたものである。むろん、おのおのの原稿はそれぞれ固有の主題が設定されたものであり、本書に取り入れたからといってその自律性が失われたわけではないし、あえてもとの原稿に遺した調査結果も少なからず存在している。機会があれば、これらの原稿も、あわせて触れてみてほしい。「向井豊昭の闘争」のコンテクストとはまた違った作家の顔が見えてくるはずだ。

加えて、本書に先立って刊行された『向井豊昭傑作集　飛ぶくしゃみ』（未來社）は、いわば本書の姉妹編だ。『向井豊昭傑作集　飛ぶくしゃみ』の収録作・年譜・解説は、本書の収録作と意図的にリンクさせてあり、相互参照が可能なようになっている。どちらを先に読むかは自由だし、単独で読んでもまったく支障がないようにはしてあるが、本書の内容は『向井豊昭傑作集　飛ぶくしゃみ』を愉しむにあたって最良のガイドになると、自信をもって断言したい。なお、『向井豊昭傑作集　飛ぶくしゃみ』に記した情報について、事実誤認や誤植が判明した箇所については、筆者のウェブログ「Flying to Wake Island」のエラッタ（訂正記事）コーナーにて正誤表を提示している。判明次第、更新作業を行なっているので、ご参照されたい（http://d.hatena.ne.jp/Thorn/20140205/p2）。本書についても、もし訂正を要する事項があれば、さしあたっては筆者のウェブログにて対応していきたい。

筆者と向井文学の出逢いは、二〇〇一年にまで遡る。北海道という土地の固有性が文学に与える意味とは何かを考えていた筆者にとって、「早稲田文学」に掲載されていた「怪道をゆく」はひたすら衝撃であった。それから、ウェブログ上で「怪道をゆく」に言及したところ、向井豊昭氏ご本人と知己を得ることができたのだ。だが、向井豊昭氏と知り合った時期の筆者は、いまのかたちで（本名で）ライターとしてデビューしたての時期であったので、雑事に忙殺されてなかなか面と向かって会う時間が割けなかった。メールをやりとりしたり、資料作成を手伝ったりするだけで、実際に対面を果たすことができたのは、向井豊昭氏が亡くなってからのことである。向井流氏のご厚意により、池田雄一氏とともに、ご遺体に対面させていただくことができたのだ。そこで向井流氏から、未発表原稿が多量にあることを聞かされたのである。初めて遺稿を自費出版したとき、わざわざ向井流氏はイベント会場まで足を運んでくださった。

向井流氏は残念ながら二〇一一年に若くして亡くなられたが、いまだ、そのときの嬉しそうな顔が忘れられない。

「向井豊昭の闘争」の構想ができたのは、筆者の母校である早稲田大学の図書館で「うた詠み」が掲載された『北海道文学全集　第21巻』と、「御料牧場」への批評が載った「文學界」を発見したときだ。それまで、ひたすら難解だが切実な筆致のアヴァン・ポップといった印象をもっていた晩年の向井豊昭作品が、いったん、初期作品を経由してみると、驚くほど明瞭に読み解けるようになったことに気づいたのである。向井豊昭の文章は実にリアルで、読者に深い没入感を与える。向井豊昭という作家がたどってきた軌跡を追うことで、自分が生まれる前の時代にタイムスリップしたような感覚を、筆者は何度も経験してきたが、向井と自己を同一化するような感覚はついぞ抱いたことがないし、他者としてのテクストを読むことは、単に過去に淫して終わるものではない。つまり、向井豊昭が祖父・向井夷希微を登場させてしまうように、むしろ批評的に現在を再構築させる行為を促すものだ。死者の声に耳を傾け、その魂を未来へと伝えること。ささやかながら、本書は「唯物論的」な観点から、それを成し遂げようと試みたものだ。これまで筆者はできるだけ作者の生涯とテクストを切り離して扱うようにしてきたが、向井豊昭の場合、両者が密接に結びついている。どちらかのみを語るのでは、抜け落ちるものが少なくない。本書が一見したところ「評伝」のスタイルを取っているのはそのためなのだが、あくまでも本書が目指すものは「批評」、それも「現代の批評が取りこぼしたもの」を伝えるという意味での「批評」なのである。

本書は三部構成になっているが、分量的には「第一章　一九六九年まで」と、「第二章　二〇〇八年まで」に大別されるのは、前者が主として〈アイヌ〉をめぐる問題を扱い、後者が

「爆弾の時代」から「ポストモダン」の「状況」を主軸にしているからだ。読者の理解を助けるため、第一章のメイン・プレイヤーには、向井豊昭のよきライバルであった鳩沢佐美夫を設定している。「浸透と拡散」の時代である第二章には、そうした好敵手こそ存在しないものの、より多面的で広範な向井豊昭の文学世界がうかがえるはずだ。「第三章　二〇一四年の向井豊昭」は、連載時から大きく手を加えた第一章冒頭の問題提起に——向井豊昭自身の声を借りて——現在の観点から暫定的な応答を行なうことを心がけた。とはいっても、本書は網羅的に向井豊昭を語り尽くしているわけではない。「手」に収録された初期作、七〇年代から八〇年代に書かれた家族小説、下北弁で書かれた九〇年代の小説などについては、あらためて掘り下げていかねばならないだろうし、「ゲ！」や「南無エコロジー」といった難解なテクストについての分析は、今後の課題とさせていただきたい。

それにしても……生前未発表の遺稿を自費出版したり、ウェブサイトに掲載していたときには、まさか自分が商業媒体に向井豊昭を主題にした論考を書いたり、東京理科大学や筑波大学・ジュンク堂書店池袋本店といった会場で向井豊昭について講演を行なうようになるとは思わなかった。自分でよいのか、ひょっとして死者をダシにしているのではという想いは、いまだ拭えることがない。郵便受けを開くと、達者な筆字で自分の宛名が書かれた「Mortos」が入っていたことに気づいたあの日、筆者もまた、向井豊昭が築き上げようとしたコミューンのなかに巻き込まれてしまったのだなと、強く感じている。このコミューンの輪を、新しい読者に広げることこそが、本書が企てたところなのである。

『向井豊昭の闘争』および『向井豊昭傑作集　飛ぶくしゃみ』の成立には、多くの人たちのご厚意によっている。お名前を記すことで感謝の意にかえたい（順不同）。まず、初代担当編集の長谷部和美氏、連載後半から二冊の単行本について懇切丁寧に面倒を見ていただいた二代目担当編集の天野みか氏、そして未來社社長の西谷能英氏。故・向井豊昭氏、向井恵子氏、故・向井流氏、その他取材に応じていただいた関係者の方々。「早稲田文学」編集室の市川真人氏、窪木竜也氏。「向井豊昭アーカイブ」の管理人で、本書の校正協力をいただいた東條慎生氏。素晴らしい帯文をご担当いただいた笙野頼子氏。そして数々のレファレンスへ迅速・丁寧に対応をいただいた北海道立図書館北方資料室の方々。

次いで、池田雄一氏、盛義昭氏、木名瀬高嗣氏、山崎幸治氏、マーク・ウィンチェスター氏、喜多香織氏、長岡伸一氏、坂田美奈子氏、Y・S氏、丹菊逸治氏、落合研一氏、高橋靖似氏、石原誠氏、齋藤一氏、狩野義美氏、田中和夫氏。峰芳隆氏、星田淳氏、ベンチク・ヴィルモシュ氏。大下謙二氏、桑島敏氏、金倉義慧氏、須貝光夫氏、故・成田達夫氏。齋藤作治氏、鳴海健太郎氏。日本エスペラント協会の福田政則氏、東邦大学看護学部の事務の方々、小熊秀雄賞市民実行委員会の方々。これらの方々には、その大半は突然の取材や協力要請であったにもかかわらず貴重な助言や資料、さらには向井文学についての発表の場をご提供いただいた。もちろん、なんらかの事実誤認等があった場合、その責任はすべて筆者に帰属する。

綿野恵太氏は向井豊昭論（「遊歩する情動——向井豊昭と短歌」、「子午線」創刊号、二〇一三）を書くさいに連載時の「向井豊昭の闘争」へ積極的な言及をして下さった。沼野充義氏、絓秀実氏は「用意、ドン！」に批評的応答を、先の池田氏に加えて田中里尚氏、相木麻季氏、西浩孝氏、永田希氏、山田航氏、吉木俊司氏、佐藤康智氏、「図書新聞」と「POPEYE」の担当各氏は、『向井豊昭傑作集　飛ぶくしゃみ』に素晴らしい書評や紹介記事を、それぞれ寄せていただいた。茂木政敏氏、石和義之氏、渡邊利道氏、土肥寿郎氏、山野浩一氏、本田克代氏、木村友祐氏、樺山三英氏、井手聡司氏、倉数茂氏、山城むつみ氏、宮内勝典氏、名嘉真春紀氏、nos氏、アトレイデス氏、その他の方々は、連載時から貴重な応援や感想を寄せて下さった。

最後に、本書の執筆にあたって有形無形の力添えをしてくれた、妻・藍と両親、義父母、そしてこれから出逢う読者のあなたに感謝を捧げたい。本書が読者に新しい洞察をもたらし、未来の文学の誕生に資することを、微力ながら心より願っています。

岡和田晃

二〇一四年五月十四日

★1　鎌田哲哉「知里真志保の闘争」、「群像」一九九九年四月号、講談社、一二九頁。
★2　マーク・ウィンチェスター「新アイヌ政策の夜明け　今日の〈アイヌ〉なる状況」、「現代思想」二〇一〇年二月号、青土社、一四七頁。
★3　佐藤優「衆参全会一致で採択された「アイヌ先住民族決議」が対露領土交渉の〝切り札〟となる」、「SAPIO」、二〇〇八年七月九日号、小学館、四九頁。
★4　マーク・ウィンチェスターの仕事、とりわけ「アイヌ」を「状況」と見る姿勢は、〈アイヌ〉の詩人・批評家である佐々木昌雄を思想的な基盤としているが、煩雑になるのを避けるため、一括してウィンチェスターの言葉として記している。
★5　米田綱路『脱ニッポン記――反照する精神のトポス』上下巻、凱風社、二〇一二年。
★6　向井豊昭『北海道文学を掘る』、私家版、二〇〇一年、あとがき。
★7　イマニュエル・カント『判断力批判』、上下巻、篠田英雄訳、岩波文庫、一九六四年。
★8　中山昭彦「〈アイヌ〉と〈沖縄〉をめぐる文学の現在――向井豊昭と目取真俊」、小森陽一ほか編『岩波講座　文学13　ネイションを超えて』、二〇〇三年、岩波書店、一七一頁。
★9　絓秀実『小説的強度』、福武書店、一九九〇年。
★10　久保田正文「手がきの同人誌　同人雑誌評」、「文學界」一九六六年一月号、文藝春秋、二四八頁。
★11　東條慎生「後藤明生レビュー」(http://www.geocities.jp/gensisha/gotou.htm)
★12　ただし、それ以前にも後藤明生は、「文藝」(河出書房新社)の主宰した全国学生小説コンクールや第一回文藝賞の佳作というかたちにて商業媒体で作品発表をしてはいる。
★13　久保田正文「解説」、『新文学の探求』、野火書房、一九六八年、三二四頁。
★14　『吉田知子選集I　脳天壊了』、景文館書店、二〇一二年。『吉田知子選集II　日常的隣人』、景文館書店、二〇一三年。

★15 向井豊昭「受賞の言葉」、「早稲田文学」一九九六年一月号、早稲田文学会、八頁。
★16 向井豊昭「あとがき」「手」六号、私家版、一九六七年、五四頁。
★17 向井豊昭「Mortos」創刊号、BARABARA書房、二〇〇七年、三八頁。
★18 北海道文学館編『北海道文学大事典』、北海道新聞社、三五一頁。
★19 「札幌文学」の同人で、小松茂・向井豊昭の双方と面識があった田中和夫への取材に基づく。
★20 向井豊昭「熊平軍太郎の舟」、「Mortos」創刊号、四頁。
★21 向井豊昭「武蔵国豊島郡練馬城パノラマ大写真」、「早稲田文学」一九九八年一月号、一五頁。
★22 向井豊昭「BARABARA」、『BARABARA』、四谷ラウンド、一九九九年、一〇四頁。
★23 向井豊昭「祝生《のりお》の学校」、『鳩笛』、北の街社、一九七四年、五一頁。
★24 ウェブサイト「むつ下北思い出ミュージアム内　むつ市立川内中学校」(http://www.omoide-shimokita.jp/kawauchichu/)。
★25 向井豊昭「卒業式の主審」「はまなす」No. 8、下北の地域文化研究所／青森県国民教育研究所、一九九七年。
★26 向井恵子への取材に基づく。
★27 向井恵子への取材に基づく。
★28 向井恵子への取材に基づく。
★29 向井恵子への取材に基づく。
★30 向井豊昭「ある海底」、「手」一号、一九六五年、五六頁。
★31 向井豊昭「愛は」、『詩集　果樹園』、臨浦園詩の会、一九五九年、六七頁。
★32 向井恵子への取材に基づく。
★33 高野喜久雄「神は」、『独楽』、中村書店、一九五七年、一五九頁。
★34 向井豊昭『鳩笛』、北の街社、一九七四年、帯文より。
★35 向井豊昭「御料牧場」、「部落」一九九号（一九六六年二月号）、部落問題研究会、七二頁。
★36 東村岳史「アイヌの写真を撮る／見るまなざし――1950～70年代前半の写真雑誌と掛川源一郎」名古屋大

学大学院国際開発研究科編、国際開発研究フォーラム、二〇一〇年、二〇頁。
★37 「手」三号、一四頁。
★38 山本融定『日高國新冠御料牧場史』、みやま書房、一九八五年、四一頁。
★39 向井豊昭「竜天閣」、「手」四号、私家版、一九六六年、三三頁。
★40 向井豊昭「怪道をゆく」、『怪道をゆく』、太田出版／早稲田文学会、二四頁。
★41 貝澤正『アイヌ　わが人生』、岩波書店、一九九三年、五二頁。
★42 『怪道をゆく』、三〇頁。
★43 マーク・ウィンチェスター「近現代アイヌ思想史研究　佐々木昌雄の叙述を中心に」一橋大学博士論文、二〇〇九年、一橋大学機関リポジトリ（http://hermes-ir.lib.hit-u.ac.jp/rs/handle/10086/17797）、五五頁。
★44 内川千裕「呪いの蜃気楼が立ちあがる――編集後記」、佐々木昌雄『幻視する〈アイヌ〉』、草風館、二〇〇八年、二七五頁。
★45 佐々木昌雄「〈アイヌ学〉者の発想と論理――百年間、見られてきた側から」、『幻視する〈アイヌ〉』、二一三頁。
★46 佐々木昌雄「『アイヌ学』者の発想と論理」、新野直吉・山田秀三編『北方の古代文化』、毎日新聞社、一九七四年、一九一頁。
★47 『北方の古代文化』、一九七頁。
★48 本田優子「アイヌ民族に関する教育の研究と課題」、「財団法人　アイヌ文化振興・研究推進機構　平成11年度普及啓発セミナー報告集」、一九九九年、一三五頁。
★49 伊藤明の研究については、次の資料の情報を参考にしている。伊藤明・貝沢正「アイヌ教育史――教育史学会コロキウム『アイヌ教育史』の記録――」、「北海道大学教育学部紀要」51号、一九八八年。
★50 金倉義慧「ほんのうわべの事実から」、「ウタリと教育」創刊号、北海道ウタリと教育を守る会、一九六八年。
★51 向井豊昭「綴方は語る」、「ウタリと教育」創刊号。
★52 向井豊昭「北海道に於ける文化財保護の特殊性」、「北海道の文化」15号、北海道文化財保護協会、一九六八年、二三頁。

★53 向井豊昭「思想は地べたから」の初出は、「作文と教育」一九六八年四月号、百合出版。
★54 向井豊昭「あとがき」、「手」四号、私家版、一九六六年、六四頁。
★55 向井豊昭『きちがい』後日談」、「北海道の文化」17号。『向井豊昭傑作集 飛ぶくしゃみ』、未來社、二〇一四年、一一六頁。
★56 「うた詠み」が収められた「手」五号（一九六六年）は現存していない。「うた詠み」が収められた『向井豊昭傑作集 飛ぶくしゃみ』、五頁より。
★57 例えば、ウェブログ「違星北斗研究会」二〇〇六年四月十一日『湯本喜作「アイヌの歌人」について』古田謙二」(http://iboshihokuto.cocolog-nifty.com/blog/2006/04/post_81af.html) など。
★58 ウェブログ「違星北斗研究会」二〇一三年九月八日「アイヌの歌人・違星北斗研究の先駆者について」(http://iboshihokuto.cocolog-nifty.com/blog/2013/09/post-056d.html) など。
★59 森田俊男『国民教育の課題 民族の民主的形成と改革』、明治図書、一九六九年、五三頁。
★60 「うた詠み」では「二十九歳」とあるが、数え年である。
★61 『向井豊昭傑作集 飛ぶくしゃみ』、七三頁。
★62 久保田正文「活気ある作品 同人雑誌評」、「文學界」一九六七年二月号、二三二頁。
★63 向井流等、複数のインフォーマントへの取材に基づく。
★64 鳩沢佐美夫「対談 アイヌ」『若きアイヌの魂 鳩沢佐美夫遺稿集』、新人物往来社、一九七二年、一一頁。
★65 鳩沢佐美夫「証しの空文」川村湊編『現代アイヌ文学作品選』、講談社文芸文庫、二〇一〇年、一九二頁。
★66 丸山隆司『証しの空文』——鳩沢佐美夫論にむけて①——」、「コブタン」第二五号、コブタン文学会、二〇〇五年、六八頁。
★67 佐々木昌雄「鳩沢佐美夫の内景」『コタンに死す 鳩沢佐美夫小説集』、新人物往来社、一九七三年、二四八頁。
★68 『コタンに死す』、二五三頁。
★69 木名瀬高嗣「鳩沢佐美夫、もうひとつの『折鶴』」、「コブタン」第二五号、五〇頁。および「鳩沢佐美夫『証しの空文』の改稿断片二葉」、「コブタン」第二七号、二〇〇六年、五一頁。

★70 鳩沢佐美夫「休耕」、「日高文芸」第八号、日高文芸協会、一九七一年、二四頁。

★71 丸山隆司「〈位置《position》〉について――鳩沢佐美夫論にむけて――」、「藤女子大学国文学雑誌」75、藤女子大学国語国文学会、二〇〇六年、二〇頁。

★72 「文學界」一九六七年二月号、二三〇頁。

★73 向井豊昭「ルポ　アイヌの子どもたち」、「部落」一九六六年十一月号、五三頁。

★74 『若きアイヌの魂』、一七〇頁。

★75 『コタンに死す』、二四七頁。

★76 木名瀬高嗣「〈善意〉の落ち穂――鳩沢佐美夫の作品・遺稿集の成立、および鳩沢佐美夫日記（一九六一年）の周辺――」、「藤女子大学国文学雑誌」76、二〇〇七年、六一頁。

★77 須貝光夫「葬送の記――哀悼・鳩沢佐美夫――」、「コブタン」第三一号、二〇〇八年、四三頁。

★78 木名瀬高嗣「〈アイヌ・文化研究《カルチュラル・スタディーズ》〉あるいは〈「サバルタン」性〉の人類学のためのメモランダム」（上）、「情況」二〇〇四年十二月号、情況出版、二一二頁。

★79 ウンベルト・エーコ『開かれた作品』、篠原資明・和田忠彦訳、青土社、一九八四年。

★80 須貝光夫「〈鳩沢佐美夫がかかわった三つの同人誌（下）〉書きたし、わが民族のために」、「コブタン」第二九号、二〇〇七年、九五頁。

★81 「葦通信」七号の文章は、「コブタン」第二九号、一〇四頁に引用されたものを典拠とした。続く引用文も同様である。

★82 鳩沢佐美夫「編集後記」、「日高文芸」三号、一九六九年、四七頁。なお、鳩沢佐美夫の「証しの空文」は出堀四十三によって第一回太宰治賞へ応募されたが、選に漏れている。

★83 木名瀬高嗣「〈アイヌ・文化研究《カルチュラル・スタディーズ》〉あるいは〈「サバルタン」性〉の人類学のためのメモランダム」（下）、「情況」二〇〇五年一＋二月号（合本）。

★84 山崎幸治による狩野義美インタビューの録音データ、二〇一四年三月三日。

★85 向井豊昭「ガリ版屋のオヤジの弁」、「葦通信」十七号、日高文芸協会。「日高文芸　特別号　鳩沢佐美夫とその時代」、日高文芸特別号編集委員会／491アヴァン札幌、二〇一四年、九八頁に再録されたものを下敷きとした。

★86　須貝光夫『この魂をウタリに　鳩沢佐美夫の世界』、栄光出版社、一九七六年、一五四頁。
★87　『この魂をウタリに』、一四頁。
★88　木名瀬高嗣「鳩沢佐美夫の最初の日記について」、「藤女子大学国文学雑誌」75、三三頁。
★89　盛義昭「赤きもののような現象と赤い風船」、「藤女子大学国文学雑誌」75、二三頁。
★90　『若きアイヌの魂』、九三頁。
★91　『この魂をウタリに』、三三頁。
★92　須貝光夫「鳩沢佐美夫の『超人的勉強法』――平取町図書館に寄贈された蔵書を中心として――」、「コブタン」第二八号、二〇〇六年、一九頁。

★93　『コタンに死す』、二〇四頁。
★94　『コタンに死す』、二〇三頁。
★95　島袋まりあ「雑種性の政治と混血児」、「解放社会学研究」16号、日本解放社会学会、二〇〇二年。
★96　木名瀬高嗣「鳩沢佐美夫遺稿「ある老婆たちの幻想　第二話　鈴」【解題】」、「日高文芸　特別号」、一二頁。
★97　向井豊昭「耳のない独唱」、「手」九号（私家版）、一九六八年。『向井豊昭傑作集　飛ぶくしゃみ』に再録、七八頁。

★98　『向井豊昭傑作集　飛ぶくしゃみ』、八二頁。
★99　『向井豊昭傑作集　飛ぶくしゃみ』、一一〇頁。
★100　「幻視社」五号、幻視社、二〇〇九年、「向井豊昭アーカイブ」（http://www.geocities.jp/gensisha/mukaitoyoaki/index.html）再録。原文がEメールであるため、一部表記を縦書きの慣用に改め、行間を詰めた。

★101　佐々木俊尚『「当事者」の時代』、光文社新書、二〇一二年、二九二頁。
★102　『「当事者」の時代』、四二一頁。
★103　「日高文芸　特別号」、一二四頁。

★104 チカップ美恵子『風のめぐみ　アイヌの民俗の文化と人権』御茶の水書房、一九九一年、二三六頁。
★105 大道寺将司『死刑確定中』、太田出版、一九九七年、一一九頁。
★106 向井豊昭『BARABARA』、四谷ラウンド、一九九九年、二二頁。
★107 『BARABARA』、二三頁。
★108 東村岳史「状況としての『アイヌ』の思想と意義」、「解放社会学研究」14号、日本解放社会学会、二〇〇〇年、四九頁。
★109 マーク・ウィンチェスター「近現代アイヌ思想史研究　佐々木昌雄の叙述を中心に」、一六頁。
★110 長谷川修「現代アイヌ史」、「財団法人アイヌ文化振興・研究推進機構　平成10年度普及啓発セミナー報告集」、一九九八年、二四頁。
★111 『若きアイヌの魂』、新人物往来社、二一〇頁。
★112 木名瀬高嗣「〈善意〉の落ち穂――鳩沢佐美夫の作品・遺稿集の成立、および鳩沢佐美夫日記の周辺――」、「藤女子大学国文学雑誌」76、二〇〇七年。
★113 「座談会　辺地と職業の中の文学」（参加：三好文夫、中沢茂、菅原政雄、柚木衆三、高階玲治、村上利雄、渡辺淳一、司会：沢田誠一）、「北方文芸」一巻七号、北方文芸社、一九六八年、七七頁。
★114 向井豊昭「掌の中のつぶて」、「北方文芸」三巻二号、一九七〇年二月、四四頁。
★115 向井恵子への取材に基づく。
★116 向井豊昭「エスペラントという理想」、「北方文芸」七巻九号、一九七四年九月、『向井豊昭傑作集　飛ぶくしゃみ』に再録、一一八頁。
★117 「エスペラントのアイヌ民話」、「北海道新聞」一九七五年六月六日夕刊八面より。
★118 向井豊昭「Saitó-Hidekatu」、『ここにも』、私家版、一九七六年、二四頁。
★119 峰芳隆への取材に基づく。
★120 ベンチク・ヴィルモシュ「シャーネックの死」（向井豊昭訳）、「日高PEN」No. 7、『向井豊昭傑作集　飛ぶくしゃみ』に再録、一二七頁。初出ではヴィルモスとなっていたが、訳者の意志を尊重し、正確な発音に改めた。

★121 平岡篤頼「フランス小説の現在――いつわりの難解さとその活力」、「早稲田文学」一九八四年九月号、五四頁。
★122 向井豊昭「誕生会のなかの子どもたち」、「演劇と教育」No. 285、一九八〇年、七頁。
★123 向井豊昭「やあ、向井さん」、「Mortos」創刊号、三七頁。
★124 向井豊昭「下北半島における青年期の社会化過程に関する研究」、『BARABARA』、一九九九年。
★125 蓮實重彥「文芸時評」、一九九六年三月二六日、朝日新聞社。
★126 蓮實重彥「文芸時評」、一九九五年十二月二日、朝日新聞社。
★127 向井豊昭「まむし半島のピジン語」、「早稲田文学」一九九七年二月号。
★128 向井豊昭「寛文蝦夷の鳥」、「北方文芸」一三巻九号、一九八〇年九月、北方文芸社、八三頁。
★129 榎森進『アイヌ民族の歴史』、草風館、二〇〇七年、一九三頁。
★130 太田竜『アイヌ革命論　ユーカラ世界への〈退却〉』、新泉社、一九七三年、二九三頁。
★131 金丸継夫「アイヌの伝承⑿」、「北海道地方史研究」五四号、一九六五年、北海道地方史研究会、三七頁。
★132 金丸継夫『アイヌの内面　シャクシャイン砦落城前夜』、北海プリント社、二五五頁。
★133 坂田美奈子『アイヌ口承文学の認識論《エピステモロジー》――歴史の方法としてのアイヌ散文説話』、御茶の水書房、二〇一一年、二〇頁。
★134 向井豊昭「ハンロ　ウッサム」、「北方文芸」一五巻五号、一九八二年五月、八二頁。
★135 向井豊昭「千年の道」、生前未発表、「向井豊昭アーカイブ」所収。
★136 向井豊昭「BARABARA」、『BARABARA』、九頁。
★137 当時、向井豊昭が担任をしていたクラスの生徒だった、Y・Sの証言に基づく。
★138 向井豊昭『骨踊り』、生前未発表、「向井豊昭アーカイブ」所収。東條慎生によって、『BARABARA』との異同箇所も明示されている。
★139 向井豊昭『UFO小学校』、生前未発表、「向井豊昭アーカイブ」所収。
★140 Y・Sへの取材に基づく。
★141 『BARABARA』、二四二頁。

★142 詳細は、岡和田晃「「辺境」という発火源――向井豊昭と新冠御料牧場」、『北の想像力《北海道文学》と《北海道SF》をめぐる思索の旅』、寿郎社、二〇一四年を参照のこと。
★143 向井豊昭「鳩笛」、『鳩笛』、八六頁。
★144 『鳩笛』、八六頁。
★145 向井夷希微・豊昭・恵子『詩集　北海道』、向井豊昭・向井恵子／文林堂印刷、一九八二年、一五五頁。
★146 向井夷希微「開墾」、『詩集　北海道』、一三頁。
★147 向井豊昭「『胡馬の嘶き――北海道風物詩』の根っこ」、「文藝にいかっぷ」一三号、一九九五年、『北海道文学を掘る』、三一頁。
★148 『北海道文学を掘る』、三二頁。
★149 福地順一『石川啄木と北海道――その人生・文学・時代――』、鳥影社、二〇一三年。第二章「啄木と札幌」では、向井夷希微と石川啄木のかかわりについても多くの紙幅が割かれるが、その情報の多くは向井豊昭『鳩笛』に依拠していることが明記されている。
★150 『鳩笛』、八七頁。
★151 『詩集　北海道』、一五六頁。
★152 『詩集　北海道』、四六頁。
★153 『詩集　北海道』、六〇頁。
★154 「ええじゃないか」、「早稲田文学」一九九六年九月号、一〇頁。
★155 大杉重男「『直』になることの危うさ　ほとんど意味を失った『ふるさと』という言葉」、「週刊読書人」、二〇〇〇年三月十日号。
★156 向井豊昭「あゝ、うつくしや」、「早稲田文学」二〇〇〇年三月号、九二頁。
★157 向井豊昭「モッコ憑き」、「ユリイカ」二〇〇二年五月号（特集：ゴダールの世紀）。
★158 「Mortos」創刊号、三三頁。
★159 関係者への取材に基づく。

★160 向井豊昭から筆者に寄せられた私信によれば、二度目に「ユリイカ」のベンヤミン特集（二〇〇二年十二月号）において、当のベンヤミンを嘲弄してしまったがゆえにか、その後、同誌からの依頼が来なかったのだという。

★161 柄谷行人「近代文学の終り」、「早稲田文学」二〇〇四年五月号、二二頁。

★162 「早稲田文学」二〇〇四年五月号、一〇頁。

★163 エルンスト・H・カントローヴィチ『王の二つの身体——中世政治神学研究』、小林公訳、平凡社、一九九二年。

★164 向井豊昭「アイデンティティへの道」、「早稲田文学」二〇〇四年九月号、四五頁。

★165 「早稲田文学」二〇〇四年九月号、四六頁。

★166 向井豊昭「読書目録」（上）、「週刊読書人」、二〇〇一年七月十三号、読書人。

★167 向井豊昭「大学の文芸教室から」、「文芸にいかっぷ」二〇号、二〇〇二年十二月、新冠文芸協会、二頁。

★168 「早稲田文学」二〇〇四年九月、四八頁。

★169 向井豊昭「なのだのアート」、生前未発表、「向井豊昭アーカイブ」所収。

★170 岡和田晃編「向井豊昭氏からの書簡《メール》について」「幻視社」四号、二〇〇九年十二月、幻視社。「向井豊昭アーカイブ」再録。

★171 笙野頼子「RE・文学　死んだよね？　——ハア？　喪前《おたく》が死んでんだよ、アーメン　ドン・キホーテの執行完了」、「早稲田文学」二〇〇四年九月号、三一頁。

★172 「早稲田文学」二〇〇四年九月号、三六頁。

★173 東條慎生「笙野頼子と向井豊昭」、「幻視社」四号、二〇〇九年十二月。「向井豊昭アーカイブ」再録。

★174 向井豊昭「なのだのアート」、執筆年不明、生前未発表。向井豊昭アーカイブ所収。

★175 「早稲田文学」二〇〇四年九月号、四五頁。

★176 向井豊昭「日々の音色」、「日高PEN」No. 10、日高ペンクラブ、一九八一年、九二頁。

★177 「早稲田文学」二〇〇四年九月号、四五頁。

★178 向井豊昭「ヤパーペジ　チセパーペコペ　イタヤバイ」、「早稲田文学」二〇〇三年三月号、『向井豊昭傑作集　飛ぶくしゃみ』に再録、一三四頁。

★179 ミハイル・バフチン『ドストエフスキーの詩学』望月哲男・鈴木淳一訳、ちくま学芸文庫、一九九五年。
★180 城殿智行「縦書き人種は七五調で笑う 『縦書き』も『外国』も根こそぎ吹き飛ばす向井豊昭」、「週刊読書人」、二〇〇一年三月九日。
★181 『向井豊昭傑作集 飛ぶくしゃみ』、一六四頁。
★182 絓秀実『「帝国」の文学 戦争と「大逆」の間』、以文社、二〇〇一年、二二四頁。
★183 『「帝国」の文学』、二五五頁。
★184 『向井豊昭傑作集 飛ぶくしゃみ』、一五三頁。
★185 『「帝国」の文学』、二六一頁。
★186 このドゥルーズの用い方は、マーク・ウィンチェスター「『シャモ』への固執――小林よしのりとアイヌをめぐる現代排外（ほうせつ）主義」、「インパクション」、インパクト出版会、二〇一〇年、一〇三頁を参考にした。
★187 向井豊昭「アートはハプニング」「早稲田文学」二〇〇二年七月号、一〇二頁。
★188 創風社のホームページに再掲された版に基づく（http://www.soufusha.co.jp/opinion/hiroba8.html）。
★189 大塚英志、大澤信亮『「ジャパニメーション」はなぜ敗れるか』、角川ｏｎｅテーマ21、二〇〇五年、七五頁。
★190 佐伯研二「戦時下の出版状況――詩人・検閲官佐伯郁郎の周辺」、「桐々舎案内」No.2、一九九五年八月、桐々舎、一三頁。
★191 向井豊昭「続・小熊秀雄への助太刀レポート」、「文芸にいかっぷ」二六号、二〇〇七年、五一頁。
★192 小熊秀雄「死界から」、『小熊秀雄詩集』、創風社、二〇〇四年、一四五頁。
★193 向井豊昭「飛ぶくしゃみ」、『向井豊昭傑作集 飛ぶくしゃみ』に再録、二〇二頁。
★194 『向井豊昭傑作集 飛ぶくしゃみ』、一九七頁。
★195 小熊秀雄「『飛ぶ橇』序」『小熊秀雄詩集』、一〇八頁。
★196 向井豊昭「叙事詩 無神の馬」、生前未発表、「向井豊昭アーカイブ」所収。タイトルは、原稿用紙に書かれたものは「無神の馬」だが、それを入れた封筒には「叙事詩 無神の馬」とあったので、わかりやすさを優先し、ここでは後者を通称として採用している。

★197 小熊秀雄「無題（遺稿）」、『小熊秀雄詩集』、二九四頁。
★198 山城むつみ「最新の小熊論考から断片三つ」、「すばる」二〇〇七年七月号、一九一頁。
★199 『向井豊昭傑作集　飛ぶくしゃみ』、二二一頁。
★200 向井豊昭「新説国境論」、「Mortos」終刊号、二〇〇八年、『向井豊昭傑作集　飛ぶくしゃみ』、二二七頁。
★201 向井豊昭「熊平軍太郎の舟」、「Mortos」創刊号、二八頁。
★202 向井豊昭「パッパッパッパッパッパッ」、「Mortos」二号、二〇〇七年、五頁。
★203 更科源蔵『アイヌ伝説集』、北書房、一九七一年、六五頁。
★204 『鳩笛』、一三一頁。
★205 向井豊昭「わっはっはっはっはっはっ！」「WB」vol. 13_2008_summer.
★206 「早稲田文学2」、二三三頁。
★207 向井豊昭／麻田圭子「ブレイク、ブレイク、ブレイク」、『みづはなけれどふねはしる』、BARABARA書房、二〇〇六年、八六頁。
★208 向井豊昭「〈文学という謀反〉『みづはなけれどふねはしる』」、二〇〇六年、一二三頁。
★209 向井豊昭「〈眼〉の詩史的解剖」、『詩集　果樹園』、一四五頁。
★210 『向井豊昭傑作集　飛ぶくしゃみ』、二三〇頁。
★211 向井豊昭「島本コウヘイは円空だった」「早稲田文学2」、二二九頁。
★212 池田雄一「付記」、「早稲田文学2」、二三一頁。
★213 向井豊昭「向井豊昭「アンケート回答　ブンガクシャは派兵と改憲についてどう考えるのか」、「早稲田文学」二〇〇四年五月号、早稲田文学会、一四六頁。
★214 柴野拓美『柴野拓美SF評論集　理性と自走性——黎明より』、牧眞司編、東京創元社、二〇一四年。
★215 鎌田慧『原発列島を行く』、集英社新書、二〇〇一年、一四頁。
★216 『原発列島を行く』、一五頁。
★217 『BARABARA』、二〇六頁。

★218 向井豊昭「Lumo de Orienta Eŭropo」、「La Movado」N-ro.342、関西エスペラント連盟、一九七九年、一〇頁。

★219 星田淳への取材に基づく。

★220 向井豊昭「チカパシ祭り」、「手」七号、私家版、一九六七年、四頁。

作品リスト

《凡例》

・原則としてリスト掲載は公刊された雑誌・書籍に掲載されたものに限っている。ジャンル区分は暫定的。リストに遺稿は取り入れたが、収録作のうち葉書・書簡については、雑誌にまとまって掲載されたもののみを紹介している。
・本リストは二〇一四年四月時点の情報に基づいており、今後訂正・更新される可能性がある。可能な限り現物を確認するようにつとめたが、一部、確認できず二次情報をソースとしたものもある。
・タイトルのルビは、不統一なものもあるため、原則として省いた。本リストのデータと『向井豊昭傑作集　飛ぶくしゃみ』の情報に異同がある場合、原則として、本リストの情報が優先される。

作品名　■刊行年	掲載雑誌名／単行本	出版社／者	発行月	種別
■一九五九年				
『詩集　果樹園』（編：平野敏）	単行本	臨浦園詩の会	六月	一部担当
「愛は」	右本収録			詩
「〈眼〉の詩誌的解剖」	同右			批評
■一九六五年				
「御料牧場」「ある海底」	「手」1号	向井豊昭	十月	小説
「あとがき」	同右			あとがき
■一九六六年				
「御料牧場」	「部落」199号	部落問題研究所	二月	小説
「埴輪の目」	「手」3号	向井豊昭	二月	小説
「あとがき」	同右			あとがき

「午後三時」	「北海教育評論」19巻3号	北海教育評論社	二月	小説
「竜天閣」「一揆」	「手」4号	向井豊昭	四月	小説
「あとがき」	同右			あとがき
「向井豊昭氏（静内―6.13）」（堅田精司「アイヌ民族調査資料をいかにみるか」への応答）	「北海道地方史研究」60号	北海道地方史研究会	九月	小文
「ルポ　アイヌの子どもたち――その教育の過去と現実――」	「部落」209号	部落問題研究所	十一月	レポート
「うた詠み」	「手」5号（現物未確認）	向井豊昭	調査中	小説
「『新日本文学』に抗議する」	「部落」210号	部落問題研究所	十二月	短文

■一九六七年

「うた詠み」	「文學界」一九六七年一月号	文藝春秋	一月	小説
「土方峡氏のルポについて」	「新日本文学」22巻1号	第三書館	二月	短文
「アイヌ文化よ　よみがえれ！」	「歴史地理教育」130	歴史教育者協議会	三月	レポート
「北の系譜」（伴仄生名義）「ある墓標」（伴仄生名義）	「手」6号	向井豊昭	五月	小説
「あとがき」	同右			あとがき
「白老での印象」	「北海道地方史研究」63号	北海道地方史研究会	五月	レポート
「萱原幸助著『現代のアイヌ――民族移動のロマン――』」	「部落」217号	部落問題研究所	六月	批評
「〝はぐるま〟はいい企画」	同右			短文
「チカパシ祭り」（伴仄生名義）	「手」7号	向井豊昭	六月	小説
「あとがき」	同右			あとがき
「償えぬ冬」	「手」8号	向井豊昭	十月	小説
「あとがき」	同右			あとがき

■一九六八年

「綴り方は語る」	「ウタリと教育」創刊号	北海道ウタリと教育を守る会	二月	レポート
「思想は地べたから」	「作文と教育」四月号（現物未確認）	本の泉社	四月	レポート
「くつがえされた『白老での印象』」	「北海道地方史研究」67号	北海道地方史研究会	五月	レポート
「曙色の傷はあるか」	「ウタリと教育」2号	北海道ウタリと教育を守る会	六月	レポート
「座談会　辺地と職業の中の文学」（参加：三好文夫、中沢茂、菅原政雄、柚木衆三、高階玲治、村上利雄、渡辺淳一、司会：沢田誠一）	「北方文芸」1巻7号	北方文芸社	七月	座談会
「耳のない独唱」	「手」9号	向井豊昭	十月	小説
『新文学の探求：全国同人雑誌ベスト12』（編：久保田正文、小松伸六、駒田信二、林富士馬）	『新文学の探求：全国同人雑誌ベスト12』	野火書房	十一月	一部担当
「うた詠み」	右本収録			小説
「北海道に於ける文化財保護の特殊性」	「北海道の文化」15号	北海道文化財保護協会	十二月	レポート

■一九六九年

「残像」	「日高文芸」2号	盛時計店	七月	エッセイ
「第二号感想集」（「日高文芸」2号への感想）	「葦通信」7号	日高文芸協会	調査中	小文
「耳のない独唱」	「小四教育技術」八月号	小学館	八月	小説
『きちがい』後日談」	「北海道の文化」17号	北海道文化財保護協会	九月	レポート
「小学生のアイヌ差別の一かけら」	「北海道地方史研究」74号	北海道地方史研究会	十一月	レポート

■一九七〇年

「掌の中のつぶて」	「北方文芸」3巻2号	北方文芸社	二月	小説
「無名の凧　啄木と向井永太郎」	「原始林」VOL. 25 No. 4	原始林社	四月	批評

「鳩笛」	「日高文芸」5号	盛時計店	七月	小説
「夏の笛」	「日高文芸」6号	盛時計店	十月	小説
「ガリ版屋のオヤジの弁」	「葦通信」12号	日高文芸協会	十月	エッセイ
「第五号合評会全容」(「日高文芸」5号についての座談会)	「葦通信」15号	日高文芸協会	調査中	座談会
「キャンペーン」	「札幌文学」43号	札幌文学会	十二月	小説
■一九七一年				
『コタンの痕跡――アイヌ人権史の一断面』	単行本	旭川人権擁護委員連合会	調査中	レポート集
「アイヌの子どもたち」	右本収録			
「祝生の学校」	「北方文芸」4巻10号	北方文芸社	十月	小説
■一九七二年				
「ひ・と・こ・と」	「LEONTODO」N-ro 48	北海道エスペラント連盟	十二月	エッセイ
■一九七三年				
「向井豊昭」(ユーカラ翻訳について)	「LEONTODO」N-ro 50	北海道エスペラント連盟	七月	エッセイ
「(無題) この前、指導主事なる者が私の学校に来て、」	右誌収録			エッセイ
■一九七四年				
『鳩笛』	単行本	北の街社	五月	小説集
「夏の笛」「祝生の学校」「石のうた」「鳩笛」「貝殻たち」	右本収録			小説
『Panampe Kaj Penampe』(エスペラント語、『パナンペとペナンペ』)	単行本	向井豊昭	六月	翻訳
「El nia leterkesto」(エスペラント語、人知れぬ山の中でひっそりと……)「《EL NIA LETERKESTO》」	「LEONTODO」N-ro 54	北海道エスペラント連盟	七月	エッセイ

「"Simplanima emocio"」（エスペラント語、私の読んだ本）	右誌収録			手紙
「エスペラントという理想」	「北方文芸」7巻9号	北方文芸社	九月	エッセイ
「京谷勇次郎と網走図書館」	「北の文庫」5号	北の文庫の会	十一月	批評
■一九七五年				
「仲間を訪ねて――向井豊昭さん」	「エスペラントの世界」三月号	エスペラント通信社	三月	インタビュー
『Ambaŭ manoj de la monto Porosir』（エスペラント語、『ポロシリ岳の二つのちぶさ』）	単行本	向井豊昭	調査中	翻訳
「裏側の人たちの裏はどこに？――『反体制エスペラント運動史』を読んで――」	「Rômazi no Nippon」262号	日本のローマ字社	調査中	批評
「『Unu paĝeto en mia lernejа vivo』を読んで」（エロシェンコの作品「私の学校生活の1ページ」の書評）	「La Movado」296号	関西エスペラント連盟	十月	批評
「サイゴンが落ちたころ」	「北方文芸」8巻11号	北方文芸社	十一月	小説
「〈AINO〉ESTAS〈LA HOMO〉」（エスペラント語、「アイヌ」は「人間」である）	「Etnismo」N-ro 11	Interenacia Komitato por Etnaj Liberecoj	十二月	エッセイ
■一九七六年				
「金沢・日本大会でのアイヌ問題」	「LEONTODO」N-ro 58	北海道エスペラント連盟	一月	エッセイ
「Pri Ajna kulturo」（アイヌ文化について）	「La Movado」302号	関西エスペラント連盟	四月	エッセイ
「シャーネックの死」（著：ベンチク・ヴィルモス）	「日高ＰＥＮ」7号	日高ペンクラブ	九月	翻訳
『ここにも』	単行本	向井豊昭	十月	小説集
「モヨロの人たち」「Saitô-Hidekatu」「喜市の歌」「ここにも」	右本収録			小説

「Pri “Grajnoj en Vento”」（国際的な児童画の交換活動について）	「La Modado」310号	関西エスペラント連盟	十二月	エッセイ
■一九七七年				
「一冊の辞書」	「La Movado」318号	関西エスペラント連盟	八月	エッセイ
■一九七八年				
「Pri agado」（「行動について」（斎藤秀一が日記にローマ字で書き写した啄木の詩「はてしなき議論の後」について）	「La Modado」324号	関西エスペラント連盟	二月	エッセイ
「Letero el Japanio」（日本からの手紙）	「ICBM-Esperanto」N-ro 7	ICBM-Esperanto	調査中	レポート
「ぼくの霊園」	「日高ＰＥＮ」9号	日高ペンクラブ	十一月	小説
■一九七九年				
「Lumo de Orienta Eŭropo」（「用意、ドン！」で援用された、Vladimir Beekmanによる詩集の書評）	「La Modado」342号	関西エスペラント連盟	八月	書評
■一九八〇年				
「わたしの過去帳」	「北方文芸」13巻2号	北方文芸社	二月	小説
「誕生会のなかの子どもたち」	「演劇と教育」No. 285	晩成書房	五月	レポート
「寛文蝦夷の鳥」	「北方文芸」13巻9号	北方文芸社	九月	小説
■一九八一年				
「墓」	「静内文芸」2号	「静内文芸」刊行会委員会	二月	エッセイ
「勢州樋柄浦」	「北方文芸」14巻3号	北方文芸社	三月	小説
「日々の音色」	「日高ＰＥＮ」10号	日高ペンクラブ	五月	小説
「母音」（第十三回日教組文学賞佳作）	「教育評論」六月臨時増刊号	日本教職員組合教育文化部	六月	詩
『北海道文学全集　第二十一巻　さまざまな座標（二）』（編：小笠原克、木原直彦、和田謹吾）	単行本	立風書房	九月	一部担当

「うた詠み」	右本収録			小説

■一九八二年

「鳩が」	「静内文芸」3号	「静内文芸」刊行会委員会	三月	小説
「ハンロ　ウッサム」	「北方文芸」15巻5号	北方文芸社	五月	小説
『詩集　北海道』（向井夷希微・向井恵子との共著）	単行本	向井豊昭・向井恵子／文林堂印刷	五月	編集担当
「母音」「増毛」「自分稼長次郎妻」「歴史公園」「格子」「モヨロ貝塚」「サッポロ」「廃校十年」「馬」「北海道」	右本収録			詩
「喜市の歌」	同右			小説

■一九八三年

「ICBM-Esperanto とわたし」	「La Movado」385号	関西エスペラント連盟	三月	レポート
「馬」	「文芸にいかっぷ」創刊号	新冠文芸協会	五月	詩
「シンカンムリ」	「文芸にいかっぷ」2号	新冠文芸協会	十二月	エッセイ

■一九八四年

「ある死二つ」	「文芸にいかっぷ」3号	新冠文芸協会	十一月	小説
「ある戦場」	「苫小牧民報」七月九日号	苫小牧民報社		エッセイ
「自由研究秘話」	「苫小牧民報」七月二十三日号	同右		エッセイ
「損は身代わり」	「苫小牧民報」九月一日号	同右		エッセイ

■一九八五年

「薬包紙」	「文芸にいかっぷ」4号	新冠文芸協会	十二月	エッセイ

■一九八六年

「母音」	「文芸にいかっぷ」5号	新冠文芸協会	十一月	詩

■一九八七年

『北海道文学百景』（編：北海道文学館）	単行本	共同文化社	五月	一部担当

「馬」	右本収録			詩

■一九九四年

「TOKYOレポート」	「文芸にいかっぷ」12号	新冠文芸協会	六月	エッセイ

■一九九五年

「自分稼豊昭のエキストラ」	「はまなす」第2号	下北の地域文化研究所	三月	小説
『胡馬の嘶き――北海道風物詩』の根っこ」	「文芸にいかっぷ」13号	新冠文芸協会	七月	エッセイ

■一九九六年

「BARABARA」(第十二回早稲田文学新人賞)	「早稲田文学」一月号	早稲田文学会	一月	小説
「受賞の言葉」	同右			エッセイ
「大だ墓」	「はまなす」第4号	下北の地域文化研究所	二月	小説
「下北半島における青年期の社会化過程に関する研究」	「早稲田文学」四月号	早稲田文学会	四月	小説
「736粁プラスα」	「はまなす」第5号	下北の地域文化研究所	五月	小説
「ダイナマイト」	「文芸にいかっぷ」14号	新冠文芸協会	六月	エッセイ
「・・・・・・・・・・・・・・・・・・・・20」	「早稲田文学」七月号	早稲田文学会	七月	小説
「ええじゃないか」	「早稲田文学」九月号	早稲田文学会	九月	小説
「笑う力」	「静内文芸」17号	「静内文芸」刊行会委員会	十二月	エッセイ

■一九九七年

「まむし半島のピジン語」	「早稲田文学」二月号	早稲田文学会	二月	小説
「観音様の背中」	「はまなす」第6号	下北の地域文化研究所	二月	小説
「所変われば品変わる」	「文芸にいかっぷ」15号	新冠文芸協会	六月	エッセイ
「新たなる我ら迷信探偵団」	「早稲田文学」四月号	早稲田文学会	四月	小説
「魂コや　魂コや」	「はまなす」第7号	下北の地域文化研究所	八月	小説

「卒業式の主審」	「はまなす」第8号	下北の地域文化研究所	十二月	小説
■一九九八年				
「武蔵国豊島郡練馬城パノラマ大写真」	「早稲田文学」一月号	早稲田文学会	一月	小説
「八木重吉と周富徳」	「文芸にいかっぷ」16号	新冠文芸協会	七月	批評
「スグリのなつ」	「はまなす」第9号	下北の地域文化研究所	七月	童話
「山川風色他邦に卓越」1~5	「函館新聞」十一月二十三・二十四・二十六・二十七・三十日号	函館新聞社		批評
「山川風色他邦に卓越」6~8	「函館新聞」十二月一・三・五日号	函館新聞社		批評
「KのV」	「はまなす」第10号	下北の地域文化研究所	十二月	批評
「オホーツクの魂・向井夷希微のこと」	「朝霧」20号	朝霧文学会	十二月	批評
■一九九九年				
「アイデンティティはアイティティ」	「早稲田文学」一月号	早稲田文学会	一月	小説
「『サッポロ文学』飯塚露声のこと」(上)(下)	「原始林」一月・二月号	原始林社		批評
「やつれても濁りに染むなまたも見ん」	「静内文芸」19号	「静内文芸」刊行会委員会	二月	批評
「静内文芸史の空白を埋める幻の同人雑誌=「ロベリア」発見=」(著:L生)	同右			コメント
『BARABARA』	単行本	四谷ラウンド	三月	小説集
「BARABARA」「アイデンティティはアイティティ」「下北半島における青年期の社会化過程に関する研究」	右本収録			小説
「あとがき」	同右			あとがき
「北の歌の先人、三本久夫」	「根室市博物館開設準備室だより」No. 14	根室市博物館開設準備室	五月	批評

「うわさ話の中の虚実　同人詩誌「牧笛」のこと」	「はこだでぃ」49号	幻洋社	七月	批評
「斬り捨て御免の啄木研究」	「文芸にいかっぷ」17号	新冠文芸協会	八月	批評
■二〇〇〇年				
「あゝうつくしや」	「早稲田文学」三月号	早稲田文学会	三月	小説
「根室実修学校同級生」	「根室市博物館開設準備室だより」No. 15	根室市博物館開設準備室	五月	批評
「世々生々の僧、石沢慈興」	「はまなす」第13号	下北の地域文化研究所	七月	批評
「流人の冬、独歩の冬」	「文芸にいかっぷ」18号	新冠文芸協会	十月	批評
「数学教育のパイオニア、向井泰蔵」	「はまなす」第14号	下北の地域文化研究所	十二月	小説
「北の詩のパイオニア、飯島白圃」	「静内文芸」20号	「静内文芸」刊行会委員会	十二月	批評
■二〇〇一年				
『北海道文学を掘る』	単行本	向井豊昭	三月	編集担当
「山川風色他邦に卓越」「やつれても濁りに染むなまたも見ん」「オホーツクの魂・向井夷希微のこと」「『胡馬の嘶き——北海道風物詩』の根っこ」「斬り捨て御免の啄木研究」「北の詩のパイオニア、飯島白圃」「『サッポロ文学』飯塚露声のこと」「流人の冬、独歩の冬」「様似生まれの俳人、岡野知十」「根室実習学校同級生」「四海を海となす人、片上伸」「北の歌の先人、三本久夫」	右本収録			批評
「怪道をゆく」	「早稲田文学」三月号	早稲田文学会	三月	小説
〈無題〉（講義要項）	「講義要項」	東邦大学医療短期大学	四月	講義要項

『DOVADOVA』	単行本	四谷ラウンド	五月	長篇小説
「高橋鞠太郎を探検する」	「根室市博物館開設準備室だより」No. 16	根室市博物館開設準備室	六月	批評
「読書日録」(上)(中)(下)	「週刊読書人」七月十三・二十・二七日号	読書人		エッセイ
『アスクレピオン』第7号(編:文化講座文学教室一同)	単行本	東邦大学医療短期大学	十月	編集協力
「おしまいのおしゃべり」	『アスクレピオン』第7号	東邦大学医療短期大学	十月	あとがき
「啄木の空封筒」	「朝霧」21号	朝霧文学会	十二月	批評
「様似生れの俳人、岡野知十」	「静内文芸」21号	「静内文芸」刊行会委員会	十二月	批評
■二〇〇二年				
「エロちゃんのアート・レポート1　アートは立つ」	「早稲田文学」一月号	早稲田文学会	一月	小説／批評
『根室・千島歴史人名事典』	単行本	『根室・千島歴史人名事典』刊行会	三月	一部担当
「向井夷希微」	右本収録			批評
「エロちゃんのアート・レポート2　アートはバリア」	「早稲田文学」三月号	早稲田文学会	三月	小説／批評
〈無題〉(講義要項)	「講義要項」	東邦大学医学部看護学科	四月	講義要項
「エロちゃんのアート・レポート3　アートは刃」	「早稲田文学」五月号	早稲田文学会	五月	小説／批評
「モッコ憑き」	「ユリイカ」五月号	青土社	五月	小説／批評
「エロちゃんのアート・レポート4　アートはハプニング」	「早稲田文学」七月号	早稲田文学会	七月	小説／批評
「エロちゃんのアート・レポート5　アートは男の往復ビンタ」	「早稲田文学」九月号	早稲田文学会	九月	小説／批評

『アスクレピオン』第8号（編：文化講座文学教室一同）	単行本	東邦大学医学部看護学科	十月	編集協力
「あとがき」	右本収録			あとがき
「エロちゃんのアート・レポート6　アートはズレ」	「早稲田文学」十一月号	早稲田文学会	十一月	小説／批評
「箱庭」	「ユリイカ」十二月号	青土社	十二月	小説／批評
「大学の文芸教室から」	「文芸にいかっぷ」20号	新冠文芸協会	十二月	エッセイ

■二〇〇三年

『21世紀文学の創造9　ことばのたくらみ――実作集――』（編：池澤夏樹）	単行本	岩波書店	一月	一部担当
「ゴドーを尋ねながら」	右本収録			小説／批評
「向井豊昭」（著者紹介）	同右			プロフィール
「ヤパーペジ　チセパーペコペ　イタヤバイ」	「早稲田文学」三月号	早稲田文学会	三月	小説
〈無題〉（講義要項）	「講義要項」	東邦大学医学部看護学科	四月	講義要項
『アスクレピオン』第9号（編：文化講座文藝教室一同）	単行本	東邦大学医学部看護学科	十月	編集協力
「回答06」（「アンケート　書き手にとって「雑誌」とは？」への回答）	「早稲田文学」十一月号	早稲田文学会	十一月	アンケート回答

■二〇〇四年

「ト！」	「早稲田文学」五月号	早稲田文学会	五月	小説
「向井豊昭」（「アンケート　ブンガクシャは派兵と改憲についてどう考えるのか」への回答）	同右			アンケート回答
「アイデンティティへの道」	「早稲田文学」九月号	早稲田文学会	九月	エッセイ
「明治二十二年大和魂」	「文芸にいかっぷ」22号	新冠文芸協会	十二月	エッセイ

■二〇〇五年

「北海道近代文学、曙のマニフェスト」	「静内文芸」25号	「静内文芸」刊行会委員会	一月	批評
「ゲ！」	「早稲田文学」三月号	早稲田文学会	三月	小説
「明治二十五年の作文」	「文芸にいかっぷ」23号	新冠文芸協会	十二月	エッセイ

■二〇〇六年

「レポート　小熊秀雄とつね子さんの風景」	「静内文芸」26号	「静内文芸」刊行会委員会	一月	レポート
『北海道の不思議大事典』	単行本	新人物往来社	七月	一部担当
「口承文学ユーカラの凄さって何？」「『北海道文学』の最初の主唱者は誰？」「『北海道弁』の小説初登場はいつ？」「『流氷』の文学作品初登場はいつ？」	右本収録			批評
「劇団櫻天幕」	「WB」vol. 5_2006_05	早稲田文学会	五月	小説
『怪道をゆく』（二〇〇六年版）	単行本	BARABARA書房	八月	小説
「怪道をゆく」「ヤパーペジ　チセパーペコペ　イタヤバイ」「南無エコロジー」	右本収録			小説
『みづはなけれどふねはしる』（麻田圭子との共著）	単行本	BARABARA書房	八月	小説
「樹の花」「みづはなけれどふねはしる」「桜の枝から大空になります」「ブレイク、ブレイク、ブレイク」（麻田圭子との共著）	右本収録			小説
「Photo 1～4」「ベンチ」（麻田圭子との共著）	同右			写真

〈文学という謀反〉	同右			あとがき
〈始末におえない存在〉（著：麻田圭子）	同右			編集担当
「小熊秀雄への助太刀レポート」	「文芸にいかっぷ」24号	新冠文芸協会	十二月	批評
「大島流人の日高」	「新ひだか文藝」創刊号	新ひだか文芸刊行委員会	十二月	批評
■二〇〇七年				
「第二号感想集」（「葦通信」7号の引用）	「コブタン」29号	コブタン文学会	四月	小文
「ドレミの外」	「早稲田文学0」	早稲田文学会	五月	小説
『眼』（著：向井恵子）	単行本	BARABARA書房	七月	編集担当
『箱館戦争銘々伝』（編：好川之範、近江幸雄）	単行本	新人物往来社	八月	一部担当
「煤孫金次――ブヨを弔った額兵隊少年ラッパ手」	右本収録			批評
「熊平軍太郎の舟」	「Mortos」創刊号	BARABARA書房	十月	小説
「やあ、向井さん」	同右			エッセイ
「パッパッパッパッパッパッ」	「Mortos」2号	BARABARA書房	十月	小説
「日本国憲法第二十一条」	同右			エッセイ
「飛ぶくしゃみ」	「Mortos」3号	BARABARA書房	十一月	小説
「バカヤロー」	同右			エッセイ
「日本国憲法第二十一条」	「WB」vol. 11_2007_winter	早稲田文学会	十二月	エッセイ
「小熊秀雄への助太刀レポート」	「創風社ウェブサイト」	創風社	二〇〇七年頃	批評
「続・小熊秀雄への助太刀レポート」	「文芸にいかっぷ」25号	新冠文芸協会	十二月	批評
「ニンゲンの音」	「新ひだか文藝」2号	新ひだか文芸刊行委員会	十二月	小説
■二〇〇八年				
「青之扉漏」	「早稲田文学1」	早稲田文学会	四月	小説

『怪道をゆく』（二〇〇八年版）	単行本	早稲田文学会／太田出版	四月	小説
「怪道をゆく」「劇団櫻天幕」「熊平軍太郎の舟」「パッパパッパパッパパッパッ」	右本収録			小説
「新説国境論」	「Mortos」終刊号	BARABARA書房	六月	小説
「いのちの学校ごっこ」「思想は地べたから」	右誌収録			レポート
「わっはっはっはっはっは！」	「WB」vol. 13_2008_summer	早稲田文学会	六月	小説
「島本コウヘイは円空だった」	「Mortos」補遺	BARABARA書房	七月	小説
「島本コウヘイは円空だった」	「早稲田文学2」	早稲田文学会	十二月	小説
「飛ぶくしゃみ」	「文芸にいかっぷ」26号	新冠文芸協会	十二月	小説
「ぺ、ぺ、ぺ、ぺ、ぺ、ぺ」	「新ひだか文藝」3号	新ひだか文芸刊行委員会	十二月	小説
■二〇〇九年				
「ト書きのない戯曲」	「文芸にいかっぷ」27号	新冠文芸協会	十二月	戯曲
「パパはゴミだった」（遺稿）「40代バンバンザイアットホームカウンセリングコーポレーション(1)」（遺稿）	「幻視社」4号	幻視社	十二月	小説
「六花」（遺稿）	同右			童話
「向井豊昭氏からの書簡（メール）について」（編・解説：岡和田晃）	同右			手紙
■二〇一一年				
『北海道謎解き散歩』（編：好川之範、赤間均）	文庫本	新人物往来社	五月	一部担当
「口承文学ユーカラの凄さって何？」	右本収録			批評
「『北海道弁』の小説初登場はいつ？」				
「40代バンバンザイアットホームカウン	「幻視社」5号	幻視社	六月	小説

セリングコーポレーション(2)」（遺稿）
「40代バンバンザイアットホームカウンセリングコーポレーション(3)」（遺稿、草稿）「UFO小学校　一　UFO小学校の入学しき」（遺稿）「UFO小学校　二　UFO小学校のかていほうもん」（遺稿）

「パパはゴミだった」（遺稿）「40代バンバンザイアットホームカウンセリングコーポレーション(1)」（遺稿）　「向井豊昭アーカイブ」　幻視社　六月　小説

「六花」（遺稿）　同右　童話

「向井豊昭氏からの書簡（メール）について」（編・解説：岡和田晃）　同右　手紙

『UFO小学校』（遺稿）　同右　十月　長篇童話

「一　UFO小学校の入学しき」（遺稿）　同右　童話

「二　UFO小学校のかていほうもん」（遺稿）

「三　UFO小学校のさんかん日」（遺稿）「四　UFO小学校のたなばた」（遺稿）　同右　十一月　童話

「五　UFO小学校のキャンプ」（遺稿）　同右　十二月　童話

「六　UFO小学校のひなんくんれん」（遺稿）

■二〇一二年

「七　UFO小学校のうんどうかい」（遺稿）「八　UFO小学校の学げいかい」　「向井豊昭アーカイブ」　幻視社　一月　童話

（遺稿）「九　UFO小学校のミニキャンプ」（遺稿）「十　UFO小学校のかきぞめ」（遺稿）	同右		二月	童話
「十一　UFO小学校のせつぶん」（遺稿）「十二　UFO小学校のそつぎょうしき」（遺稿）	同右		三月	童話
「千年の道」（遺稿）	同右		五月	小説
「けたまえな」（遺稿）「明治三十七年のダマガシギッネ」（遺稿）	同右		六月	批評
「用意、ドン！」（遺稿）	同右		七月	小説
「国民学校落第生」（遺稿、第二十回新日本文学賞佳作）	同右		八月	小説
「なのだのアート」（遺稿）	同右		九月	小説
「明治二十五年の作文」（遺稿）	同右		十月	批評
「なのだのアート」（遺稿）「自分稼豊昭のガードマン」（遺稿、一九九四年労働者文学賞佳作）	「幻視社」6号	幻視社	十一月	小説
「続・小熊秀雄への助太刀レポート」（遺稿）	「向井豊昭アーカイブ」	幻視社	十二月	批評

■二〇一三年

「〈書評〉裏側の人たちの裏はどこに？——「反体制エスペラント運動史」を読んで——」	「向井豊昭アーカイブ」	幻視社	一月	批評
『骨踊り』	同右		五月	長篇小説
「用意、ドン！」（遺稿）	「早稲田文学6」	早稲田文学会	八月	小説

「Saitō-Hidekatu」	「幻視社」7号	幻視社	十一月	小説

■二〇一四年

『向井豊昭傑作集　飛ぶくしゃみ』（編：岡和田晃）	単行本	未來社	一月	小説・エッセイ集
「うた詠み」「耳のない独唱」「ヤパーペジ　チセパーペコペ　イタヤバイ」「飛ぶくしゃみ」「新説国境論」	右本収録			小説
『「きちがい」後日談』「エスペラントという理想」	同右			エッセイ
「シャーネックの死」（著：ベンチク・ヴィルモシュ）	同右			翻訳
「小熊秀雄への助太刀レポート」（一部省略）	「しゃべり捲くれ」11号	小熊秀雄賞市民実行委員会	二月	批評
「ガリ版屋のオヤジの弁」「盛義昭宛書簡（一九七二年十二月十一日）」（部分）	「日高文芸　特別号　鳩沢佐美夫とその時代」	日高文芸特別号編集委員会／491アヴァン札幌	三月	エッセイ
「無神の馬」（遺稿）	「向井豊昭アーカイブ」	幻視社	四月	叙事詩
「津軽と南部ア親戚」（遺稿）	デジタル化終了（有志による）	未発表		エッセイ
「キツコーがいました」（遺稿）	同右			童話
「千代に八千代に」（康見季生名義、遺稿）「骨の中のモノローグ」（遺稿）「ニンゲンの音」（遺稿）「自分稼豊昭のエキストラ」「御料牧場」「埴輪の目」	同右			小説
「五稜郭と片上楽天」（遺稿）	同右			批評
「蟬」（遺稿）	同右			戯曲
「（タイトル不明）UFO」（遺稿、断片）	同右			童話草稿
「下北」（康見季生名義、遺稿）「白布桃	手稿	未発表	公開検討中	小説草稿

太郎の変身」（遺稿、おそらく断片）「寛文蝦夷の島　補遺」（遺稿、断片）

「（タイトル不明）」	「手」2号	向井豊昭	捜索中	一九六六年頃
「（タイトル不明）」	「手」10号	向井豊昭	捜索中	一九六九年頃
「（タイトル不明）」	「手」11号	向井豊昭	捜索中	一九六九年頃
「Mi kreskas pro infanpoemoj」（エスペラント語、「私は児童詩で成長する」）	「ICBM-Esperanto」（一九八三年以前の号に掲載）	ICBM-Esperanto	捜索中	レポート
「Kara Sankata Nikolao venis kun Boacoj.」（エスペラント語、「サンタクロースがトナカイとやって来た」）	「ICBM-Esperanto」（一九八三年以前の号に掲載）	ICBM-Esperanto	捜索中	調査中

《著者略歴》
岡和田晃（おかわだ あきら）
1981年北海道生まれ。早稲田大学第一文学部文芸専修卒業。筑波大学大学院人文社会科学研究科文芸・言語専攻一貫制博士課程在学中。批評家、ライター。日本SF作家クラブ会員。2010年、「「世界内戦」とわずかな希望　伊藤計劃『虐殺器官』へ向き合うために」で第5回日本SF評論賞優秀賞を受賞。著書に『アゲインスト・ジェノサイド』（アークライト／新紀元社、2009）『「世界内戦」とわずかな希望　伊藤計劃・SF・現代文学』（アトリエサード／書苑新社、2013）。編著書に『向井豊昭傑作集　飛ぶくしゃみ』（未來社、2014）『北の想像力　〈北海道文学〉と〈北海道SF〉をめぐる思索の旅』（寿郎社、2014）ほか。翻訳書に『ミドンヘイムの灰燼』（ホビージャパン、2008）『H・P・ラヴクラフト大事典』（共訳、エンターブレイン、2012）ほか。晩年の向井豊昭と交流があり、作家の没後は遺稿の自費出版や向井文学についての講演を実施するなど、積極的に再評価を進めている。

向井豊昭の闘争——異種混交性（ハイブリディティ）の世界文学

2014年7月5日　初版第1刷発行

定価　本体2600円＋税

著者　岡和田晃

発行者　西谷能英

発行所　株式会社 未來社
〒112-0002 東京都文京区小石川3-7-2
振替 00170-3-87385　電話 03-3814-5521（代表）
http://www.miraisha.co.jp/　info@miraisha.co.jp

印刷・製本　萩原印刷

ISBN978-4-624-60115-7 C0095

向井豊昭傑作集　飛ぶくしゃみ
向井豊昭著／岡和田晃編・解説

四〇年を越える執筆歴をもちながら、長らく黙殺されて向井豊昭の作品世界を批評家岡和田晃が、「近代・アイヌ・エスペラント」を軸に精選した傑作集。解説と詳細な年譜を付す。

二二〇〇円

若き高杉一郎
太田哲男著

〔改造社の時代〕作家・翻訳家である高杉一郎の主として戦前の改造社時代の伝記。戦後のシベリア抑留生活をもとに、後年、名著『極光のかげに』を著わした高杉の若き日の姿。

三五〇〇円

金子光晴デュオの旅
鈴村和成・野村喜和夫著

昭和の大詩人、金子光晴の足跡を追った紀行文。マレー、ジャワから中国南部を、さらに遠くパリ、フランドルの地をたずね歩き、金子文学の内実を克明に追跡する。写真多数収録。

二六〇〇円

書簡で読むアフリカのランボー
鈴村和成著

天才少年詩人として一世を風靡したあと二十歳すぎからアフリカの砂漠地方で一介の商人として短い一生を終えたランボーの類いまれなる評伝。「詩人をやめた」あとの後半生を描く。

二四〇〇円

金子光晴を読もう
野村喜和夫著

散文性、身体、メトニミー、セクシュアリティ、アジア、共同体、クレオール、自己、皮膚、といった切り口から、近代詩人・金子光晴の魅力と、その「放浪の哲学」の現在性に迫る。現代詩の俊才が挑む金子ワールド。

二二〇〇円

〔消費税別〕